KB059614

슌킨 이야기

— 春琴抄

刺青（1910）
幫間（1911）
少年（1911）
秘密（1911）
途上（1920）
蘆刈（1932）
春琴抄（1933）

谷崎潤一郎

슌킨 이야기

春琴抄

다니자키 준이치로

김영식 옮김

문예출판사

일러두기

나이는 모두 만 나이다.

인지명은 국립국어원 외래어 표기법에 따랐다.

각주는 모두 옮긴이 주다.

차례

7 　　문신

23 　　호칸

47 　　소년

95 　　비밀

125 　　길 위에서

153 　　갈대베는 남자

219 　　슌킨 이야기

317 　　작품 해설

326 　　다니자키 준이치로 연보

문신

그 시절에는 아직 사람들에게 '어리석음'이라는 고귀한 덕이 있어서 세상이 지금처럼 각박하지 않았다. 영주님이나 도련님의 훤한 얼굴이 흐려지지 않도록, 또 대갓집 하녀나 게이샤에게 웃음거리가 끊이지 않도록 웃음을 파는 차보즈*나 호칸** 등의 직업이 버젓이 존재했을 정도로 세상은 태평하고 한가로웠다. 당시 많은 연극이나 소설에서도 아름다운 자는 모두 강자이며 추한 자는 약자였다. 너도나도 아름다워지려고 애쓴 나머지 타고난 몸에 물감을 넣기에 이르렀다. 강렬하고 현란한 선과 색이 당시 사람들의 피부에서 춤추고 있었다.

유곽에 다니는 남자들은 멋진 문신을 한 가마꾼을 골랐

---

* 무사 집안에서 내객 급사와 접대 담당. 머리를 삭발하여 승려를 뜻하는 보즈坊主가 붙었다.
** 연회석에서 손님의 시중을 들며 만담 등을 하여 좌중을 흥겹게 하는 것을 업으로 하는 남자

다. 요시와라, 다쓰미*의 여자들도 아름다운 문신을 한 남자에게 홀렸다. 노름꾼, 도비**는 물론 상인, 드물게는 사무라이도 문신을 했다. 때때로 두 유곽에서 열리는 문신 대회에서 사람들은 자기 피부에 새긴 기발한 문양을 서로 겨루고 평했다.

세이키치라는 젊은 문신사는 기량이 뛰어났다. 유명한 아사쿠사의 차리몬, 마쓰시마마치의 야쓰헤이, 곤콘지로에도 뒤지지 않는 명수라는 칭찬이 자자하여 그의 붓 아래에 수십 명의 피부가 명주 천처럼 펼쳐졌다. 문신 대회에서 호평을 받은 상당수의 문신은 그의 작품이었다. 다루마 긴은 음영 문신을 잘한다고 하고, 가라쿠사 곤타는 주자朱刺 문신*** 명수로 유명했는데, 세이키치 또한 기발한 구도와 요염한 선으로 이름을 떨쳤다.

세이키치는 원래 우키요에 화가 도요쿠니와 구니사다의 화풍을 이은 화가 출신인지라, 문신사로 타락한 후에도 화가의 양심과 감각이 남아 있었다. 그의 마음을 매혹할 정도의 피부와 골격을 가진 사람이어야 그의 문신을 받을 수 있었다. 어쩌다 간신히 문신을 받게 되어도 구도와 비용은 전

---

* 에도 시대의 유곽으로 요시와라는 바쿠후가 공인한 공창가였고 다쓰미는 후카가와에 있던 사창가다.
** 토목과 건축 노무자로 동네의 화재 시에는 소방대원으로도 활약했다.
*** 주홍색 문신

10

부 그의 마음에 달려 있는 데다가, 참기 어려운 바늘 끝의 고통을 한 달이고 두 달이고 견뎌야 했다.

이 젊은 문신사의 마음에는 남들이 모르는 쾌락과 숙원이 잠재해 있었다. 그가 살갗을 바늘로 찌르면 대부분의 남자는 진홍빛 피를 머금고 부풀어 오르는 살의 아픔을 참지 못하고 괴로운 신음 소리를 냈는데, 그 신음 소리가 심하면 심할수록 그는 무어라 말할 수 없는 쾌감을 느꼈다. 문신 작업 중에서도 특히 아프다는 주자 문신, 음영 문신을 할 때 더욱 기뻐했다. 하루에 500~600번이나 바늘에 찔린 뒤 색이 잘 배도록 탕에 몸을 담그고 나온 사람은 모두 반죽음 상태가 되었다. 그러고는 세이키치의 발밑에 쓰러진 채 한동안 꼼짝도 하지 못했다. 그 끔찍한 모습을 세이키치는 늘 싸늘하게 바라보며 "얼마나 아프시겠소?" 하고 유쾌하게 웃었다.

참을성이 부족한 남자가 마치 단말마의 고통을 겪는 듯 입술을 일그러뜨리고 어금니를 깨물거나 비명을 지르면, 그는 이렇게 말했다.

"당신도 사나이가 아니오? 참고 견디셔야지. 내 바늘은 특히 더 아프다니까."

눈물을 글썽거리는 남자의 얼굴을 곁눈질로 보면서 마구 찔러댔다. 또 인내심 강한 사람이 굳은 각오로 눈썹 하나 찌푸리지 않고 참고 있으면, 그는 이렇게 말하고는 흰 이를 드러내며 웃었다.

"흠, 보기보다 잘 참으시는군. 하지만 두고 보시게. 곧 쑤시기 시작하면 도저히 견딜 수 없을 테니."

그의 오랜 소원은 미녀의 빛나는 피부에 자신의 혼을 찔러 넣는 것이었다. 그 여자의 체질과 용모에는 여러 가지 조건이 있었다. 단지 아름다운 얼굴, 아름다운 피부만으로는 좀처럼 만족할 수 없었다. 에도* 유곽 거리에서 이름을 떨치는 여자들을 모두 조사해봐도 그의 마음에 흡족한 정취와 분위기는 쉽사리 발견되지 않았다. 아직 보지도 못한 사람의 용모와 자태를 마음속에 그리고 동경하며 3~4년을 헛되이 보내면서도 그는 여전히 그 소원을 버리지 못했다.

4년째가 되는 여름의 어느 저녁, 후카가와의 요정 히라세이 앞을 지나고 있을 때, 그는 문득 문 앞에서 대기하고 있는 가마의 주렴 밑으로 드러난 여자의 새하얀 맨발을 보았다. 예리한 그의 눈에는 사람의 발이 그 얼굴처럼 복잡한 표정을 가진 듯 비쳤다. 그에게 그녀의 발은 귀중한 살로 만들어진 보석이었다. 엄지에서 새끼까지 가지런하게 이어진 섬세한 다섯 발가락의 형태, 에노시마** 해변의 연분홍 조개 같은 발톱의 색, 구슬처럼 동그스름한 뒤꿈치, 바위틈

---

* 현재의 도쿄
** 히로시마현에 있는 섬

에서 솟아나는 맑은 물에 씻은 듯한 피부의 윤택. 이 발이야말로 남자의 피를 먹고 남자의 몸을 짓밟는 발이었다. 이 발을 가진 여자야말로 그가 오랫동안 찾아 헤매던 여자 중의 여자라고 생각했다. 세이키치는 뛰는 가슴을 억누르고, 그 여자의 얼굴을 보기 위해 가마 뒤를 200~300미터 쫓아 갔지만 가마는 어느새 시야에서 사라져버렸다.

세이키치의 동경심이 격렬한 사랑으로 바뀐 그해도 저물고, 5년째의 봄도 거의 끝나가던 어느 날 아침이었다. 그가 후카가와 사가초의 집에서 칫솔을 입에 물고 툇마루에 앉아 만년청 화분을 바라보고 있는데, 뜰의 뒷문이 열리는 소리가 들리더니 울타리 뒤에서 모르는 소녀가 들어왔다.

세이키치가 잘 아는 다쓰미의 게이샤가 보낸 소녀였다.

"언니가 이 하오리*를 선생님께 건네드리고 무언가 안감에 그림을 그려주시길 부탁드리라고 해서요……."

소녀는 노란색 보자기를 풀고, 가부키 배우의 얼굴이 그려진 포장지에 싸인 하오리와 한 통의 편지를 꺼냈다.

그 편지에는 하오리를 잘 부탁한다는 말 뒤에, 심부름 보낸 아이를 조만간 자기 동생으로 삼아 손님을 받을 터이니 저도 잊지 말고 아이도 잘 부탁한다고 적혀 있었다.

---

* 팔목이 짧은 겉옷

"어쩐지 본 적 없는 얼굴이라고 생각했는데, 그럼 너는 얼마 전에 왔느냐?"

세이키치는 소녀의 모습을 찬찬히 훑어봤다. 나이는 열여섯이나 열일곱으로 보이지만, 얼굴은 묘하게도 긴 세월 유곽에서 살면서 사내 수십 명의 마음을 희롱한 여자처럼 아주 차분한 아름다움이 있었다. 나라의 온갖 죄와 돈이 흘러드는 에도에서 옛날부터 생사를 거듭한 수많은 아름다운 남녀의 꿈속에나 나올 법한 미모였다.

"작년 6월경에 히라세이에서 가마를 타고 돌아간 적이 있느냐?"

세이키치는 소녀를 툇마루에 앉히고 신발 속의 섬세한 맨발을 자세히 바라봤다. 소녀는 이 기묘한 질문에 웃으며 대답했다.

"네, 그즈음이라면 아직 아버님이 살아 계셨으니 히라세이에도 종종 갔습니다."

인사를 하고 돌아가려는 소녀에게 세이키치는 이렇게 말했다.

"햇수로 5년, 나는 너를 기다리고 있었다. 얼굴을 보는 것은 처음이지만 네 발은 기억하고 있다. 네게 보여주고 싶은 게 있으니 올라와서 천천히 놀다 가거라."

세이키치는 소녀의 손을 이끌고 오카와강이 바라보이는 2층 방으로 안내한 후, 그림 두루마리 두 개를 꺼내 하나를 먼저 소녀 앞에 펼쳤다.

그것은 옛날 중국 은나라의 폭군 주왕이 총애한 말희*의 그림이었다. 유리 산호를 박은 무거운 금관을 쓴 여인이 가 냘픈 몸을 난간에 기댄 채 비단 옷자락을 계단에 나부끼고 있었다. 오른손에는 큰 술잔을 비스듬히 들고 있었다. 이제 곧 뜰에서 처형되려는 남자를 바라보고 있는 여인의 모습, 그 앞에서 쇠사슬로 사지가 기둥에 묶인 채 마지막 운명을 기다리며 고개를 숙이고 눈을 감은 남자의 얼굴빛이 무서 울 정도로 정교하게 그려져 있었다.

소녀는 잠시 이 기괴한 그림을 주시하는 동안, 자신도 모 르는 사이에 눈동자가 빛나고 입술이 떨렸다. 이상하게도 그 얼굴은 점점 그림 속 여인의 얼굴을 닮아갔다. 소녀는 그곳에 감춰진 진정한 '자신'의 모습을 발견했다.

"이 그림에는 네 마음이 비치고 있다."

세이키치는 유쾌하게 웃으면서 소녀의 얼굴을 들여다보 았다. 소녀는 창백해진 얼굴을 들고 말했다.

"어째서 이런 무서운 걸 제게 보여주시는 겁니까?"

"이 그림 속의 여자는 바로 너다. 이 여자의 피가 네 몸속 에 섞여 있을 것이다."

그는 또 다른 화폭을 펼쳤다.

'비료肥料'라는 제목의 그림이었다. 그림 한가운데에 벗나

---

* 말희는 하나라 걸왕의 후궁이며 주왕이 총애한 후궁은 달기다. 저자의 착 오로 보인다.

무에 몸을 기댄 젊은 여자가 발밑에 쓰러져 있는 수많은 남자의 시체를 응시하고 있었다. 여자의 주위에서 날아다니며 승리를 노래하는 작은 새들, 여자의 눈동자에서 흘러넘치는 억제하기 어려운 긍지와 환희의 빛. 싸움 후의 경치인가, 봄날 화원의 경치인가. 그것을 본 소녀는 자기 마음속에 잠재한 무언가를 마침내 찾아낸 기분이었다.

"너의 미래를 그림으로 나타낸 것이다. 여기에 쓰러진 사람들은 모두 앞으로 너 때문에 생명을 버리게 될 것이다."

세이키치는 소녀의 얼굴과 똑 닮은 그림 속 여자를 손으로 가리켰다.

"제발 부탁이에요. 어서 그 그림을 치워주세요."

소녀는 유혹을 피하려는 듯 그림을 등지고 몸을 숙였지만, 곧 다시 입술을 떨었다.

"선생님, 고백할게요. 저는 선생님이 보신 대로 저 그림의 여자와 같은 천성을 지니고 있습니다……. 그러니 이제 제발 그림을 치워주세요."

"그런 약한 소리 하지 말고 이 그림을 좀 더 잘 보거라. 두려움은 곧 사라질 게야."

이렇게 말하는 세이키치의 얼굴에는 평소의 심술궂은 웃음이 감돌고 있었다.

그러나 소녀는 좀처럼 머리를 들지 않았다. 옷소매로 얼굴을 가리고 엎드린 채로 거듭 말했다.

"선생님, 제발 돌아가게 해주세요. 선생님 옆에 있는 것이 무섭습니다."

"기다려라. 내가 너를 최고의 미인으로 만들어줄 테니."

세이키치는 태연하게 소녀 옆으로 다가갔다. 그의 품속에는 과거 네덜란드 의사에게서 얻은 마취제 병이 들어 있었다.

강에 내리쬐는 화창한 햇빛이 반사되어 네댓 평의 방 안에 이글거리듯이 비쳤다. 수면에서 반사된 광선이 무심하게 잠든 소녀의 얼굴과 장지문의 창호지에 금빛 파문을 그리며 흔들거렸다. 방문을 닫고 문신 도구를 손에 든 세이키치는 한동안 황홀하게 앉아 있었다. 그는 이제야 처음으로 소녀의 아름다운 얼굴을 찬찬히 음미할 수 있었다. 꼼짝하지 않는 소녀의 얼굴을 마주한 채 10년이고 100년이고 이방에 계속 앉아 있고 싶었다. 옛날 멤피스의 백성들이 장엄한 이집트의 하늘과 땅을 피라미드와 스핑크스로 장식했듯이, 세이키치는 청정한 인간의 피부를 자신의 사랑으로 채색하고 싶었다.

이윽고 그는 왼손의 새끼손가락과 약지와 엄지 사이에 끼운 붓으로 소녀의 등에 그림을 그린 후, 그 위에서 오른손으로 바늘을 찔러나갔다. 젊은 문신사의 영혼은 먹물 안에 녹아들어 피부에 스며들었다. 소주에 타서 찔러 넣는 주홍 물감 한 방울 한 방울은 그의 생명에서 나왔다. 그는 그곳에서 자기 영혼의 빛을 보았다.

어느덧 낮도 지나고 한가로운 봄의 해는 서서히 저물기 시작했으나, 세이키치의 손은 조금도 쉬지 않았고 소녀도 잠에서 깨지 않았다. 소녀의 귀가가 늦는 것을 걱정하여 요정에서 하인이 찾아왔지만 "소녀는 아까 돌아갔다"고 말해 돌려보냈다.

강 건너편 도사土佐 번주藩主의 저택* 위에 달이 걸리고, 꿈같은 그 빛이 강변 집들의 방으로 흘러들 무렵에도 문신은 아직 반도 완성되지 않았다. 세이키치는 촛불을 켜고 열심히 작업에 몰두했다.

한 방울의 색을 넣는 것도 그에게는 쉬운 일이 아니었다. 바늘을 찌르고 뺄 때마다 자신의 심장이 찔리는 것처럼 깊은 한숨을 내쉬었다. 바늘 자국은 서서히 거대한 무당거미의 형상을 갖추기 시작했고, 다시 희붐하게 날이 밝아올 무렵, 기묘한 마성의 동물은 여덟 개의 다리를 뻗어 등 전체를 덮었다.

강을 오르내리는 배의 노 젓는 소리에 봄날의 밤은 밝아오고, 아침 바람을 품고 내려오는 흰 돛의 꼭대기부터 안개가 걷히기 시작했다. 나카스, 하코자키, 레이간지마에 늘어선 집들의 기와지붕이 반짝일 무렵, 세이키치는 그제야 붓을 놓고 소녀의 등에 새겨진 거미를 바라보았다. 그 문신이

---

* 도사번 영주 야마우치가의 에도 저택. 번藩은 1868년 메이지유신 후에 현縣으로 통폐합되었다.

야말로 자기 생명의 모든 것이었다. 그 일을 마친 후 그의 마음은 텅 비어버린 듯했다.

두 사람은 그 상태로 한동안 움직이지 않았다. 그리고 낮고 쉰 목소리가 방의 사방에 메아리쳤다.

"나는 너를 진정 아름다운 여자로 만들기 위해 문신 속에 나의 혼을 심었다. 이제 앞으로 온 나라에서 너보다 아름다운 여자는 없다. 너는 이제 과거처럼 두려운 마음을 가질 필요가 없다. 남자란 남자는 모두 너의 거름이 될 거다."

그 말이 들렸는지, 실처럼 가느다란 신음 소리가 소녀의 입술에서 희미하게 새어 나왔다. 소녀는 서서히 의식을 회복하기 시작했다. 무겁게 빨아들이고 무겁게 뱉어내는 숨결에 어깨가 흔들릴 때마다 거미의 다리는 살아 있는 것처럼 꿈틀거렸다.

"아플 게야. 네 몸을 거미가 꼭 껴안고 있으니까."

이 말을 듣고 소녀는 아무 생각 없이 눈을 가늘게 떴다. 그 눈동자는 초저녁 달빛이 밝아지듯 점점 빛나더니 남자의 얼굴을 비추었다.

"선생님, 어서 저에게 등의 문신을 보여주세요. 선생님의 생명을 받았으니 저는 틀림없이 아름다워졌겠죠?"

소녀는 꿈을 꾸는 듯이 말했지만 그 말 어딘가에 예리한 힘을 품고 있었다.

"자, 이제 욕탕으로 가서 색이 잘 배도록 하는 거다. 아프겠지만 잠시만 참아라."

세이키치는 소녀의 귓가에 위로하듯이 속삭였다.

"아름답게만 된다면 얼마든지 참겠습니다."

소녀는 몸의 고통을 참으며 억지로 미소를 지었다.

"아아, 뜨거운 물이 스며들어 아프군요. 선생님, 부탁이니 저를 내버려두세요. 2층에 가서 기다려주세요. 이런 비참한 모습을 남자에게 보이기 싫으니까요."

욕조에서 나온 소녀는 몸을 닦지도 않고 위로하는 세이키치의 손을 뿌리치고는 격렬한 고통에 몸을 바닥에 내던진 채 가위에 눌린 듯이 신음했다. 머리카락이 미친 여자의 산발처럼 어지럽게 뺨에 흐트러졌다. 여자의 등 뒤에는 경대가 세워져 있었다. 새하얀 두 발바닥이 그 거울에 비쳤다.

어제와는 완전히 달라진 여자의 태도에 세이키치는 적잖이 놀랐지만 여자의 말대로 혼자 2층에서 기다렸다. 한 시간 정도 지나자 여자가 머리카락을 양어깨에 늘어뜨리고 몸을 단장하고 올라왔다. 그리고 고통의 흔적이 비치지 않는 맑은 눈을 크게 뜨고 난간에 기대어 안개 낀 흐린 하늘을 올려다보았다.

"이 그림은 문신과 함께 네게 줄 테니 이걸 가지고 그만 돌아가거라."

세이키치는 그림 두루마리를 여자 앞에 놓았다.

"선생님, 저는 이제 과거의 두려운 마음을 말끔히 떨쳐버렸습니다…… 선생님이 가장 먼저 제 거름이 되어주셨군요."

여자는 칼날 같은 눈동자를 반짝였다. 귓가에는 승려의 노랫소리가 울리고 있었다.

"돌아가기 전에 한 번 더, 그 문신을 보여다오."

세이키치가 말했다.

여자는 잠자코 고개를 끄덕이고는 옷을 벗었다. 때마침 아침 해가 문신을 비춰 여자의 등은 찬란하게 빛났다.

호
칸

1904년 봄부터 1905년 가을에 걸쳐 세계를 뒤흔든 러일 전쟁이 이윽고 포츠머스 조약으로 종언을 고하고, 국력 발전의 기치 아래 여러 기업이 잇달아 발흥하여 신귀족도 생기고 벼락부자도 생기며 온 세상이 축제처럼 경기가 좋았던 1907년 4월 중순의 일이었습니다.

　무코지마의 강둑에 벚꽃이 만개하고 하늘은 파랗게 화창한 일요일 오전, 사람들을 가득 태운 아사쿠사행 전차와 증기선이 지나가고, 군중이 개미처럼 아즈마교를 줄지어 건너갑니다. 그 다리 건너편, 야오마쓰에서 고토토이의 보트장까지 따스한 느낌의 안개가 끼어 있고, 고마쓰노미야 후작 별장을 비롯해 하시바, 이마도, 하나카와도의 집들은 자욱한 푸른빛 속에 잠들어 있습니다. 그 뒤에는 아사쿠사 공원의 료운각*이 잔뜩 낀 수증기로 숨 막힐 듯한 짙푸른 하

---

* 아사쿠사 공원에 있었던 12층 전망대로 1923년 관동대지진으로 무너져 철거되었다.

늘에 몽롱하게 서 있습니다.

센주 쪽에서 짙은 안개 속을 헤치고 나오는 스미다강은 고마쓰섬의 모퉁이에서 한 번 굽이친 후, 망망한 대하의 모습을 갖추고 봄에 취한 듯 나른한 물결을 햇빛에 반짝이면서 아즈마교 아래로 빠져나갑니다. 이불 같은 촉감이 느껴질 듯 부드럽게 넘실거리는 물결 위에는 몇 척의 보트와 꽃놀이 배가 떠 있습니다. 때때로 산야보리 부두를 떠난 나룻배가 강을 오르내리는 배들을 가로지르며 뱃전에 흘러넘칠 정도로 많은 사람들을 강둑 위로 옮기고 있습니다.

그날 아침 열 시경의 일입니다. 간다강의 나루터를 떠나 가메세로 요정의 돌담 밑을 지나 스미다강의 한가운데로 나아가는 한 척의 꽃놀이 배가 있었습니다.

붉은색과 흰색 줄무늬의 휘장으로 아름답게 장식한 큰 거룻배 위에 다이치*의 호칸과 게이샤들이 모여 있습니다. 배의 중앙에는 그 당시 가부토초에서 큰 부자로 이름을 떨친 사카키바라라는 나리가 대여섯 명의 종자를 거느리고 배 안의 남녀를 돌아보면서 벌컥벌컥 술잔을 기울이고 있는데, 그 불그스레한 살진 얼굴에는 벌써 취기가 돌고 있습니다.

중류에 이른 배가 도도 백작 저택의 담을 따라 나아갈 무

---

* 스미다 강변의 유흥가

26

렵, 휘장 속에서 악기와 노랫소리가 크게 울리기 시작해 그 낭랑한 소리는 강물을 흔들며 강가까지 퍼져갑니다. 료고쿠교 위나 혼조, 아사쿠사 강변 동네의 사람들은 목을 길게 빼고 그 쾌활한 기운에 모두 넋을 잃은 듯합니다. 배 안의 모습은 육지에서도 손에 잡힐 듯 잘 보이고, 때로는 요염한 여자의 목소리도 수면을 지나는 산들바람을 타고 들려옵니다.

배가 요코아미 기슭을 지날 무렵, 갑자기 뱃머리에 목이 기다라니 이상한 모습을 한 변장 인물이 나타나 샤미센*에 맞춰 익살스러운 춤을 추기 시작했습니다. 여자의 눈과 코를 그린 큰 풍선 밑에 아주 가늘고 기다란 종이봉투 목을 만들어 붙이고 머리에 뒤집어쓴 듯합니다. 얼굴까지 감춘 채 몸에는 현란한 색의 긴소매 옷을 걸치고 발에는 흰 버선을 신고 있습니다. 하지만 때때로 치켜드는 손짓에 주홍빛 소맷부리에서 남자 같은 굵은 손목이 드러나고 갈색의 울퉁불퉁한 다섯 손가락이 특히 눈에 띕니다. 여자 머리 풍선이 바람 부는 대로 두둥실 날리며 강기슭 집들을 엿보거나, 엇갈려 지나가는 배 위 사공의 머리를 스치거나 하니, 그때마다 육지의 구경꾼들은 손뼉을 치며 크게 웃습니다.

그러는 가운데 어느새 배는 우마야교 쪽으로 왔습니다.

---

* 현이 셋인 일본 전통 현악기

다리 위에는 새까맣게 사람들이 모여 있는데, 그 노란 얼굴들이 나란히 늘어서서 눈앞으로 다가오는 배 안의 모습을 바라보고 있습니다. 배가 점점 가까워지자 공중에 떠오른 풍선 머리의 눈과 코는 우는 것인지 웃는 것인지 자는 것인지 알 수 없는 탈속한 표정인지라, 구경꾼들은 그것을 보고 또다시 웃음을 터뜨립니다. 그러는 가운데 뱃머리가 다리 밑으로 들어가자, 높아진 수면 때문에 풍선 머리는 구경꾼들의 얼굴 가까운 난간을 살짝 스치더니 그대로 배에 이끌려 뒤로 누웠고, 다리 밑을 지난 후에는 다시 저쪽의 푸른 하늘로 둥실 떠오릅니다.

고마가타당 앞까지 오자, 벌써 아즈마교의 통행인들이 멀리서 이것을 보고 마치 개선 군대를 환영하듯 기다리는 모습이 배 안에서도 잘 보입니다.

그곳에서도 우마야교에서와 같은 연기로 사람들을 웃게 하고, 이윽고 무코지마를 지나갑니다. 한층 높아진 샤미센 소리는 더욱 흥을 돋우고 마치 축제의 피리 소리에 소가 들떠서 꽃수레를 끌고 가듯, 이 배도 활기찬 곡조의 힘에 밀려 서서히 강을 나아가는 것 같습니다. 강에 가득히 떠 있는 꽃놀이 배 위의 사람들, 그리고 빨강 파랑의 작은 깃발을 흔들며 보트 경기를 응원하는 학생들을 비롯한 강 양쪽의 군중은 그저 입을 벌리고 이 기괴하고 익살스러운 배가 나아가는 것을 지켜봅니다.

풍선 머리의 춤은 더욱 부드럽고 자유로워져서, 풍선은

강바람에 흔들리며 증기선의 흰 연기를 뚫고 금세 하늘 높이 올라가 마쓰지산을 내려다보며 구경꾼들에게 교태를 부리는 모습으로 인기를 한 몸에 모으고 있습니다.

고토토이 근처에 오자 강둑에서 멀어져 다시 상류로 올라갑니다. 그런데도 우에한 식당과 오쿠라 씨의 별장 근처를 배회하는 강둑의 사람들은 멀리 강줄기 위 하늘에 뜬 도깨비불 같은 풍선 머리를 바라보며 "뭐지? 저건 뭐야?" 하면서 모두 그 행방을 지켜봅니다.

기발한 행동으로 강둑의 사람들을 놀라게 한 배가 이윽고 요정 가게쓰카단의 부두에 밧줄을 매자, 사람들은 우르르 정원의 잔디로 올라갔습니다.

"수고했소. 수고 많았소."

나리와 게이샤 일행에 둘러싸여 박수갈채를 받으며 풍선 머리 남자는 종이봉투를 벗고, 타는 듯한 붉은 옷깃 속에서 거무스름한 빡빡머리와 애교 넘치는 얼굴을 비로소 드러냈습니다.

장소를 바꾸어 다시 한번 그곳에서도 술잔치가 시작되었습니다. 나리를 비롯한 많은 남녀는 잔디 위에서 춤추며 돌아다니고 까막잡기, 술래잡기 등으로 시끌벅적합니다.

풍선 머리를 연기했던 남자는 긴소매의 옷차림 그대로, 흰 버선에 나막신을 신고 비틀거리는 걸음으로 게이샤의 뒤를 쫓거나 쫓기고 있습니다. 특히 그 남자가 술래가 되었을 때는 한층 떠들썩하게 즐거워하여, 수건으로 얼굴을 가릴 때부터 나리와 게이샤는 배꼽이 빠지게 웃으며 손뼉 치고 발을 구릅니다. 붉은 속치마 속 털 많은 정강이를 드러내고 "키 짱, 잡았다!" 하고 쉰 목소리의 예인 같은 고음을 지르며 여자의 소매를 잡으려 하거나 나무에 머리를 부딪치거나 하며 여기저기 마구 뛰어다닙니다만, 재빠른 거동에 어울리지 않게 어딘가 익살맞고 멍청한 점이 있어 쉽사리 사람을 붙잡지 못합니다.

모두가 우스워하며 쿡쿡 숨을 죽이면서 살며시 남자의 등 뒤로 다가가 "여기 있다!" 하고 갑자기 귓전에 간드러진 소리를 지르며 등을 치고 도망갑니다.

"자, 한 방 먹어라!" 하고 나리가 귓불을 잡아당겨 비틀자, 남자는 "아야, 아야" 비명을 지르며 눈썹을 찌푸리고 일부러 아주 처량한 표정을 지으며 몸을 비비 꼽니다. 그 표정이 또 이루 말할 수 없이 귀여워서, 누구라도 그 남자의 머리를 때리거나 코를 잡거나 하며 놀리고 싶은 생각이 듭니다.

이번에는 열대여섯 살 된 장난기 많은 어린 게이샤가 뒤에서 양손으로 발을 잡아채니 꽈당 하고 잔디에 쓰러졌습니다만, 와하하 하는 웃음소리 가운데 다시 꿈지럭거리며 일어나서 "누구냐! 이 노인을 괴롭히는 놈은?" 하고 눈이 가려진 채로 고함치며 양손을 벌리고 더듬더듬 걸어갑니다.

이 남자는 산페이라는 호칸으로 원래는 가부토초의 주식 중매인이었습니다만, 그때부터 지금의 일을 무척 하고 싶어 했습니다. 마침내 4~5년 전에 야나기바시의 어느 호칸의 제자로 들어가서, 색다른 재주로 많은 단골을 만들어 지금은 동료 중에서도 꽤 잘 팔리는 사람이 되었습니다. 그래서 옛날의 그를 알고 있는 사람은 가끔 이런 말을 합니다.

"사쿠라이(이 남자의 성입니다)는 만사태평이야. 주식을 하는 것보다 이게 성격에 맞아 참 다행이지. 지금은 수입도 괜찮으니 꽤 행복한 놈이야."

청일전쟁 시절에는 카이운교 부근에 어엿한 중매사무소를 갖추고 네댓 명의 직원도 고용했습니다. 사카키바라 나리 등과는 친구 관계였는데, 그 무렵부터 그 남자와 같이 있으면 술자리가 신나고 재미있다며 유흥객 모두가 인정하여 술자리에 없어서는 안 되는 인물이었습니다. 노래를 잘하고 이야기도 잘하며, 설령 자신이 아무리 잘나갈 때라도 거만한 행동은 전혀 하지 않았습니다. 자신 또한 어엿한 한 사람의 나리라는 신분을 잊고 때로는 어엿한 남자라는 품위마저 잊은 채, 오로지 친구나 게이샤들이 크게 칭찬하거나 웃어주는 것이 그에게는 가장 유쾌한 일이었습니다.

화려한 전등 아래에서 술에 취해 반질거리는 얼굴로 싱글벙글거리며 "에헤헤" 하고 환히 웃으면서 술술 해괴한 농담을 끝도 없이 말하고, 아주 즐거워 참을 수 없다는 듯 애교 있는 눈동자를 반짝거리면서 덜렁덜렁 어깨를 흔드는 천진난만한 태도. 실로 유흥의 진수를 통달하여 마치 환락의 화신이 아닌가 생각됩니다. 어느 쪽이 손님인지 모를 정도로 게이샤에게도 기분을 맞추며 상대해주므로 처음에는 바람둥이라고 속으로 불쾌하게 생각하거나 싫어합니다만, 실제로 달리 어떤 의도가 있는 것이 아니라 단지 남들에게 웃음을 주는 것을 즐기는 호인임을 차차 알게 되어 "사쿠라이 씨, 사쿠라이 씨" 하고 친근하게 부르게 됩니다. 많은 사람이 그를 아끼지만, 아무리 돈이 있고 위세가 좋아도 누구 하나 그에게 아첨을 떨거나 매혹되는 사람이 없습니다. "나리"라고도 "선생님"이라고도 하지 않고 "사쿠라이 씨"라고 부르면서 자연스레 동반한 손님보다 한 단계 낮은 사람처럼 대하지만 그것을 실례라고도 생각하지 않습니다. 실제로 그는 남들에게 존경심이나 연모의 정 같은 것을 일으키는 사람은 결코 아니었습니다. 선천적으로 남들에게 일종의 따뜻한 경멸의 마음 혹은 연민의 정을 일으켜 친해지고 귀염을 받는 성품입니다. 아마 거지라도 그에게 고개 숙여 인사할 마음은 생기지 않을 겁니다. 그 역시 아무리 바보 취급을 당해도 화내지 않고 오히려 기쁘게 생각합니다. 돈만 생기면 반드시 친구를 불러 요정에 가서 술을 삽니다. 연회가 있거나 동료가 초청하거나 하면 회사 일을 내팽개치고 서둘러 자리로 나갑니다.

"어이, 정말 수고했네" 하고 연회 끝에 종종 친구가 놀리면 그는 정색한 표정으로 무릎을 꿇고는 "네, 모쪼록 제게도 용돈을 주셨으면 합니다"라고 말합니다. 그럴 때 게이샤가 농담으로 손님의 목소리를 흉내 내며 "어, 좋지. 이걸 갖고 가라" 하고 종이를 뭉쳐서 던져주면 "네에, 대단히 감사합니다" 하고 꾸벅꾸벅 두세 번 고개를 숙이고 종이 뭉치를 부채 위에 놓고는 장터의 약장사처럼 이런 말을 술술 늘어놓습니다.

"네에, 대단히 감사합니다. 여러분 모쪼록 좀 더 던져주시겠습니까. 2전만 더 주시면 좋겠습니다. 처자식을 먹여 살려야 합니다. 어쨌든 도쿄 손님은 약한 자를 도우시고 악한 자를 징벌하시고……."

이런 태평한 남자도 연애 같은 것은 하는 듯 가끔 화류계 출신 여자를 정식 부인도 아니면서 집에 데려와 동거한 적도 있습니다만, 여자에게 반하면 그의 칠칠치 못함은 정도를 더해, 환심을 사기 위해 열심히 비위를 맞추느라 정신없으니 남편의 권위 같은 것은 전혀 없습니다. 뭐든지 갖고 싶다는 것은 다 사주고 '당신, 이렇게 해주세요. 저렇게 해주세요'라고 턱짓으로 여자에게 부림을 당하며 뭐든 여자의 말을 듣고 있는 기개 없음. 어떤 때는 술버릇 나쁜 여자에게 바보라는 소리를 들으며 머리를 얻어맞기도 합니다. 여자가 생겼을 때는 밖의 회식 자리는 거의 다 끊고, 거의 매일 밤 친구나 점원을 2층 방으로 불러 여자의 샤미센에 맞춰 마시고 노래하며 야단법석입니다. 한번은 자기 여자를 친구에게 빼앗긴 적이 있었습니다. 그런데도 여자가 떠나지 않도록 여러모로 여자의 비위를 맞추거나 친구에게 옷감을 사주거나 두 사람을 데리고 연극을 보러 가고, 어느 때는 그 여자와 그 남자를 상석에 앉히고 여느 때처럼 자신이 비위를 맞추며 완전히 두 사람의 도구로 쓰이는 것을 기뻐합니다. 심지어는 가끔 돈을 주어 남자 배우를 만나게 해준다는 조건으로 동거한 게이샤도 있었습니다. 남자의 자존심이라든가 질투 때문에 화를 내는 마음은 이 남자에게는 털끝만큼도 없습니다.

그 대신 또 싫증을 매우 잘 내는 성격인지라 여자에게 완전히 홀려 집요할 정도로 알랑거리는가 하면, 어느새 열이 식어버려 몇 명이고 여자를 갈아치웁니다. 애초에 그에게 반한 여자는 없기 때문에 여자는 돈맥이 보일 때 최대한 긁어내고 적당한 때 집을 나가버립니다. 이런 식이므로 점원들에게 조금도 위신이 서지 않아 가끔 회계에 큰 구멍도 뚫리고 일에도 소홀해져 머지않아 사업은 망해버렸습니다.

그 후 그는 주식거래소의 도박꾼이나 호객꾼이 되어 사람을 만나기만 하면 "조금만 두고 보세요. 당장에 만회할 테니" 하며 허풍을 떨었습니다. 다소 붙임성이 좋고 앞을 내다보는 능력도 있어 가끔 돈을 벌었습니다만, 언제나 여자에게 당해서 1년 내내 쪼들렸습니다.

그러다가 결국 빚 때문에 더는 꼼짝 못 하게 되자, "당분간 나 좀 써주게" 하고 옛 친구 사카키바라의 상점에 점원으로 들어왔습니다.

일개 점원 신분으로 몰락해도 몸에 스민 게이샤 놀이의 맛은 아무래도 잊을 수가 없습니다. 때때로 그는 계산대 앞에 앉아 여자의 요염한 목소리나 샤미센의 맑은 음색을 떠올리며 입 속으로 노래를 부르면서 대낮부터 들떠 있곤 합니다. 마침내 더는 참을 수 없게 되면 이런저런 그럴듯한 변명을 대고 여기저기서 돈을 조금씩 갈취하여 주인 몰래 놀러 갑니다.

"그 녀석은 그래도 밉지 않은 놈이야"라며 처음 두세 번은 기꺼이 돈을 내준 이들도 같은 일이 반복되니 마침내 화가 납니다.

'사쿠라이도 못 말리는군. 저렇게 야무지지 못하니 앞날이 캄캄하군. 그렇게 질 나쁜 놈은 아니었는데, 이번에 또 아무 생각 없이 찾아오면 단단히 한마디 해줘야지.'

이렇게 생각하지만, 막상 그의 얼굴을 마주하면 왠지 처량한 모습이라 아무래도 심한 말을 할 수 없게 됩니다.

"다음번에 줄 테니 오늘은 그냥 돌아가게."

이렇게 말하고 적당히 쫓아 보내려고 합니다만, 그는 집요하게 부탁합니다.

"제발 부탁이니 그런 말 하지 말고 빌려주게. 곧 갚을 텐데 뭘 그러나. 꼭 좀 부탁하네! 제발 부탁이야."

이러면 대개의 사람은 무너져버립니다.

상점 주인 사카키바라가 보다 못해 "가끔 내가 데려갈 테니 너무 남에게 폐를 끼치지 않도록 하게" 하고 세 번에 한 번꼴로 단골 요정에 데려가면, 그때는 딴사람처럼 열심히 일하며 충성을 다합니다. 사업상의 걱정거리로 기분이 울적할 때는 이 남자와 술이라도 마시면서 순진한 얼굴을 보는 것이 그래도 큰 약이 되므로 주인도 자주 데려갑니다. 마침내 점원이라기보다 밤의 근무가 주가 되어, 낮에는 종일 가게에서 뒹굴면서 "나는 사카키바라 상점의 상주 게이샤로군" 하며 자랑삼아 농담을 합니다.

사카키바라는 양갓집에서 시집온 아내도 있고 열대여섯 살의 딸을 맏이로 하여 두세 명의 자식도 있었습니다. 부인을 비롯해 하녀들까지 모두 사쿠라이를 좋아하여 "사쿠라이 씨, 맛있는 게 있으니 부엌에서 한잔하시죠"라고 안채로 불러 무언가 재미있는 이야기라도 하나 들으려고 합니다.

"당신처럼 태평하면 가난도 고생이 되지 않겠죠? 일생 웃으며 살 수 있으면 그게 제일 행복인걸요."

사모님에게 이런 말을 들으면 그는 우쭐한 기분이 되어 "말씀 그대로입니다. 그러니까 저는 옛날부터 한 번도 화를 낸 적이 없습니다. 그건 역시 노는 걸 좋아한 덕분이죠……"라고 말하고 다시 한 시간 정도 쉴 새 없이 떠들어 댑니다.

때로는 낮은 목소리로 구성진 노래를 들려줍니다. 속요든 샤미센 곡이든 뭐든지 대충은 알고 있어 스스로 자신의 소리에 취해 입으로 샤미센 소리를 내며 아주 기쁜 듯이 노래하기 시작하면 모두가 감동적으로 듣습니다. 언제나 유행가를 맨 먼저 배워 와서는 "아가씨, 재미있는 노래를 가르쳐드릴까요?" 하고 곧바로 안채로 가서 선보입니다. 가부키도 새 작품이 극장에 올라올 때마다 입석 표를 끊고 두세 번 가서 곧바로 배우의 음색을 배워 옵니다. 때때로 변소에서나 길 한가운데서 눈을 부릅뜨거나 고개를 젓거나 하며 열심히 성대모사에 몰두하기도 합니다. 심심할 때는 언제나 입으로 노래를 중얼거리거나 무슨 흉내를 내거나 하며 늘 어쩐지 혼자 들떠 있습니다.

어릴 때부터 그는 음악이나 만담에 상당한 관심을 보였습니다. 출생지는 시바아타고시타 지방으로, 초등학교 때는 신동이라 불릴 정도로 공부도 잘했고 기억력도 좋았습니다. 그러나 호칸이 될 기질은 이미 그 무렵 갖춰진 것으로 보여, 반에서 1등을 하는데도 친구들이 자신을 부하처럼 대하는 것을 기뻐했습니다. 그뿐 아니라 부친을 졸라 매일 밤 연예장에 따라갔습니다. 그는 만담가*에 대해 일종의 동정, 나아가 동경마저 품고 있었습니다. 만담가는 멋진 옷을 입고 높은 자리에 오른 후에 꾸벅하고 관객에게 인사하고 이렇게 말합니다.

"에에, 매번 듣습니다만, 어쨌든 그 대감 나리의 실수는 늘 술과 여자 때문이었는데, 특히 마님의 권세가 대단했다고 하옵니다. 우리나라는 옛날 신화에서부터 '여자가 없으

---

* 일본어로 '라쿠고카落語家'라고 한다. '라쿠고'는 독백 형식의 해학적인 일본의 서민 예술로 '라쿠고카'는 라쿠고를 하는 사람이다.

면 날이 밝지 않는 나라'*라고 하였습니다만⋯⋯."

그 말의 감칠맛, 왠지 모르게 정감 있는 말투는 말하고 있는 당사자도 틀림없이 좋은 기분일 거라고 생각됩니다. 그리고 한 마디 한 마디로 여자들을 웃게 하면서, 때때로 애교 넘치는 눈짓으로 관객을 스윽 둘러봅니다. 그것에 뭐라 말할 수 없는 친근감이 있어 '인간 사회의 따스한 정'이라는 것을 그는 이럴 때 가장 강하게 느꼈습니다.

흥겨운 샤미센 반주에 맞춰 멋진 가락이 들려오면 어리지만 몸 안에 막연하게 잠복해 있는 방탕의 피가 솟아올라 삶의 즐거움과 기쁨을 느꼈습니다. 학교에 다닐 때는 자주 샤미센 선생 집의 창 밑에 쭈그리고 앉아 넋을 잃고 듣곤 했습니다. 밤에 책상에 앉아 있을 때도 거리의 악사가 켜는 샤미센 소리가 들리면, 책이 손에 잡히지 않아 곧바로 책을 덮고 소리에 취해버렸습니다. 스무 살 때 처음으로 남을 따라 게이샤 집에 갔는데 여자들이 눈앞에 나란히 앉아 그가 평소 동경하던 샤미센을 켜기 시작하자, 그는 잔을 손에 든 채 몹시 감동하여 눈에 눈물이 가득 고였습니다. 그런 식이므로 게이샤 놀이에 익숙한 것도 무리가 아닙니다.

그를 호칸으로 만든 것은 오로지 사카키바라 주인의 판

단이었습니다.

"자네도 언제까지나 집에서 뒹굴고 있으면 되겠나. 내가 도와줄 테니 호칸이 되는 게 어떤가. 공짜로 요정에서 술도 마시고 게다가 용돈도 벌지 않는가. 이렇게 좋은 장사는 없을 걸세. 자네 같은 한량에게는 안성맞춤일세."

이런 말을 듣자 그도 곧바로 그런 마음이 되어 주인의 알선으로 마침내 야나기바시에 있는 호칸의 제자가 되었습니다. 산페이라는 이름은 그때 스승이 지어주었습니다.

"사쿠라이가 호칸이 되었다고? 과연 굼벵이도 구르는 재주가 있다더니."

가부토초의 사람들도 소문을 전해 듣고 이렇게 응원해 주었습니다. 신참이기는 하지만 기예를 할 수 있고 연회석에서 보이는 재주도 좋아, 어쨌든 호칸이 되기 전부터 별난 사람이라는 소문이 높은 남자였기에 금세 팔리기 시작했습니다.

어느 때의 일이었습니다. 사카키바라 주인이 요정 2층에서 내여섯 명의 게이샤를 붙잡고 최면술을 연습한다며 닥치는 대로 최면을 걸어보았습니다만, 한 어린 게이샤가 약간 걸렸을 뿐 다른 사람은 아무래도 잘 걸리지 않았습니다. 그러자 그 자리에 있던 산페이가 갑자기 두려움에 떨면서 이렇게 말했습니다.

"나리, 저는 최면술을 정말로 싫어하니 이제 그만두시죠. 왠지 남이 걸리는 것을 보기만 해도 머리가 이상해집니다."

이렇게 말하는 모습이 두려워하고 있기는 하지만 걸리고 싶어 하는 눈치입니다.

"마침 잘 말했네. 그렇다면 자네에게 한번 걸어보지. 자, 벌써 걸렸다. 거 봐라, 점점 잠이 온다."

이렇게 말하고 주인이 노려보자 "아, 정말, 정말로 그것만은 안 됩니다"라며 안색이 바뀌어 도망가려 합니다. 주인이 뒤쫓아 가서 산페이의 얼굴을 손바닥으로 두세 번 문지르고 "자, 이번에야말로 걸렸다. 이제 틀렸다. 도망쳐도 소용없다" 하고 말하는 사이에 산페이는 목을 축 늘어뜨리고 그곳에 쓰러져버렸습니다.

재미 삼아 이런저런 암시를 주면 어떤 짓이라도 합니다. "슬프지?"라고 말하면 얼굴을 찡그리고 하염없이 웁니다. "분하지?"라고 말하면 얼굴이 벌게지며 화를 냅니다. 술이라고 하며 물을 먹이거나 샤미센이라고 하고 빗자루를 안겨주니 그때마다 여자들은 깔깔대며 웃습니다. 이윽고 주인은 산페이의 코끝에 자신의 엉덩이를 갖다 대고 "산페이, 이 사향은 냄새가 좋지?"라고 말하고는 뿡 하는 소리를 냈습니다.

"그렇군요. 좋은 향이네요. 아아, 좋은 향기다. 좋은 냄새다, 속이 상쾌합니다."

산페이는 아주 기분이 좋은 듯 콧방울을 실룩거립니다.

"자, 이제 그 정도로 풀어주지."

주인이 귓전에 손뼉을 치자 그는 눈을 둥글게 뜨고 주위를 돌아봅니다.

"걸려버렸군요. 아무래도 이처럼 무서운 것은 없습니다. 제가 뭔가 이상한 짓이라도 했습니까?"

이렇게 말하고 겨우 정신을 차린 모습입니다.

그러자 장난을 좋아하는 우메키치라는 게이샤가 무릎걸음으로 다가왔습니다.

"산페이 씨라면 저라도 걸 수 있어요. 자, 벌써 걸렸다! 자, 점점 졸린다."

이렇게 말하고 방 안에서 도망치는 산페이를 쫓아다니면서 목덜미에 달라붙습니다.

"자, 이젠 틀렸다. 얏, 이젠 완전히 걸려버렸다."

이렇게 말하면서 얼굴을 문지르자 산페이는 다시 축 늘어져 입을 헤 벌린 채로 여자의 어깨에 털썩 기대버립니다.

이어서 우메키치가 자신을 관음보살이라고 하며 절을 시키거나 대지진이라고 말해 벌벌 떨게 하고 그때마다 표정이 풍부한 산페이의 얼굴이 다양하게 변하는 우스움은 이루 말할 수 없습니다.

그 후로는 사카키바라 주인과 우메키치가 한번 노려보기만 하면 곧바로 최면에 걸려 푹 쓰러집니다. 어느 밤 우메키치가 연회에서 돌아오는 길에 다리 위에서 마주쳤을 때 "산페이 씨, 얏!"하고 말하며 노려보자, "윽"하고 길 한가운데서 쓰러져버렸습니다.

그는 이렇게까지 하면서 사람을 웃기고 싶은 것이 병입

니다. 그러나 너무도 적절하고 태연하므로 사람들은 그가 연기를 하고 있다고는 생각하지 않았습니다.

누가 말했는지 모르지만, 산페이가 우메키치에게 반했다는 소문이 났습니다. 그렇지 않다면 그렇게 쉽게 최면에 걸릴 리가 없다는 겁니다. 사실 산페이는 우메키치 같은 말괄량이를, 남자를 남자로 생각하지 않는 강한 여자를 좋아했습니다. 처음 최면에 걸려 매우 고생한 밤부터 그는 우메키치의 성격에 완전히 반해버려서 기회만 있으면 어떻게든지 슬쩍 마음을 떠봅니다만, 상대방은 마치 바보 취급을 하듯 전혀 상대해주지 않습니다. 기분 좋을 때를 엿보아 두세 마디 건네면 곧바로 우메키치는 장난꾸러기 아이 같은 눈매로, "그런 말 하면 다시 최면을 걸어줄 거예요" 하고 노려봅니다. 그러면 중요한 고백의 말은 제쳐놓고 이내 푹 쓰러집니다.

결국 그는 견딜 수 없어서 사카키바라 주인에게 속마음을 털어놓고 부탁했습니다.

"정말로 직업에도 어울리지 않게, 참 기개 없을 따름입니다다만, 단 하룻밤이라도 좋으니 아무쪼록 나리의 힘으로 허락을 받아주십시오."

"좋아. 잘 알았으니 안심하고 기다리고 있게."

주인은 사실 산페이를 놀려주려는 속셈이었으므로 곧바로 부탁을 받아들였습니다. 그날 저녁 즉시 단골 요정으로 우메키치를 불러 산페이의 이야기를 한 끝에 이렇게 제안했습니다.

"좀 귀찮겠지만 오늘 밤 자네가 그 녀석을 여기에 불러서 기뻐할 만한 말을 해주고 중요한 부분은 최면술로 속이는 게 좋겠네. 나는 뒤에서 상황을 보고 있을 테니, 놈을 발가벗겨 마음대로 곡예를 부려보게."

"아무리 그래도 그렇지, 너무 불쌍하네요."

그 대단한 우메키치도 일단 주저하긴 했지만, 나중에 들켜도 화를 낼 남자는 아니므로 재미 삼아 해보자는 생각이 들었습니다.

그리하여 밤이 되자, 우메키치의 편지를 들고 인력거꾼이 산페이를 데리러 왔습니다. '오늘 밤은 저 혼자이니 부디 놀러 와주시길'이라 적힌 글을 보고 산페이는 기쁨에 가슴이 두근거렸습니다. 분명 나리가 말씀을 잘해주어 어느 정도 넘어온 게 틀림없다고 생각하고 평소보다 신경을 써서 멋진 옷차림으로 요정에 갔습니다.

"자자, 더 이쪽으로요. 정말로 산페이 씨, 오늘 밤은 저 혼자니까 천천히 노시다 가세요."

우메키치는 방석을 권하고 술을 따르며 아주 정성껏 대접합니다. 산페이는 조금 어리둥절하여 그답지 않게 쭈뼛쭈뼛하고 있었습니다만, 점점 취기가 돌자 대담해집니다.

"우메 씨같이 강한 여자를 저는 아주 좋아합니다."

마침내 이런 말을 내뱉고 서서히 유혹하기 시작합니다. 주인을 비롯해 두세 명의 게이샤가 다락방 창문에서 난간을 통해 보고 있으리라고는 꿈에도 모릅니다. 우메키치는 웃음이 터지려는 것을 꾹 참고 입에서 나오는 대로 마음껏 유혹의 말을 합니다.

"산페이 씨. 그렇게 저를 좋아하신다면 무언가 증거를 보여주세요."

"증거라고 말하니 아무래도 곤란하군요. 가슴속을 열어서 보여드리고 싶을 정도입니다."

"그럼, 최면을 걸어서 솔직한 마음을 자백시키죠. 뭐, 저를 안심시키기 위해서라고 생각하고 걸려주세요."

우메키치는 이런 말을 꺼냈습니다.

"아니, 이제 그것만은 딱 질색입니다."

산페이도 오늘 밤이야말로 그런 것으로 흐지부지되어서는 안 된다는 결심인지라, 경우에 따라 '실은 그 최면술도 당신을 좋아하는 마음에 그렇게 한 겁니다'라고 털어놓을 생각이었습니다. 하지만 "얏! 걸렸다. 얏!" 하고 갑자기 우메키치가 크고 시원한 눈매로 노려보자, 그는 또다시 여자에게 바보 취급을 당하고 싶다는 욕망이 솟아나서 이 중요한 고비에 다시 고개를 아래로 푹 숙였습니다.

"우메 씨를 위해서라면 목숨도 바치겠습니다"라든가 "우메 씨가 죽으라고 하면 지금 당장 죽겠습니다"라고, 우메키치가 묻는 말에 순순히 대답합니다.

그런데 엿보고 있던 주인과 게이샤들이, 이제 잠들었으니 괜찮다고 방으로 들어와서 산페이 주위를 둘러싼 채 배를 감싸고 소맷자락을 입에 물며 우메키치의 장난을 보고 있습니다.

산페이는 이 상황에 깜짝 놀랐습니다만 이제 와서 멈출 수도 없습니다. 오히려 그는 좋아하는 여자의 명령에 따라 이런 행동을 하는 것이 유쾌하므로 어떤 부끄러운 행동이라도 명령대로 합니다.

"여기는 당신과 저 두 사람뿐이니까 사양하지 않아도 좋아요. 자, 하오리를 벗으세요."

이 말을 듣자, 안감에 밤 벚꽃 무늬가 있는 비단 하오리를 벗습니다. 그리고 모처럼 신경 써서 입었던 옷이 하나하나 벗겨져 마침내 알몸이 되어버렸습니다. 그런데도 산페이는 우메키치의 심한 말이 너무 기뻐서 견딜 수 없을 정도입니다. 마침내 여자의 명령에 따라 차마 말할 수 없는 행동까지 합니다.

마음껏 희롱한 끝에 우메키치는 산페이를 깊게 잠들게 하고 모두 함께 그곳을 빠져나갔습니다.

다음 날 아침, 우메키치의 부름에 잠이 깨자 산페이는 문득 눈을 뜨고 머리맡에 앉아 있는 잠옷 차림의 여자 얼굴을 넋을 잃고 쳐다보았습니다. 산페이를 속이려고 일부러 어지른 베개나 옷이 방에 흩어져 있었습니다.

"저는 지금 일어나 얼굴을 씻고 온 참이에요. 정말 당신은 잘 자는군요. 그러니 필시 내세가 좋을 거예요."

우메키치는 아무렇지도 않은 얼굴을 하고 있습니다.

"우메 씨에게 이렇게 사랑받는다면 내세는 좋을 게 틀림 없죠. 평소의 제 마음이 당신에게 닿아서 정말 기쁩니다."

이렇게 말하고 산페이는 꾸벅꾸벅 고개를 숙이고는 갑자기 벌떡 일어나 옷을 갈아입습니다.

"세상의 소문이 무서우니 오늘은 좀 일찍 실례하겠습니다. 모쪼록 앞으로도 잘……. 헤헤, 이 바람둥이!"

산페이는 자기 머리를 가볍게 툭툭 치고 밖으로 나갔습니다.

2~3일 지난 후, 사카키바라 주인이 물었습니다.

"산페이, 요전의 결과는 어떻게 되었나?"

"네, 덕분에 감사합니다. 뭐, 부딪쳐보니 전혀 어려울 것도 없군요. 기가 세다거나 강하다고 해봤자 여자는 역시 여자더군요. 뭐, 대단할 것도 없습니다."

이렇게 매우 기뻐하는 모습에 "자네도 꽤 바람둥이로군" 하고 놀리자, "에, 헤헤헤" 하고 산페이는 천박하고 프로페셔널한 웃음을 지으며 부채로 탁 이마를 쳤습니다.

소
년

벌써 이럭저럭 20년쯤 지난 것 같다. 내가 겨우 열 살의 나이로 가키가라초 2초메의 집에서 스이텐궁 뒤편의 아리마 학교에 다니던 시절……. 뿌연 하늘 아래 닌교초 거리에 늘어선 상가의 감청색 포렴에 따스한 햇살이 비치고, 종잡을 수 없는 꿈과 같은 어린 마음에도 왠지 모르게 봄의 생기가 느껴지는 때였다.

어느 화창한 날, 졸린 오후 수업이 끝나 먹투성이 손에 주판을 들고 학교 문을 나오려고 하는데 "하기와라 에이* 짱!" 하고 누가 내 이름을 부르며 뒤에서 달려왔다. 그 아이는 같은 반의 하나와 신이치였다. 입학 때부터 4학년인 오늘까지 하녀가 잠시도 옆에서 떨어진 적이 없다는 부잣집 도련님인데, 모두가 겁쟁이, 울보라고 놀려대며 놀이 상대를 해주는 아이가 없었다.

---

* 성은 하기와라이고 이름은 '榮' 외자이거나 '榮' 자가 들어간 이름을 줄인 것이다.

"무슨 일이야?"

드물게도 신이치가 말을 건 게 이상하여 나는 그 아이와 옆의 하녀 얼굴을 가만히 살펴보았다.

"오늘 우리 집에 와서 같이 놀지 않을래? 우리 집 정원에서 이나리* 님 축제가 열려."

신이치는 붉은 입술 사이로 쭈뼛쭈뼛 부드럽고 조심스러운 목소리로 말하고 애원하는 눈빛을 했다. 늘 외톨이로 기가 죽어 있는 아이가 어째서 이런 뜻밖의 말을 하는지, 나는 조금 당황하여 상대의 얼굴을 살피듯이 멍하니 서 있었다. 평소에는 겁쟁이니 뭐니 욕하며 괴롭히기도 했지만, 이렇게 눈앞에서 보니 과연 양갓집 아들답게 고상하고 아름다운 점이 있는 듯했다. 명주 천으로 된 통소매 옷에 고급스러운 허리띠를 매고 비단 하오리를 입고 옥양목 버선에 소가죽 샌들을 신은 모습이 희고 갸름한 얼굴과 잘 어울렸다. 새삼스럽게 품위가 느껴져 나는 넋을 잃었다.

"네, 하기와라 도련님. 우리 도련님과 함께 노시죠. 실은 오늘 우리 집에서 축제가 있어요. 가급적 얌전하고 잘생긴 친구를 데려오라고 마님이 말씀하셨기에 우리 도련님이 권하시는 거예요. 그러니 오시죠. 혹시 싫으신가요?"

하녀의 말을 듣고 나는 마음속으로는 우쭐한 기분이 들

---

* 곡식의 신

었지만 일부러 점잖게 대답했다.

"그럼, 일단 집으로 돌아가서 부모님께 말씀드리고 놀러 가지."

"어머, 그러시죠. 그럼 도련님 집까지 함께 가서 어머님께 제가 부탁드리죠. 그리고 모두 함께 가죠."

"아니, 괜찮아. 너희 집은 알고 있으니 이따 혼자라도 갈 수 있어."

"그러세요? 그럼 꼭 기다리고 있을게요. 돌아갈 때는 제가 집까지 바래다드릴 테니 걱정하지 마시라고 집에 말씀드리세요."

"어, 그럼 이따 봐."

이렇게 말하고 나는 신이치에게 상냥하게 인사했지만 신이치는 그 품위 있는 얼굴을 빙긋도 하지 않고 단지 의젓하게 고개를 끄덕였다.

오늘부터 그 멋진 아이와 친구가 된다고 생각하자 왠지모르게 기쁜 마음이 들었다. 평소 놀이 친구인 가발집 고키치나 뱃사공집 뎃코에게 들키지 않도록 서둘러 집으로 돌아가 감색 교복을 노란 바탕의 줄무늬 평상복으로 갈아입었다.

"엄마, 놀러 갔다 올게."

현관에서 샌들을 걸치면서 이렇게 내뱉고 그대로 신이치의 집으로 달려갔다.

아리마 학교 앞부터 똑바로 나카노교를 건너 하마초의

오카다 요정 담장을 따라 나카스와 가까운 강변대로로 나오면 왠지 모르게 쇠퇴한 분위기의 한적한 동네가 펼쳐졌다. 지금은 없어졌지만 신오교 조금 앞의 우측에 유명한 경단 가게와 전병 가게가 있었고, 그 길 건너편 모퉁이로 기다란 담을 돌아가면 육중한 철제 격자문이 신이치의 집이었다. 그 앞을 지나면 저택 안의 울창한 수목의 푸른 잎들 사이로 일본관의 삼각형 기와지붕이 은빛으로 빛나고, 그 뒤에 서양관*의 붉은 벽돌이 언뜻 보였다. 그야말로 부호의 저택다운 고상한 집이었다.

과연 그날은 뭔가 안에서 축제라도 열리는 듯 활기찬 북소리가 담 밖으로 새어 나오고, 활짝 열어젖힌 골목 쪽 뒷문으로 이 동네에 사는 가난한 집 아이들이 줄줄이 정원 안으로 들어갔다. 나는 정문의 수위실로 가서 신이치를 불러 달라고 할까 생각했지만, 왠지 모르게 용기가 나지 않아 다른 아이들과 함께 뒷문을 통해 저택 안으로 들어갔다.

'엄청 큰 저택이구나.'

이렇게 생각하고 표주박 모양의 연못가 잔디밭에 쭈그리고 앉아 넓은 정원을 둘러보았다. 치카노부가 그린 〈지요다 千代田성**의 별당〉이라는 석 장짜리 그림과 비슷하게 작은

---

* 19세기 후반부터 일부 부유한 상류층에서 일본관과 서양관을 각기 지어 서양관은 주로 접객용, 일본관은 생활용으로 사용했다.
** 에도성, 현 궁성

수로, 석가산,[*] 석등, 도자기 학, 푼주 등이 적절히 배치되어 있고, 하나의 큰 돌에서 시작한 작은 징검돌이 몇 개나 길게 이어진 저 멀리에 궁전 같은 건물이 보였다. 저기에 신이치가 있다고 생각하니 아무래도 오늘은 도저히 만날 수 없다는 생각이 들었다.

많은 아이가 양탄자 같은 푸른 잔디를 밟으며 화창하고 따뜻한 햇볕 아래에서 놀고 있었다. 깔끔하게 장식된 정원 한쪽 구석의 이나리 사당에서 뒤의 나무 문까지 2미터 간격으로 종이 호롱이 늘어서 있고 감주,^{**} 어묵, 단팥죽 등을 나눠 주는 수레가 곳곳에 놓여 있었다. 흥을 돋우는 음악이나 어린이 씨름장 주위에는 사람들이 새까맣게 모여 있었다. 모처럼 기대하고 놀러 온 보람도 없이 나는 왠지 실망하여 정처 없이 근처를 돌아다녔다.

"자자, 감주 좀 드세요. 돈은 필요 없어요."

감주 수레 앞으로 오자 붉은 어깨띠를 맨 하녀가 웃으면서 말을 걸었으나, 나는 부루퉁한 얼굴을 하고 그곳을 지나쳤다. 이윽고 어묵 수레 앞으로 오자 이번에는 머리가 벗겨진 노인이 말을 걸었다.

"자자, 어묵을 드시죠. 돈 없어도 드려요."

---

[*] 조경 목적으로 정원에 인공으로 만든 작은 산
^{**} 아마자케. 일본의 전통 감미 음료의 일종으로 색은 막걸리와 비슷하고 명절이나 축제 때 많이 마신다.

"아뇨, 싫어요."

쌀쌀맞게 거절하고 모든 것을 포기한 심정으로 뒷문으로 되돌아가려 할 때, 감색의 하인 옷을 입은 술내 나는 남자가 어디선가 나타났다.

"너는 아직 과자를 못 받았지? 돌아가려면 과자를 받아 가라. 자, 이걸 들고 저 건물의 아줌마한테 가면 과자를 주니까, 어서 받아 가거라."

그 남자는 새빨간 과자 표를 건네주었다. 슬픔이 가슴속에서 복받쳐 올랐지만 혹시나 저 건물로 가면 신이치를 만날 수 있을지도 모르겠다고 생각해 순순히 표를 받고 다시 정원 안을 걷기 시작했다.

다행히 얼마 지나지 않아 아까 학교 앞에서 봤던 하녀가 나를 발견했다.

"도련님, 잘 오셨어요. 아까부터 기다렸습니다. 자, 저쪽으로 가시죠. 이런 천한 아이들 속에 계시면 안 됩니다."

그리고 친절하게 손을 잡아끌기에 나도 모르게 눈물이 나서 곧바로 대답이 나오지 않았다.

아이 키 정도의 높은 툇마루를 따라 정원으로 돌출된 넓은 건물 뒤로 돌아가자, 10평 정도의 안뜰에 낮은 싸리 울타리를 둘러친 작은 건물이 나왔다.

"도련님, 친구분이 오셨어요."

벽오동나무 아래에서 하녀가 소리치자, 장지문이 열리는 소리와 총총거리는 발걸음 소리가 들렸다.

"이쪽으로 올라와!"

우렁찬 소리를 지르며 신이치가 툇마루 쪽으로 달려왔다. 늘 겁쟁이 같던 아이에게서 어떻게 이런 활기찬 소리가 나올까. 나는 이상하게 생각하면서, 정장을 차려입어 몰라볼 정도로 달라진 친구의 모습을 눈부신 듯 올려다보았다. 신이치는 가문 문양을 수놓은 검정 하오리를 걸치고 아래에 하카마*를 입고 서 있었는데, 검정 옷감의 오돌토돌한 결이 툇마루 가득 비치는 화창한 햇빛을 받아 은모래처럼 반짝거렸다.

친구에게 이끌려 들어간 곳은 네댓 평 정도의 아담한 방으로, 찹쌀떡 상자 속에서 나는 냄새 같은 달콤한 향기가 방 안에 감돌고 있고, 푹신하게 보이는 방석 두 개가 마치 사람을 기다리는 듯한 표정으로 방바닥에 놓여 있었다. 곧바로 하녀가 차와 과자, 찰밥 등이 담긴 옻칠 쟁반을 들고 왔다.

"도련님, 마님이 친구분과 사이좋게 이것을 드시라고 하십니다. 그리고 오늘은 정장을 입으셨으니 장난은 삼가시고 얌전하게 노시라고 하십니다."

하녀는 이렇게 말하고 쭈뼛거리고 있는 나에게 찰밥과 과자를 권한 후 방에서 물러갔다.

---

* 남자는 정장으로 위에 하오리, 아래에 하카마를 별로 갖춰 입는다.

볕이 잘 드는 조용한 방이었다. 환한 장지문 창호지에 툇마루 끝의 홍매화 그림자가 비치고, 저쪽 정원에서는 둥둥 둥 하고 제를 지내는 북소리가 시끌벅적한 아이들의 말소리에 섞여 들려왔다. 나는 머나먼 이상한 나라에 온 것 같았다.

"신 짱, 너는 늘 이 방에 있니?"

"아니, 여기는 원래 누나 방이야. 저기에 재밌는 누나 장난감이 많이 있는데 보여줄까?"

신이치는 작은 벽장 안에서 나라의 목각 원숭이 인형이나 노부부 인형, 교토의 작은 목각 인형, 토기 인형, 아이 인형 등을 꺼내 주위에 늘어놓고 가지각색의 남녀 머리 인형을 다다미 틈새에 하나하나 꽂아서 보여주었다. 우리 둘은 이불에 엎드린 채로, 수염을 기르거나 눈이 튀어나온 정교한 인형의 표정을 들여다보았다. 그리고 그런 작은 인간들이 사는 세계를 상상했다.

"그리고 여기에는 그림책도 많아."

신이치는 또 선반에서 당대 유명 연예인의 초상화가 가득한 그림책을 꺼내 보여주었다. 광택을 잃지 않은 선명한 표지를 들추자, 몇십 년 지났는지 알 수 없는 곰팡내 나는 지면에 화려한 색깔의 목판 인쇄로 바쿠후 시대 아름다운 남녀의 모습이 이목구비부터 섬세한 손발가락까지 생동감 있게 그려져 있었다. 마치 이 저택 같은 궁전의 정원에서 공주가 많은 궁녀와 함께 반딧불이를 뒤쫓고 있는

가 하면, 외나무다리 밑에서 삿갓을 쓴 사무라이가 적의 목을 벤 후 시체의 품속에서 꺼낸 편지를 달빛에 비춰 읽고 있었다. 다음 쪽에서는 검은 옷에 복면을 쓴 남자가 궁궐 안으로 숨어들어 깊은 잠에 빠진 궁녀의 목을 이불 위에서 찌르고 있었다. 또 어느 쪽에는 등불 흐릿한 방 안에서 요염한 잠옷 차림의 여자가 피가 뚝뚝 떨어지는 면도 칼을 입에 문 채, 발밑에 쓰러진 남자가 허공에 손을 저으며 죽어가는 모습을 가만히 바라보며 흡족한 표정으로 서 있었다.

신이치와 내가 가장 흥미롭게 본 것은 기괴한 살인 광경이었다. 안구가 튀어나와 있는 시체의 얼굴이라든가, 몸통이 잘려 허리 아래로만 서 있는 사람이라든가, 새까만 혈흔이 구름처럼 얼룩져 있는 괴상한 그림을 우리는 열심히 들여다보았다.

"어머, 신 짱. 또 남의 물건 갖고 장난치고 있네."

그때 화려한 기모노를 입은 열서너 살의 여자아이가 문을 열고 이렇게 말하며 뛰어 들어왔다.

여자아이는 이마가 약간 좁고 눈과 입이 야무지게 생긴 얼굴에 아이 같은 분노를 띠고 우뚝 선 채로 동생과 나를 노려보았다. 신이치는 처음에는 위축되어 얼굴이 새파래지는가 싶더니 뜻밖에도 이렇게 말했다.

"무슨 말이야. 장난치는 게 아니야. 친구에게 보여주고 있잖아."

신이치는 상대도 하지 않겠다는 듯 누이 쪽을 돌아보지도 않고 그림책을 들추고 있었다.

"어머나, 장난 안 치다니. 안 된다니까."

누이가 후다닥 달려와 보고 있는 책을 빼앗으려 했지만, 신이치도 좀체 놓지 않았다. 앞표지와 뒤표지를 서로 당겨서 책이 당장이라도 뜯어질 듯한데, 잠시 그렇게 서로 노려보았다.

"누난 깍쟁이야! 이제 손 안 대!"

신이치는 갑자기 책을 내던지고 마침 그곳에 있던 목각 인형을 누이 얼굴을 향해 내던졌는데, 인형은 빗나가서 도코노마*의 벽에 부딪쳤다.

"그것 봐. 그런 장난을 치잖아. 또 나를 치려고 하고. 좋아, 치려면 마음껏 쳐봐. 요전에도 너 때문에, 이것 봐, 이렇게 멍이 들어서 아직 남았잖아. 이걸 아빠한테 보여줄 테니 각오해."

원망스러운 듯이 눈물을 글썽이면서 누이는 옷자락을 걷어 하얀 오른쪽 다리의 정강이에 생긴 멍 자국을 보였다. 무릎 위부터 정강이까지 혈관이 파랗게 비치는 투명하고 부드러운 피부에 딱하게도 보라색 반점이 희미하게 물들어 있었다.

---

* 방의 한 면에 액자나 화병을 장식해놓는, 약간 턱지게 만든 곳이다.

"말할 테면 마음대로 해봐, 이 깍쟁이야!"

신이치는 인형들을 발로 마구 차서 쓰러뜨리고는 정원에 나가서 놀자며 나를 데리고 뛰쳐나왔다.

"누나가 울고 있지 않을까?"

밖으로 나온 후에 안쓰럽다는 생각이 들어 내가 물었다.

"울어도 상관없어. 매일 놀려서 울려줄 거야. 누나라고 하지만 저건 첩의 자식이야."

이런 심한 말을 하고 신이치는 서양관과 일본관 사이에 있는 큰 느티나무와 팽나무 그늘로 걸어갔다. 울창한 노목의 가지에 햇빛이 가려져 축축한 지면에 이끼가 가득했고, 어둡고 싸늘한 공기가 두 사람의 옷깃으로 스며드는 듯했다. 아마 오래된 우물의 흔적인 듯 늪인지 연못인지 알 수 없는 탁한 물웅덩이 위에 청록색 수초가 떠 있었다. 우리 둘은 그 옆에 앉아 축축한 흙냄새를 맡으면서 멍하니 다리를 뻗고 있었는데 어디선가 그윽한 음악 소리가 희미하게 들려왔다.

"저건 뭐지?"

나는 주의 깊게 귀를 기울였다.

"저건 누나가 피아노를 치는 거야."

"피아노가 뭐야?"

"오르간 비슷한 거라고 누나가 말했어. 서양 여자가 매일 저 서양관에 와서 누나를 가르쳐줘."

신이치는 손가락으로 서양관의 2층을 가리켰다. 연분홍

커튼이 드리워진 창 안에서 끊임없이 새어 나오는 묘한 소리……. 어느 때는 숲속의 요정이 웃는 메아리처럼, 어느 때는 옛날이야기에 나오는 난쟁이들이 춤추는 것처럼, 수많은 상상의 실로 어린 내 머릿속에 미묘한 꿈을 짜나가는 이상한 소리는 이 오래된 연못 속에서 연주하는 것 같다는 생각도 들었다.

연주 소리가 그쳤을 때, 나는 마음속에서 아직 사라지지 않은 엑스터시*를 음미하면서 지금 당장 그 창에서 서양인이나 누이가 얼굴을 내밀지는 않을까 하는 기대를 품고 계속 2층을 쳐다보았다.

"신 짱, 너는 저기에 놀러 가지 않니?"

"장난치면 안 된다고, 엄마가 가지 말래. 언젠가 슬며시 가봤는데 자물쇠가 걸려 있어 열리지 않더라."

신이치도 나처럼 호기심 어린 눈빛으로 2층을 올려다보았다.

"도련님, 셋이서 놀지 않을래요?"

문득 이런 소리가 나며 뒤에서 누가 달려왔다. 그는 같은 아리마 학교의 한두 살 위 학생으로, 이름은 모르지만 매일 나이 어린 아이를 괴롭히는 유명한 골목대장이어서 얼굴은 잘 기억하고 있었다. 어째서 이놈이 이런 곳에 왔는지 의

* 무아지경

심하면서 잠자코 분위기를 살피고 있자, 신이치는 그 아이를 "센키치, 센키치" 하며 하대하고 그 아이는 "도련님, 도련님" 하고 굽실거렸다. 나중에 들어보니 신이치 집 마부의 아들이었는데, 그때 나는 맹수를 부리는 서커스단의 미인을 보듯이 신이치를 바라보았다.

"그럼, 셋이서 도둑 놀이 하자. 나와 에이 짱이 순사가 될 테니 너는 도둑이 돼라."

"그건 좋지만, 요전번처럼 심한 폭력은 쓰지 않기로 하죠. 도련님은 줄로 묶거나 코딱지를 붙이잖아요."

이 대화를 듣고 나는 더욱 놀랐지만 예쁜 여자 같은 신이치가 난폭한 곰 같은 센키치를 묶고 괴롭히는 광경은 아무래도 상상이 되지 않았다.

곧 신이치와 나는 순사가 되어 연못 주위나 나무 사이를 누비면서 도둑 센키치를 쫓아다녔는데, 이쪽은 두 명이라고 해도 상대방은 연상인지라 좀체 잡히지 않았다. 겨우 서양관 뒤편의 담장 구석에 있는 창고까지 몰아넣었다.

우리 두 사람은 은밀히 눈짓을 교환하고 발소리를 죽여 살며시 창고 안으로 들어갔다. 그러나 어디에 숨었는지 센키치는 보이지 않았다. 된장이나 간장이 담긴 나무통에서 나는 케케묵은 냄새가 어두컴컴한 창고 안에 가득했고, 거미줄 가득한 지붕 밑이나 나무통 주위를 쥐며느리가 기어다니는 모습은 뭔가 이상하고 재미있는 장난을 하라고 어린 우리를 부추기는 듯했다. 그러자 어디선가 쿡쿡 소리를 죽이고 웃는 소리가 들리고 곧 대들보에 매달려 있는 바구니*에서 우지직하는 소리가 나는가 싶더니, 그곳에서 "와아" 하는 소리와 함께 센키치의 얼굴이 나타났다.

"어이, 내려와라. 내려오지 않으면 혼내줄 거야."

신이치는 밑에서 고함을 치며 나와 함께 빗자루로 센키치의 얼굴을 찌르려 했다.

"자, 와라. 누구라도 다가오면 오줌을 갈겨주마."

센키치가 까딱하면 바구니 위에서 오줌을 뿌릴 듯한 기세라, 신이치는 근처에 있는 장대를 들고 바구니 바로 밑으로 가서 바구니 틈으로 센키치의 엉덩이나 발바닥, 여기저기를 찌르기 시작했다.

"자, 이래도 안 내려오느냐?"

"아야, 아야. 곧 내려갈게요. 용서해주세요."

비명을 지르며 사과하고 아픈 구석구석을 어루만지면서 내려온 센키치의 멱살을 붙잡고 신이치는 엉터리 심문을 시작했다.

"어디에서 뭘 훔쳤는지 솔직하게 자백해라."

센키치는 또, 시로키야 가게에서 옷감 다섯 필을 훔쳤다든가, 닌벤 가게에서 가다랑어포를 훔쳤다든가, 위조지폐를 만들었다든가 하며 마구 둘러댔다.

---

* 요진카고用心籠. 화재 때 가재도구를 넣어 옮기는 큰 바구니로 창고 대들보에 매달아 보관한다.

"응, 그런가? 뻔뻔스러운 놈이다. 또 뭔가 나쁜 짓을 했
지? 사람을 죽인 기억은 없는가?"

"네, 있습니다. 구마가이 강둑에서 안마사를 죽이고 50냥
이 든 지갑을 훔쳤습니다. 그리고 그 돈으로 요시와라에 여
자를 사러 갔습니다."

삼류 연극이나 꼭두각시 인형극을 보고 배운 듯, 자못 재
치 있는 대답이었다.

"그 밖에도 사람을 더 죽였지? 좋아, 말하지 않으면 고문
을 가하마."

"이게 전부입니다. 그것만은 제발 참아주세요."

이렇게 손을 모아 빌어도 신이치는 전혀 귀를 기울이지
않고 재빠르게 센키치의 낡은 연노란색 허리띠를 풀어 그
의 손을 뒤쪽으로 단단히 묶은 후, 그 나머지 띠로 양다리
의 복사뼈까지 솜씨 있게 옭아맸다. 그리고 센키치의 머리
카락을 잡아당기고 뺨을 꼬집고 눈꺼풀을 뒤집어 흰자위가
드러나게 하고 귓불이나 입술을 잡아 흔들며 아역 배우나
어린 세이샤의 손같이 섬세하고 창백한 손가락을 날렵하게
움직이니, 거칠고 거무스레하고 보기 흉하게 살진 센키치
의 얼굴 근육이 재미있게도 고무처럼 늘어나거나 줄어들거
나 했다. 그것도 질리면 "아, 참. 너는 죄인이니까 이마에 문
신을 새겨주마" 하고 그곳에 있는 숯 가마니에서 숯덩이를
하나 꺼내 침을 묻혀 센키치의 이마에 문지르기 시작했다.
센키치는 엉망진창으로 흐트러진 얼굴을 묘하게 찡그리며

잉잉 울다가 결국에는 그 끈기마저 사라져 상대가 하는 대로 몸을 맡겼다. 평소 학교에서는 무척 세 보이는 골목대장 난폭자가 신이치 때문에 몰라볼 정도로 초췌한 모습이 되어 눈과 코가 괴물같이 된 것을 보자, 나는 지금껏 경험한 적이 없는 묘한 쾌감에 휩싸였다. 하지만 내일 학교에서 보복당할 우려가 있으므로 신이치와 함께 장난칠 엄두는 나지 않았다.

잠시 후 띠를 풀어주자 센키치는 원망스러운 표정으로 신이치의 얼굴을 곁눈질로 노려보고는 힘없이 그 자리에 푹 쓰러진 채 뭐라 말해도 움직이지 않았다. 팔을 잡아 일으키려고 해도 다시 푹 쓰러져버렸다. 신이치와 나는 조금 걱정이 되어 눈치를 살피면서 잠자코 웅크리고 있었다.

"어이, 어떻게 된 거야?"

신이치가 거칠게 목덜미를 붙잡고 위로 돌려 뉘자, 어느새 센키치는 눈물로 얼룩진 얼굴을 소매로 반쯤 닦아낸 희한한 모습을 드러냈다.

"와하하하."

세 명은 얼굴을 마주 보며 웃었다.

"이번에는 다른 놀이를 해보자."

"도련님, 이젠 폭력은 안 돼요. 이거 보세요. 이렇게 심하게 자국이 나지 않았습니까."

센키치의 손목에는 묶인 자국이 붉게 남아 있었다.

"내가 늑대가 될 테니, 둘은 나그네가 되는 게 어때? 그리고 마지막으로 둘 다 늑대에게 물려 죽는 거야."

신이치가 또 이런 말을 꺼냈다. 나는 기분이 내키지 않았지만 센키치가 하자고 말하니 따를 수밖에 없었다. 나와 센키치가 나그네가 되어 이 창고가 불당인 셈 치고 불당에서 자고 있는데, 한밤중에 신이치 늑대가 찾아와서 줄곧 문밖에서 짖어댔다. 이윽고 늑대는 이빨로 문을 뜯어 부수고 불당 안으로 들어와 개 같기도 하고 소 같기도 한 희한한 신음 소리를 내며, 도망치는 두 나그네를 쫓아다녔다. 신이치가 실로 진지하게 열심히 하고 있어서 나는 잡히면 어떤 일을 당할지 솔직히 조금 무서워져, 불안한 웃음을 띠면서도 열심히 가마니와 멍석 위를 도망다녔다.

"어이, 센키치. 너는 이미 다리를 물렸기 때문에 걸으면 안 돼."

늑대가 이렇게 말하며 나그네 한 명을 불당 구석에 몰아넣고 몸을 덮쳐 마구 물어뜯자, 센키치는 배우처럼 고통스러운 표정을 지으려고 눈을 부릅뜨거나 입을 비틀며 다양한 몸짓을 교묘하게 연기했다. 결국 숨통을 물려 칵! 하는 최후의 비명을 지르고 벌벌 떨면서 손으로 허공을 휘젓더니 털썩 쓰러져버렸다.

'자, 이번에는 내 차례다.'

이렇게 생각하자 나는 정신을 차릴 수 없어 서둘러 나무통 위로 뛰어올랐는데, 늑대에게 그만 옷자락을 물려 무서운 힘으로 아래로 쑥쑥 끌려갔다. 새파랗게 질려 나무통을 꽉 잡아봤지만 사나운 늑대의 험악한 얼굴에 주눅이 들어 '아, 이젠 죽는구나' 하고 체념하며 눈을 감자마자 곧 질질 끌려 내려와 바닥에 쓰러졌다. 그러자 신이치는 질풍처럼 나의 목덜미에 달려들어 숨통을 끊어버렸다.

"자, 이제 둘 다 시체가 되었으니까 어떤 일을 당해도 움직이면 안 돼. 이제부터 뼈까지 다 씹어줄 테다."

신이치가 이렇게 말하니, 둘 다 큰대자 모양으로 바닥에 쓰러진 채 조금도 움직일 수 없었다. 갑자기 나는 몸 이곳저곳이 근질근질해졌다. 옷깃이 벌어진 틈으로 획획 차가운 바람이 가랑이로 불어왔고, 한쪽으로 뻗은 오른손 끝이 센키치의 머리카락에 살짝 닿아 있는 것을 느꼈다.

"이놈이 살이 쪄서 맛있어 보이니 이놈부터 먹어주마."

신이치는 아주 기쁜 표정을 지으며 센키치의 몸에 올라탔다.

"심한 짓은 하면 안 돼요."

센키치는 실눈을 뜨고 작은 소리로 호소했다.

"심한 짓은 하지 않을 테니 움직이면 안 돼."

입맛을 쩝쩝 다시면서 머리에서 얼굴, 가슴에서 배, 양팔에서 가랑이와 정강이 쪽까지 먹어 치우고, 흙 묻은 짚신으로 얼굴과 가슴을 마구 짓밟으니 또다시 센키치의 온몸이 흙투성이가 되었다.

"자, 이제는 엉덩이 살이다."

이윽고 엎드린 센키치의 옷이 걷히더니 허리 아래 엉덩이가 마늘 두 개 모양으로 드러났다. 걷은 옷자락을 시체 머리에 씌우고 등에 올라탄 신이치는 또다시 입맛을 다시고 있었는데, 어떤 일을 당해도 센키치는 가만히 참고 있었다. 추운 듯 소름 돋은 엉덩이 살이 곤약처럼 떨렸다.

'곧 나도 저런 꼴을 당하게 된다.'

나는 은근히 가슴이 두근거렸지만 설마 센키치처럼 심한 짓은 당하지 않겠지 생각하고 있는데, 신이치는 곧 내 가슴에 올라타서 먼저 코끝부터 먹기 시작했다. 내 귓가에는 하오리의 안감이 사각사각 스치는 소리가 들렸고 코는 옷에서 나는 장뇌 향기를 맡았으며 비단 옷자락이 뺨을 부드럽게 어루만졌고 가슴과 배는 신이치의 따스한 몸의 무게를 느꼈다. 윤기 있는 입술과 부드러운 혀끝이 날름날름 간질이듯이 핥아대는 기괴한 감각은 무섭다는 생각을 말끔히 없애고 매혹하듯이 내 마음을 정복해갔고, 나는 마침내 쾌감을 느꼈다. 금세 내 얼굴은 왼쪽 옆머리부터 오른쪽 뺨까지 격렬하게 짓밟혀 밑에 깔린 코와 입술이 신발 바닥의 흙과 닿았지만, 나는 그마저 유쾌했고 어느새 마음도 몸도 완전히 신이치의 노예가 되는 것을 기뻐하게 되었다.

이윽고 나도 엎어진 자세로 옷자락이 걷혀 허리 아래를 날름날름 먹혀버렸다. 신이치는 두 시체의 맨살이 드러난 엉덩이가 바닥에 나란히 엎어져 있는 모습을 보고 아주 재미있다는 듯 깔깔 웃고 있었다. 그때 갑자기 아까의 하녀가 헛간 입구에 나타나서 나도 센키치도 놀라 일어났다.

"어머나, 도련님. 여기에 계셨습니까. 아니, 옷을 엉망으로 하고 노셨네요. 어째서 이런 더러운 곳에서만 노실까. 센짱, 네 잘못이야!"

하녀는 무서운 눈초리로 꾸짖으면서 흙 발자국이 찍힌 센키치의 얼굴을 유심히 바라봤다. 나는 아직도 밟힌 얼굴이 쿡쿡 쑤시는 것을 참고 뭔가 아주 나쁜 짓이라도 저지른 듯한 심정으로 가만히 서 있었다.

"자, 이제 목욕물이 끓었으니 적당히 노시고 집으로 들어가세요. 안 그러면 마님한테 야단맞으세요. 하기와라 도련님도 다음에 또 놀러 오세요. 시간이 늦었으니 제가 댁까지 바래다드릴까요?"

하녀는 나에게만은 상냥했다.

"혼자 돌아갈 수 있으니 바래다주지 않아도 돼."

나는 이렇게 말하며 거절했다.

입구까지 배웅해준 세 명에게 작별 인사를 하고 문밖으로 나가자, 어느새 거리에는 푸른 저녁 안개가 가득하고 강변대로에는 등불이 반짝이고 있었다. 나는 무섭고 이상한 나라에서 갑자기 사람 사는 마을로 나온 것 같은 생각이 들어 오늘의 사건을 꿈처럼 회상하면서 집으로 돌아갔다. 그러나 신이치의 고상하고 아름다운 얼굴이나 사람을 사람으로 여기지 않는 제멋대로의 행동에 완전히 마음을 빼앗기고 말았다.

다음 날 학교에 가니 어제 그렇게 혹독한 고생을 한 센키치는 변함없이 많은 아이의 대장이 되어 약자를 괴롭히고 있었고, 한편 신이치는 또 평소와 같은 샌님으로 가련하게도 하녀와 함께 운동장 구석에 주눅 든 채 앉아 있었다.

"신 쨩, 나랑 놀까?"

어쩌다 내가 말을 걸어도 "아니"라고 말하고는 눈썹을 찌푸리며 기분이 좋지 않은 듯 고개를 저을 뿐이었다.

그로부터 네댓새가 지난 어느 날, 학교에서 돌아오는 길에 신이치의 하녀가 또 나를 불러 세우더니 이렇게 권했다.

"오늘은 아가씨의 히나마쓰리*가 있으니 놀러 오세요."

그날은 밖의 정문에서 수위에게 인사를 하고 들어가 정면 현관 옆에 있는 격자문을 열자, 곧바로 센키치가 뛰어와서 나를 데리고 복도를 따라 2층의 큰 방으로 갔다. 신이치와 누이 미쓰코는 히나 인형 제단 앞에서 엎드린 자세로 볶은 콩을 먹고 있었는데, 나와 센키치가 들어가자 갑자기 쿡쿡 웃는 모습이 또 뭔가 괴이한 장난을 치려고 하는 것 같았다.

"도련님, 뭔가 웃긴 일이 있습니까?"

센키치가 불안한 듯 남매의 얼굴을 바라보았다.

붉은 천을 씌운 인형 제단에는 아사쿠사의 불당 같은 기와지붕이 솟아 있고, 천황 부부 인형과 다섯 궁녀 악단이

---

* 3월 3일 여자아이의 성장을 기원하는 행사로, 제단에 일본 옷을 입힌 작은 인형들을 진열하고 떡, 감주, 복숭아꽃 등을 차려놓는다.

궁전에 나란히 앉아 있었다. 오른쪽의 벚나무와 왼쪽의 귤나무 아래에서는 세 명의 술 담당 하인이 술을 데우고 있었다. 그 옆의 단에는 촛대라든가 밥상, 이를 검게 물들이는 도구, 덩굴무늬 금칠을 한 아기자기한 살림살이가 요전번 누이 방에 있던 여러 인형과 함께 장식되어 있었다.

내가 인형 제단 앞에 서서 그것을 유심히 바라보고 있자 뒤에서 신이치가 살며시 다가와 귓속말로 말했다.

"센키치에게 감주를 먹여 취하게 하자."

그리고 곧바로 후다닥 센키치에게 달려가서 태연한 얼굴로 말했다.

"어이, 센키치. 지금부터 우리 네 명이 주연을 벌이지 않겠는가?"

네 사람은 둘러앉아서 볶은 콩을 안주로 감주를 마시기 시작했다.

"이건 아주 좋은 술이군요."

어른 흉내를 내어 모두를 웃기면서 센키치는 조쿠*를 드는 손놀림으로 찻잔을 들고 벌컥벌컥 감주를 들이켰다. 곧 취해버릴 거라는 생각에 웃음이 솟아나서 때때로 누이 미쓰코는 참기 어려운 듯 배꼽을 쥐고 웃었지만, 센키치가 완전히 취했을 때는 조금씩만 마신 우리 세 명도 기분이 이상

---

* 작은 술잔

해졌다. 아랫배에서 뜨거운 술이 부글부글 끓어오르고 이마에서 양쪽 관자놀이까지 땀이 나며, 머리가 멍해지고 방바닥은 배처럼 상하좌우로 흔들렸다.

"도련님, 나는 취했습니다요. 모두 다 얼굴이 새빨갛지 않습니까. 한번 서서 걸어보지 않겠습니까."

센키치는 일어나서 팔을 크게 흔들며 방 안을 걷기 시작했는데, 곧바로 다리가 휘청거려 넘어지는 바람에 기둥에 쿵 머리를 부딪쳤다. 세 사람은 와 하고 웃었다.

"아야, 아야."

머리를 문지르며 얼굴을 찡그리는 당사자도 웃음을 참지 못해 콧소리를 내며 낄낄 웃었다.

이윽고 세 명도 센키치를 흉내 내어 일어나서 걷고는 넘어지고, 넘어져서는 깔깔 웃고, 거들먹거리며 마구 떠들어 댔다.

"에잇, 아아, 기분 좋다. 나는 취했다, 바보들아."

센키치가 옷 뒷자락을 허리춤에 넣고 팔짱을 끼고 직공 흉내를 내며 걷자 신이치와 나도, 또 미쓰코까지 옷자락을 넣고 팔짱을 끼고 마치 가부키의 여장 도적 같은 모습을 하고는 "바보들아, 나는 취했다"라고 외치며 방 안을 비틀비틀 걸으면서 웃어댔다.

"아! 도련님. 여우 놀이를 하지 않겠습니까."

센키치가 문득 재미있는 생각이 떠오른 듯 이렇게 말했다. 나와 센키치 두 명의 시골 사람이 여우를 잡으러 갔다가 오히려 여자로 변한 여우 미쓰코에게 속아 넘어가 크게 당하려는 때에, 무사 신이치가 지나가다가 두 사람을 구하고 여우를 퇴치해준다는 줄거리였다. 아직 취해 있는 세 사람도 곧바로 찬성하고 연극을 시작했다.

먼저 머리에 수건을 동여매고 옷자락을 걷어 올린 센키치와 내가 각자 손에 먼지떨이를 치켜들고 등장했다.

"이 근처에서 나쁜 여우가 장난을 치니까 오늘이야말로 잡아 죽여야지."

그러면 저쪽에서 미쓰코 여우가 다가와 말을 걸었다.

"이봐요. 당신들에게 진수성찬을 대접할 테니 저와 함께 가시죠."

그리고 톡톡 두 사람의 어깨를 두드리자 나도 센키치도 금세 홀려버렸다.

"아아, 참으로 대단한 미인이로구나."

우리는 눈을 가늘게 뜨고 미쓰코를 따라가기 시작했다.

"두 사람 다 홀렸으니까 똥을 진수성찬으로 생각하고 먹는 거다."

미쓰코는 재미있어서 못 참겠다는 듯 깔깔 웃으면서 자기 입으로 물어뜯은 팥떡, 발로 짓밟은 메밀만두, 콧물을 묻힌 콩을 정성스럽게 접시 위에 가득 담아 우리 앞에 늘어놓았다.

"이것은 오줌 술이라고 하고……. 자 당신, 하나 드세요."

미쓰코는 감주에 침을 뱉고 두 사람 앞에 내밀었다.

"아아, 맛있다. 아아, 맛있다."

혀를 쩝쩝거리며 나도 센키치도 맛있다는 듯이 하나도 남기지 않고 먹어버렸는데, 감주와 볶은 콩은 묘하게 짠맛이 났다.

"지금부터 내가 샤미센을 연주할 테니 둘은 접시를 쓰고 춤을 추는 거야."

미쓰코가 샤미센 대신에 먼지떨이를 들고 노래를 부르기 시작하자, 두 사람은 과자 접시를 머리에 쓰고 "얼쑤, 얼쑤" 하고 발장단을 치며 춤추기 시작했다.

그곳에 무사 신이치가 나타나 곧바로 여우의 정체를 간파했다.

"짐승 주제에 사람을 속이다니 괘씸한 놈이다. 꽁꽁 묶어서 죽여버릴 테니 각오해라."

"앗, 신 짱. 난폭한 짓을 하면 그만할 거야."

미쓰코는 지기 싫어하는 성격이라 신이치와 맞붙어 말괄량이 본성을 드러내며 고집스럽게 항복하지 않았다.

"센키치, 이 여우를 묶을 테니 내 허리띠를 빌려다오. 그리고 날뛰지 않게 둘이서 이놈의 다리를 잡고 있어라."

나는 요전에 본 소설 속 젊은 무사가 부하와 힘을 합쳐 미인을 약탈하는 삽화를 떠올리면서 센키치와 함께 미쓰코의 옷 위로 두 다리를 꽉 껴안았다. 그사이에 신이치는 간신히 미쓰코의 손을 뒤로 꽁꽁 묶어서 툇마루 난간에 동여맸다.

"에이 짱, 이놈의 허리띠를 풀어 입에 재갈을 물려라."

"넵!"

나는 재빠르게 미쓰코의 뒤로 돌아가 허리띠를 풀고, 새로 정갈하게 묶은 머리가 흐트러지지 않도록 주의하며 긴 목덜미에 손을 집어넣어 머리 밑에서 귀를 스쳐 아래턱 근처를 두 번 정도 감았다. 그런 다음 힘껏 잡아당기니 허리띠가 통통한 뺨을 파고들어 미쓰코는 몸부림치며 괴로워했다.

"자, 이번에는 네게 똥 공격으로 복수를 해주마."

신이치가 찹쌀떡을 주워 입에 넣고는 퉤퉤 미쓰코의 얼굴에 마구 뱉자, 어느새 아름다운 미쓰코의 얼굴도 나병 환자처럼 눈 뜨고 볼 수 없는 모습이 되어가는 재미라니.

"이놈아, 잘도 아까 우리에게 더러운 것을 먹였지?"

나도 센키치도 곧 동참하여 신이치와 함께 퉤퉤 뱉기 시작했는데, 그것도 시시해지자 마지막에는 이마와 뺨 등 여기저기에 찹쌀떡 가루를 문지르고 팥소나 껍질을 발라 순식간에 미쓰코의 얼굴을 온통 더럽혀버렸다. 눈코도 구분 못 하게 된 얼굴 없는 새카만 괴물이 소녀의 머리를 하고 기모노를 입고 있는 것이 마치 괴담에나 나올 듯한 모습이었다. 미쓰코는 이미 저항할 힘도 없어진 듯, 무슨 짓을 당해도 죽은 듯이 얌전히 있었다.

"이번만은 살려주마. 이제부터 사람을 홀리면 죽여버리겠다!"

신이치가 재갈과 포승을 풀어주자 미쓰코는 벌떡 일어나

서 갑자기 문밖으로 나가 복도를 뛰어 도망쳤다.

"도련님, 아가씨가 화가 나서 고자질하러 갔습니다."

이제야 심한 짓을 했다는 생각이 들었는지 센키치는 걱정스럽게 나와 얼굴을 마주쳤다.

"뭐, 고자질해도 상관없어. 여자 주제에 건방지니까 매일 괴롭혀줘야 해."

신이치가 짐짓 시치미를 떼며 잘난 체할 때, 이번에는 스윽 하고 조용히 문이 열리더니 미쓰코가 깨끗이 씻은 얼굴로 돌아왔다. 팥소와 함께 흰 가루까지도 말끔히 씻어낸 듯, 오히려 아까보다 선명하고 윤기 있는 옥 같은 피부가 투명하게 빛났다.

틀림없이 다시 한번 싸움이 일어날 거라고 대비하고 있는데 뜻밖에도 미쓰코는 "남이 보면 창피하니 욕탕에 가서 씻고 왔어. 정말 모두 난폭하기 짝이 없구나" 하고 부드럽게 원망하는 말을 할 뿐이었다. 게다가 빙긋이 웃고 있었다.

그러자 신이치는 우쭐대면서 이렇게 말했다.

"이번에는 내가 사람이고 셋은 개가 되지 않을래? 내가 과자를 던져줄 테니 모두 네 발로 엎드려서 먹는 거다. 응? 어때?"

"좋고말고요. 합시다. 자, 개가 되었습니다. 멍멍멍."

센키치는 곧바로 엎드려서 방 안을 힘차게 돌아다녔다. 그 꼬리를 따라 내가 달려가자 미쓰코도 뭔가 생각났는지 "나는 암캐야" 하고 우리들 속에 끼어 들어와 기어 다녔다.

"자, 앞발, 앞발. 기다려, 기다려."

신이치가 이렇게 개를 길들이는 시늉을 한 후에 "먹어!"라고 말하자, 셋은 앞다퉈 과자가 있는 쪽으로 달려갔다.

"아, 좋은 생각이 났다. 기다려, 기다려."

이렇게 말하고 신이치는 방을 나갔는데, 곧바로 비단옷을 입은 진짜 친*을 두 마리 데려와서 우리 셋 사이에 집어넣고 먹다 만 팥소나 코딱지, 침 묻은 만두를 방에 뿌렸다. 우리와 친은 앞다퉈 먹이에 달려들어 이빨을 드러내고 혀를 내밀며, 찹쌀떡 하나를 같이 물어뜯거나 때때로 서로의 코끝을 핥았다.

과자를 다 먹은 친은 신이치의 손가락이나 발바닥을 할짝할짝 핥기 시작했다. 세 사람도 지지 않으려고 그 동작을 흉내 냈다.

"아, 간지러워, 간지러워."

신이치는 난간에 앉아 하얗고 부드러운 발바닥을 교대로 우리 코끝에 갖다 댔다.

'사람 발은 짜고 시큼한 맛이 나는군. 예쁜 사람은 발톱 모양까지 예쁘구나.'

이런 생각을 하면서 나는 열심히 다섯 발가락을 핥았다.

친은 점점 더 장난이 심해져서 드러누워 네 발을 허공에

---

* 작은 일본 개

휘젓고 옷자락을 물어 세게 당겼고, 신이치도 재미있어하며 발로 얼굴을 쓰다듬거나 배를 문질러주었다. 나도 그걸 흉내 내어 옷자락을 물고 당기자 신이치의 발바닥은 친에게 한 것처럼 뺨을 밟거나 이마를 쓰다듬어주었다. 눈 위를 뒤꿈치로 밟혔을 때와 발바닥으로 입이 막혔을 때는 조금 괴로웠다.

그런 장난을 하고 그날도 저녁까지 놀다 돌아갔는데, 다음 날부터는 매일같이 신이치의 집을 찾아갔다. 언제나 수업이 일찍 끝나기를 기다렸고 낮이나 밤이나 신이치와 미쓰코의 얼굴이 머릿속에서 떠나지 않았다. 점점 친해질수록 신이치의 장난도 더욱 심해졌고 나도 센키치처럼 완전히 부하가 되어서 함께 놀면 반드시 얻어맞거나 묶이거나 했다. 이상한 일은 그 고집 센 누이마저 여우 놀이 이후 완전히 항복하여 신이치뿐 아니라 나와 센키치의 말도 잘 듣게 된 거였다. 미쓰코는 가끔 세 사람 옆으로 와서는 "여우 놀이 하지 않을래?"라며 오히려 괴롭힘당하는 것을 기뻐하는 기색마저 보였다.

신이치는 일요일마다 아사쿠사나 닌교초의 완구점에 갔는데, 어느 날에는 갑옷과 칼을 사 와서 그것으로 장난을 쳐 미쓰코도 나도 센키치도 몸에 멍이 사라질 날이 없었다. 어느덧 연극 재료도 다 떨어지자 이번에는 창고라든가 욕탕이라든가 뒤뜰을 무대로 새로운 이야기를 고안했는데, 놀이의 난폭함은 더욱 심해졌다.

나와 센키치가 미쓰코를 목 졸라 죽이고 돈을 훔치면 신이치가 누이의 원수라고 하며 두 명의 목을 베거나, 신이치와 나 두 명의 악한이 아씨 미쓰코와 가신 센키치를 독살하여 시체를 강에 던지거나 했는데 언제나 가장 나쁜 역을 맡아 고생하는 것은 미쓰코였다. 결국에는 연지나 물감을 몸에 바르고 살해당한 사람이 되어 피투성이로 나뒹굴었는데, 때때로 신이치는 진짜 칼을 가져와서 "이걸로 살짝 베면 안 될까? 응? 살짝이니까 그리 아프지 않아"라고 말했다. 그러면 세 사람은 발밑에 깔린 채 순순히 "아프게 베면 안 돼"라고 마치 수술이라도 받는 것처럼 꾹 참았지만, 상처에서 흘러나오는 피를 바라보면 무서워져서 눈에 눈물이 글썽거리므로 어깨나 무릎을 살짝 베는 정도로 그쳤다. 나는 집으로 돌아가 매일 저녁 어머니와 함께 욕탕에 들어갈 때 상처를 감추느라 아주 고생했다.

그런 식의 놀이가 대략 한 달이나 계속되던 어느 날, 신이치의 집에 가니 신이치는 치과에 가서 집에 없다고 하고 센키치가 심심한 듯 혼자 멍하니 있었다.

"밋 짱은?"

"지금 피아노 배우고 있어. 아가씨가 있는 서양관에 가볼까?"

이렇게 말하고 센키치는 나를 큰 나무 그늘 아래의 오래된 연못 쪽으로 데려갔다. 곧 나는 모든 것을 잊고 오래된 느티나무 밑동에 앉아 2층 창에서 흘러나오는 음악 소리에 넋을 잃고 귀를 기울였다.

이 저택을 처음 방문한 날에 바로 이 연못가에서 신이치와 함께 들었던 기묘한 소리……. 어느 때는 숲속의 요정이 웃는 메아리 같고 어느 때는 옛날이야기에 나오는 난쟁이들이 모여 춤추는 것같이, 수많은 상상의 색실로 내 머리에 미묘한 꿈을 짜내는 이상한 소리는 오늘도 그때처럼 2층 창에서 들려왔다.

"센 짱, 저기에 가본 적 없니?"

소리가 그쳤을 때 나는 또 억누를 수 없는 호기심에 센키치에게 물었다.

"어, 아가씨와 청소부 도라 아저씨 말고는 아무도 가지 않아. 나도 도련님도 몰라."

"안은 어떤 모습일까?"

"도련님 아버님이 외국에 다녀오면서 사 오신 여러 진귀한 물건이 있대. 언젠가 도라 아저씨에게 몰래 보여달라고 하니까 안 된다고 하시더라고……. 이제 교습이 끝났나 봐. 에이 짱, 아가씨를 불러보지 않을래?"

두 명은 목소리를 모아 2층을 향해 외쳤다.

"밋 짱, 놀자아!"

"아가씨, 같이 놀아요!"

하지만 고요하기만 할 뿐 대답이 없었다. 지금까지 들려오던 그 음악은 사람 없는 방에서 피아노가 저절로 움직여 미묘한 소리를 냈는가 하는 의심마저 들었다.

"할 수 없으니 둘이 놀자."

나도 센키치 한 명하고는 여느 때처럼 흥이 나지 않아 김이 빠진 채 자리에서 일어나자, 갑자기 뒤에서 깔깔대는 웃음소리가 들렸다. 미쓰코가 어느새 그곳에 와 있었다.

"아까 우리가 불렀는데 왜 대답하지 않았어?"

나는 돌아보며 힐책하는 눈짓을 했다.

"어디에서 나를 불렀는데?"

"밋 짱이 아까 서양관에서 연습하고 있을 때 밑에서 소리질렀는데 들리지 않았어?"

"나 서양관에 없었는데? 저기에는 아무도 못 올라가."

"하지만 아까 피아노를 치고 있었잖아?"

"몰라. 누군가 다른 사람이겠지."

센키치는 둘의 대화를 의심스러운 얼굴로 지켜보다가 이렇게 말했다.

"아가씨, 거짓말하는 거 알고 있어요. 자, 에이 짱과 저를 저기에 몰래 데려가주세요. 또 고집부리고 거짓말하는 거죠? 자백하지 않으면 이렇게 합니다."

센키치는 히죽히죽 기분 나쁘게 웃으면서 곧바로 미쓰코에게 다가가 손목을 붙잡고 비틀기 시작했다.

"어머, 센키치. 제발 참아줘. 거짓말이 아니라니까."

미쓰코는 손을 모아 비는 모습을 보였지만, 큰 소리를 지르거나 도망치려고도 하지 않고 순순히 센키치에게 손을 비틀리며 몸부림치고 있었다. 쇠같이 단단한 손과 가냘프고 창백한 팔의 혈색이 유쾌한 대조를 이뤄 내 마음을 유혹했다.

"밋 짱, 자백하지 않으면 고문을 가한다."

나도 미쓰코의 다른 팔을 비틀고 허리띠를 풀어 연못가의 떡갈나무에 동여맸다.

"자, 이래도, 이래도?"

둘은 계속 꼬집거나 간지럼을 태우며 미쓰코를 고문하는데 열중했다.

"아가씨. 곧 도련님이 돌아오면 더 심한 꼴을 당합니다. 어서 빨리 자백하시죠."

센키치는 미쓰코의 멱살을 붙잡고 양손으로 목을 꽉 졸랐다.

"자, 점점 더 괴로워집니다."

센키치는 미쓰코가 고통에 눈을 희번덕거리는 것을 웃으며 보고 있다가 곧 나무에서 풀어주고 땅바닥에 드러눕게 했다.

"네, 이것은 인간 걸상입니다!"

나는 무릎 위, 센키치는 얼굴 위에 털썩 앉아 이리저리 몸을 흔들면서 미쓰코의 몸을 엉덩이로 눌러댔다.

"센키치, 자백할 테니 풀어줘."

미쓰코는 센키치의 엉덩이에 입이 막혀 벌레 소리만큼 작은 목소리로 동정을 구했다.

"그럼 자백하는 거죠? 역시 아까는 서양관에 있었죠?"

엉덩이를 들고 손을 약간 풀어주고는 센키치가 심문했다.

"아아, 네가 또 데려가달라고 할 것 같아서 거짓말을 했어. 왜냐면 너희들을 데리고 가면 엄마한테 혼나는걸."

그 말을 듣자 센키치는 눈을 부릅뜨고 다시 위협했다.

"좋습니다. 데려가지 않으면 또 괴롭힙니다."

"아파, 아파. 그럼 데려갈게. 데려갈 테니 그만해. 그 대신 낮에는 들키니까 밤에. 몰래 도라 아저씨 방에서 열쇠를 가져와 열어줄 테니. 에이 짱도 가고 싶으면 밤에 놀러 와."

미쓰코가 마침내 항복했으므로 두 사람은 아직 미쓰코를 땅바닥에 누른 채로 이런저런 밤의 계획을 의논했다. 마침 4월 5일이라 나는 스이텐궁의 제사에 간다고 속이고 집을 나와 어두워졌을 때 정문에서 서양관의 현관으로 잠입하여 미쓰코가 열쇠를 훔쳐 센키치와 함께 오는 것을 기다린다. 만약 내가 늦으면 두 명은 한발 앞서 들어가 2층의 오른쪽 두 번째 방에서 기다리겠다는 약속이었다.

"좋아, 그렇게 정해졌으니 용서해드리죠. 자, 일어나세요."

센키치는 그제야 손을 뗐다.

"아아, 괴로웠다. 센키치에게 깔려서 전혀 숨을 못 쉬었어. 머리 밑에 큰 돌이 있어서 아팠어."

옷의 먼지를 털고 일어난 미쓰코는 뺨과 눈이 붉어진 채 몸 여기저기를 문질렀다.

"그런데 도대체 2층에는 어떤 물건이 있지?"

일단 집으로 돌아가려고 헤어질 때 나는 이렇게 물었다.

"에이 짱, 아마 놀랄걸. 재미있는 게 많이 있으니까."

미쓰코는 이 말을 남기고 웃으면서 안채로 뛰어갔다.

문밖으로 나오자 닌교초 거리의 노점에 하나둘 칸델라*
가 켜지고, 검술 곡예의 호객을 하는 조개 나팔 소리가 뿌
뿌 황혼의 하늘에 울려 퍼졌다. 아리마 저택 앞에는 검은
산처럼 사람들이 모여 있고 약장수가 여자의 배 속을 드러
낸 인형을 가리키면서 큰 소리로 뭔가를 계속 설명하고 있
었다. 평소 보고 싶었던 신사의 제악도, 나가이 효스케가
앉아서 검을 뽑는 검술 곡예도 오늘은 조금도 볼 마음이 생
기지 않아 서둘러 집으로 돌아가 목욕을 한 후 저녁밥도 대
충 먹었다.

스이텐궁 제사에 갔다 온다며 집을 다시 뛰쳐나온 것은
거의 일곱 시가 다 되었을 때였다. 물처럼 축축한 푸른 밤
공기에 제삿날 행사의 불빛이 녹아들어 누각의 2층에는 어
지럽게 춤추는 사람의 그림자가 또렷하게 비치고, 고메야
초의 청년, 2초메의 궁장**에서 일하는 여자 등 수많은 남
녀가 양쪽을 왕래하여 사람이 가장 많은 때였다. 나카노교
를 넘어 어둡고 한적한 하마초대로에서 뒤를 돌아보니, 구
름 적은 검은 하늘이 붉은색으로 희미하게 물들어 있었다.

어느새 나는 신이치의 집 앞에 서서 산처럼 검게 우뚝 솟

---

* 석유등
** 표면적으로는 활을 쏘는 유희장이지만 실은 매춘을 하는 집이다.

은 지붕을 올려다보고 있었다. 오하시 쪽에서 싸늘한 바람이 소리 없이 어둠을 끌고 와, 큰 느티나무의 잎들이 하늘 한가운데에서 어지럽게 흔들렸다. 담 안을 들여다보니 수위 방의 불빛이 문틈에서 세로로 가느다란 선을 그리며 흘러나오고 있을 뿐이었다. 안채는 창문이 모두 닫혀 있고 흐린 하늘을 배경으로 요괴처럼 고요하게 잠들어 있었다. 정문 옆에 있는 차가운 철제 격자문에 양손을 대고 어둠 속으로 밀자 무거운 문이 삐걱거리며 움직였다. 나는 발소리를 죽이고 내 거친 호흡과 높아진 고동의 울림을 들으면서 어둠 속에 빛나는 서양관의 유리문을 응시하며 걸어갔다.

점차 앞이 보이기 시작했다. 팔손이나무의 잎, 느티나무의 가지, 석등 등 여러모로 소년의 마음을 두렵게 하는 검은 물체가 작은 눈동자 안으로 어지럽게 들어오기에, 나는 화강암 돌계단에 걸터앉아 차가운 밤공기가 스며드는 가운데 고개를 숙인 채 숨을 죽이고 기다리고 있었다. 아무리 기다려도 두 아이는 오지 않았다. 머리 위로 덮쳐오는 공포에 온몸이 덜덜 떨리고 이까지 떨렸다. '아아, 이런 무서운 곳에 오지 말걸' 하는 생각에 나는 엉겁결에 두 손을 모아 말했다.

"하느님, 저는 나쁜 짓을 했습니다. 앞으로는 결코 어머니에게 거짓말하거나 몰래 남의 집에 들어가지 않겠습니다."

괜히 왔다고 크게 후회하며 돌아가기로 작정하고 일어났는데, 문득 현관의 유리문 건너편에 반짝 하고 작은 촛불 같은 것이 보였다.

'어? 둘 다 먼저 들어갔나?'

이렇게 생각하자 금세 다시 호기심의 노예가 되어 거의 앞뒤 분별도 없이 손잡이에 손을 대고 휙 돌렸다. 그러자 문은 쉽게 열렸다.

안으로 들어가자 추측한 대로 정면의 나선형 계단 밑에, 아마 미쓰코가 나를 위해 놓아둔 것인 듯 반쯤 타버려 촛농이 녹아 흘러내린 촛대가 주위에 희미한 빛을 던지고 있었다. 나와 함께 밖에서 공기가 흘러 들어오자 불길이 깜박거리며 흔들리고 니스 칠을 한 난간의 그림자도 흔들거렸다.

마른침을 삼키며 살금살금 도둑처럼 나선계단을 올라가자 2층의 복도는 더욱 컴컴하여 사람의 기척은 물론 아무런 소리도 나지 않았다. 벽을 손으로 더듬어 약속한 오른쪽 두 번째 문에 다가가 가만히 귀 기울여봐도 역시 아무런 소리도 들리지 않았다. 반은 공포, 반은 호기심에 가득 차 될 대로 되라는 심정으로 나는 문에 상반신을 기대고 쑥 밀어보았다.

환하게 밝은 빛이 일시에 눈으로 들어와 어지러움 속에서 눈을 깜박거리고는 요괴의 정체를 확인하려고 사방의 벽을 주의 깊게 둘러봤지만 아무도 없었다. 중앙에 매달려 있는 큰 램프의, 오색 프리즘으로 장식된 보랏빛 갓의 그림자가 방의 상반부를 어슴푸레하게 하고, 금은을 아로새긴 의자, 탁자, 거울 등 여러 장식물이 찬연하게 빛났다. 바닥에 깐 암적색 양탄자의 부드러운 촉감이 마치 봄의 초원을 밟는 느낌이었다.

미쓰코를 불러보려 해도 사멸한 듯한 사방의 적막에 입술이 막히고 혀가 굳어져서 소리를 낼 용기도 없었다. 처음에는 눈치채지 못했지만 방의 왼쪽 구석에 옆방으로 통하는 출구가 있고 주름이 깊은 커튼이 나이아가라 폭포처럼 무겁게 쳐져 있었다. 이것을 젖히고 옆방의 모양을 들여다보려 했지만, 커튼 저쪽이 컴컴하여 손이 움츠러들었다. 그때 갑자기 벽난로 위의 탁상시계가 매앰 하고 매미처럼 소리를 내는가 싶더니 금세 데엥 울리고 딩동댕동 하고 기묘한 음악을 연주하기 시작했다. 이것을 신호로 미쓰코가 나오지 않을까 해서 커튼 쪽을 주시했지만, 곧 음악도 그치고 방은 다시 원래의 고요로 돌아갔다. 커튼은 적막하게 드리워져 있을 뿐 조금도 흔들리지 않았다.

멍하니 서 있던 나의 시선이 좌측 벽면에 걸린 초상화로 향하자 내 몸은 저절로 액자 앞으로 다가갔다. 올려다보니 서양 여자의 상반신이 램프 그림자로 어슴푸레하게 보였다. 두꺼운 금박 액자의 직사각형 화면 속에 무겁고 어두운 다갈색의 공기가 감돌고 있는 가운데, 가슴을 녹청색 옷으로 살짝 가리고 드러난 어깨와 팔에는 금과 주옥의 고리를 장식한 긴 머리의 여자가 꿈꾸는 듯한 검은 눈동자를 또렷하게 빛내며 앞을 응시하고 있었다.

어두운 가운데에도 선명하게 떠 있는 순백의 피부, 오뚝

한 콧날에서 입술, 턱, 양 볼에 걸쳐 아름답고 성스럽게 다
듬어진 윤곽⋯⋯. 이것이 옛날이야기에 나오는 천사인가
생각하면서 잠시 넋을 잃고 바라보고 있는데, 문득 액자에
서 1미터 정도 아래의 원탁 위에 뱀 모양의 소품이 있는 듯
하여 그쪽으로 눈을 돌렸다.

　이것은 또 무엇으로 만든 것일까. 두 번 정도 똬리를 틀
고 고사리처럼 머리를 든 자세나 번질거리는 비늘의 빛은
실로 진짜 같은 모습이었다. 보면 볼수록 감탄스러웠다. 당
장이라도 뱀이 움직일 것 같았다. 돌연 나는 어? 하고 두세
걸음 뒤로 물러난 채 눈을 크게 떴다. 기분 탓인지 아무래
도 뱀은 정말로 움직이는 것 같았다. 보통 파충류가 그러듯
이 지극히 완만하게, 주의를 기울이지 않으면 거의 모를 정
도의 느긋한 태도로 확실히 머리를 전후좌우로 꿈틀거리
고 있었다. 나는 온몸에 물을 끼얹은 듯 소름이 돋아 창백
한 얼굴로 그 자리에 죽은 듯이 못 박혀버렸다. 그러자 커
튼 주름 사이에서 유화 속 여자와 같은 얼굴이 또 하나 스
윽 나타났다.

　얼굴은 잠시 웃고 있었다. 커튼이 둘로 갈라지며 어깨를
스치고 등 뒤에서 다시 스르륵 하나로 모이자, 전신을 드러
낸 여자가 그곳에 서 있었다.

　무릎에 살짝 닿아 있는 짧은 녹청색 옷자락 아래에는 버
선도 신지 않은 맨발에 살구색 슬리퍼를 신고, 풍성한 검은
머리를 양어깨에 늘어뜨렸으며, 유화 속 여자처럼 팔찌와

목걸이를 차고 있었다. 가슴에서 허리 주위에 걸쳐 몸을 휘감은 옷은 부드러운 근육의 미세한 움직임을 그대로 드러내고 있었다.

"에이 쨩."

모란 꽃잎을 머금은 듯한 붉은 입술이 열린 순간, 나는 비로소 그 유화가 미쓰코의 초상화라는 것을 깨달았다.

"······아까부터 네가 오기를 기다리고 있었어."

이렇게 말하고 미쓰코는 겁을 주려는 듯 천천히 다가왔다. 뭐라 말할 수 없는 달콤한 향기가 나의 감각을 자극하고 눈앞에 붉은 안개가 어른거렸다.

"밋 쨩, 혼자야?"

나는 도움을 청하는 듯한 목소리로 조심스럽게 물었다. 왜 오늘 밤에 서양 옷을 입고 있는지, 깜깜한 옆방에는 무엇이 있는지, 묻고 싶은 것은 많았지만 목에 걸려 쉽사리 입으로 나오지 않았다.

"센키치를 만나게 해줄 테니 나와 함께 저쪽으로 가자."

미쓰코에게 갑자기 손목을 잡혀 덜덜 떨면서도 나는 뱀이 마음에 걸려 물었다.

"저 뱀은 정말로 움직이는 거야?"

"움직일 리가 있나. 저거 봐."

이렇게 말하고 미쓰코는 웃었다. 그 말을 들으니 과연 아까 확실히 움직이던 뱀이 지금은 가만히 똬리를 튼 채 조금도 자세를 바꾸지 않았다.

"그런 거 보지 말고, 나와 함께 저쪽으로 가자."

따뜻하고 부드러운 미쓰코의 손바닥은 도저히 뿌리칠 수 없는 마력을 지닌 듯, 가볍게 내 팔을 붙잡고 으스스한 방쪽으로 천천히 이끌었다. 곧 두 사람의 몸이 무거운 커튼 안으로 들어갔다고 생각한 순간, 새카만 방이 나타났다.

"에이 짱, 센키치를 만나게 해줄까?"

"응, 어디에 있어?"

"지금 촛불을 켜면 보이니 기다리고 있어⋯⋯. 그보다 너한테 재미있는 걸 보여줄게."

미쓰코는 내 손목을 놓고 어딘가로 사라졌다. 곧 방 정면의 어둠 속에서 날카로운 소리가 나더니 가늘고 창백한 빛줄기가 무수히 교차했다. 빛줄기는 유성처럼 날아다니거나 물결처럼 꿈틀거리거나 원을 그리거나 열십자를 그렸다.

"어때, 재밌지? 뭐든 그릴 수 있어."

이런 소리가 나서, 미쓰코가 다시 내 옆으로 다가온 것을 알았다. 지금까지 보이던 빛줄기는 점점 엷어져 어둠 속으로 사라졌다.

"저건 뭐야?"

"서양의 성냥이라는 건데 벽에 긋는 거야. 어둠 속에서는 아무거에나 그어도 불이 붙어. 에이 짱의 옷에 그어볼까?"

"그만둬, 위험해."

나는 놀라서 도망치려고 했다.

"괜찮아. 자, 이것 봐."

미쓰코가 손에 닿는 대로 내 옷을 당겨서 성냥을 문지르자 비단 위를 반디가 기어가듯 푸른빛이 번쩍였다. 옷에 새겨진 하기와라라는 글자가 선명하게 떠오른 채로 잠시 사라지지 않았다.

"자, 불을 붙여 센키치를 만나게 해주지."

피식 하고 부싯돌을 치듯이 불꽃이 튀고 미쓰코의 손에서 성냥이 타올랐다. 이윽고 방 한가운데에 있는 촛대에 불이 켜졌다.

양초의 불빛이 몽롱하게 실내를 비추자, 여러 기물이나 소품의 검은 그림자가 날아다니는 도깨비불 같은 모습으로 사방의 벽에 길고 크게 비쳤다.

"자, 센키치는 여기 있어."

이렇게 말하고 미쓰코는 양초 아래를 가리켰다. 보니까 촛대라고 생각한 것은 손발이 묶이고 웃통이 벗겨진 채 양초가 놓인 이마를 위로 향하고 앉아 있는 센키치였다. 얼굴과 머리에 새똥처럼 녹아 흐른 촛농 줄기가 두 눈을 지나 입술을 덮고 턱 끝에서 똑똑 무릎 위로 떨어지고 있었다. 7할 정도 타버린 촛불에 곧 속눈썹이 타버릴 것 같은데도, 센키치는 수도승처럼 책상다리를 하고 손을 뒤로 묶인 채 얌전히 앉아 있었다.

미쓰코와 내가 그 앞에 멈춰 서자, 센키치는 무슨 생각을 했는지 촛농으로 굳은 얼굴의 근육을 꿈틀꿈틀 움직여 간신히 실눈을 뜨고는 원망스럽다는 듯 가만히 내 쪽을 노려보았다. 그리고 무겁고 슬픈 목소리로 엄숙하게 말했다.

"어이, 너와 나는 평소에 아가씨를 너무 괴롭혀서 복수를 당한 거야. 나는 이제 완전히 아가씨에게 항복했어. 너도 어서 사죄하지 않으면 크게 당한다⋯⋯."

이렇게 말하는 동안 촛농이 이마에서 눈썹으로, 지렁이가 기어가듯 서서히 흘러내려서 센키치는 다시 눈을 꼭 감았다.

"에이 짱, 앞으로 신 짱의 말은 듣지 말고 나의 부하가 되지 않을래? 싫다고 하면 저기 있는 인형처럼 네 몸에 뱀을 몇 마리든 휘감아줄 거야."

미쓰코는 계속 음산하게 웃으면서 금색 문자가 새겨진 양서가 가득한 책장 위의 석고상을 가리켰다. 쭈뼛쭈뼛 고개를 들어 어슴푸레한 구석 쪽을 보니, 근육질의 벌거벗은 거인이 큰 뱀에 휘감겨 무서운 형상을 한 조각 옆에 구렁이 두세 마리가 얌전하게 똬리를 틀고 향로처럼 자세를 취하고 있었는데, 두려움이 앞서 진짜인지 가짜인지 판별할 수도 없었다.

"뭐든 내가 말하는 대로 할 거지?"

"⋯⋯."

나는 창백한 얼굴로 잠자코 고개를 끄덕였다.

"너는 아까 센키치와 함께 나를 걸상 취급했으니 이번에는 네가 촛대가 되어라."

곧바로 미쓰코는 나의 손을 뒤로 단단히 묶어 센키치 옆에 앉히고는 다시 양발을 꽁꽁 묶었다.

"초를 떨어뜨리지 않게 위를 바라봐."

미쓰코는 이렇게 말하고 내 이마 한가운데에 불을 붙였다.

내가 소리도 내지 못하고 열심히 촛불을 받치며 슬픈 눈물을 뚝뚝 흘리는 동안, 눈물보다 뜨거운 촛농의 줄기가 미간을 타고 줄줄 흘러내려 눈도 입도 막혀버렸다. 눈꺼풀의 얇은 피부를 통해 흐릿하게 보이는 촛불의 붉은빛이 안구 주위로 어른거렸다. 미쓰코의 짙은 향수 냄새가 비처럼 얼굴에 내렸다.

"둘 다 가만히 그렇게, 좀 더 참도록 해. 곧 재미있는 걸 들려줄 테니."

이렇게 말하고 미쓰코는 어디론가 가버렸다. 잠시 후 갑자기 주변의 적막을 깨고 조용한 옆방에서 그윽한 피아노 소리가 들려왔다.

은쟁반 위에 싸라기눈이 튀는 듯한, 계곡의 맑은 물이 졸졸졸 이끼 위를 흘러가는 듯한 이상한 울림은 별세계의 소리처럼 내 귀에 들려왔다. 이마의 양초가 꽤 짧아진 듯 뜨거운 땀이 촛농과 섞여 흘렀다. 옆에 앉아 있는 센키치 쪽을 곁눈질로 어렴풋이 보니, 온 얼굴에 밀가루 같은 흰 덩어리가 달라붙어서 우엉튀김 같은 모습이었다. 두 사람은 미묘한 음악 소리에 황홀하게 귀를 기울인 채로 언제까지나 눈꺼풀에 비친 환한 세계를 바라보고 있었다.

그다음 날부터 나와 센키치는 미쓰코 앞에 서면 고양이

처럼 얌전히 무릎을 꿇었다. 어쩌다 신이치가 누이의 말을 거스르려고 하면 곧바로 덤벼들어 아무런 말도 없이 묶어버리거나 때렸다. 그러자 그토록 오만하던 신이치도 시간이 지나면서 완전히 누이의 부하가 되어 집에 있어도 학교에 있을 때처럼 비굴한 겁쟁이로 바뀌어버렸다. 세 사람은 뭔가 새롭고 진기한 유희 방법이라도 발견한 것처럼 기쁘게 미쓰코의 명령에 복종하여 미쓰코가 "의자가 되어라"라고 말하면 곧바로 바닥에 엎드려 등을 내밀었고, "담배통이 되어라"라고 말하면 즉시 입을 벌렸다. 미쓰코는 점점 더 거만해져서 세 명을 노예처럼 부렸다. 목욕 후에 손톱을 깎게 하거나 콧구멍 청소를 시키거나 오줌을 먹이거나 하며 늘 우리를 옆에 거느리고 오랫동안 이 나라의 여왕으로 군림했다.

서양관에는 그때 이후로 한 번도 가지 않았다. 그 뱀은 과연 진짜였는지 가짜였는지 지금 생각해봐도 잘 모르겠다.

비
밀

그 무렵 나는 느닷없이 떠오른 생각에 지금까지 나의 주위를 둘러싼 떠들썩한 분위기를 멀리하고, 다양한 관계로 교제를 지속하던 친구나 여자에게서 몰래 벗어나고자 적당한 은신처를 찾다가, 마침내 아사쿠사 마쓰바초에 있는 진언종 절을 발견하고 그곳의 승방 하나를 빌렸다.

니이보리 도랑을 따라 기쿠야교에서 혼간지本願寺 뒤쪽으로 곧바로 가면, 료운각 아래쪽 골목 깊숙이 들어간 어느 동네 한구석에 그 절이 있었다. 쓰레기통을 뒤집어엎은 것처럼 그 일대에 가득 펼쳐진 빈민굴의 한쪽 편에 절의 주황색 토담이 길게 이어져 있어, 매우 무겁게 가라앉은 적막감을 풍기는 건물이었다.

나는 처음부터 시부야나 오쿠보 같은 교외보다 오히려 시내 어딘가 사람들이 잘 모르는 묘하게 쇠퇴한 동네에 은둔하고 싶었다. 마치 흐름이 빠른 계곡물의 군데군데에 웅덩이가 고여 있듯, 시내의 혼잡한 동네들 사이에 끼어 있으면서도 지극히 특별한 경우나 특별한 사람이 아니면

좀처럼 찾지 않을 법한 한적한 동네가 꼭 있으리라 생각
했다.

동시에 또 이런 생각도 해보았다…….

나는 매우 여행을 좋아하여 교토, 센다이, 홋카이도에서
규슈까지 돌아다녔다. 그러나 아직도 이 도쿄에, 내가 닌교
초에서 태어나 20년간 살고 있는 도쿄에, 한 번도 발을 들
여놓은 적이 없는 동네가 반드시 있을 것이다. 아니, 생각보
다 많을 게 틀림없다.

그래서 대도시의 번화가, 벌집처럼 뒤섞인 크고 작은 많
은 동네 중에 내가 다닌 적이 있는 곳과 없는 곳, 어느 쪽이
많은지 알 수 없다는 생각이 들었다.

아마 열한두 살 무렵이었을 것이다. 아버지와 함께 후카
가와의 하치만 신사에 갔을 때였다.

"이제 다리를 건너 후유키 쌀시장에서 유명한 메밀국수
를 사주마."

이렇게 말하고 아버지는 나를 신사 뒤로 데려갔다. 그곳
에는 고아미초나 고부나초의 수로와 전혀 정취가 다른, 폭
이 좁고 둑이 낮고 수량이 많고 탁한 강이 촘촘히 들어선
강가 집들의 처마 사이를 헤치듯 느리게 흘러가고 있었다.
강폭보다 긴 듯한 거룻배가 몇 척이나 오르내리고 있는데,
그 사이를 작은 나룻배가 긴 삿대로 강바닥을 짚어가면서
요리조리 누비며 좌우로 왕복하고 있었다.

나는 그전에도 하치만 신사에 종종 참배하러 왔지만 경

내의 뒤쪽이 어떤 모습인지 생각해본 적은 없었다. 언제나 정면의 도리이* 쪽에서 신전으로 들어왔기 때문에 아마 파노라마 그림처럼 겉만 있지 속은 없는, 막다른 곳의 경치처럼 생각한 것 같다. 지금 눈앞에 이런 강이나 나루터가 보이고 그 앞으로 넓은 땅이 끝없이 이어지는 수수께끼 같은 광경을 보면, 왠지 모르게 교토나 오사카보다 도쿄가 꿈속에서 자주 보는 동떨어진 세계 같았다.

그리고 나는 아사쿠사의 관음당 바로 뒤에 어떤 동네가 있었나 떠올려봤지만, 상가에서 커다란 관음당의 주홍색 기와지붕을 바라보았을 때의 모양만이 명료하게 그려질 뿐 다른 것은 전혀 머리에 떠오르지 않았다. 점차 어른이 되고 세상이 넓어지면서 지인의 집을 방문하거나 꽃놀이나 들놀이를 가거나 하며 도쿄 시내는 빠짐없이 다 돌아본 듯하지만, 그럼에도 어린 시절 경험한 듯한 별세계를 우연히 마주치는 일이 종종 있었다.

그런 별세계야말로 몸을 숨기기에는 매우 적당한 곳이라 생각해 여기저기 두루두루 찾아보면 볼수록, 지금까지 가본 적 없는 구역이 곳곳에서 발견되었다. 아사쿠사교와 이즈미교는 몇 번이나 건너다녔으면서도 그 사이에 있는 사에몬교를 건넌 적은 없었다. 니초마치의 이치무라자**에

---

* 신사 입구에 세워진 붉은색의 문
** 가부키 극장

갈 때는 항상 전찻길 옆이나 모퉁이를 오른쪽으로 돌아갔지만, 그 극장 앞에서 똑바로 류세이자로 나가는 200~300미터의 땅은 한 번도 가본 기억이 없었다. 옛날 에이다이교 우측 강변에서 바라보이는 좌측 강변 동네는 어떤 모습인지 잘 알지 못했다. 그 외에 핫초보리, 에치젠보리, 샤미센보리, 산야보리 일대에는 아직도 모르는 곳이 많았다.

마쓰바초의 절 근방은 그중에서도 제일 기묘한 동네였다. 6구와 요시와라를 코앞에 두고 골목 하나를 돌아간 곳에 나타난 한적하고 쇠락한 분위기의 동네가 내 마음에 쏙 들었다. 지금까지 내 유일한 친구였던 '화려하고 사치스럽고 평범한 도쿄'를 뒤로하고, 조용하게 그 소요를 방관하면서 몰래 몸을 숨길 수 있다는 것이 유쾌하기 그지없었다.

은둔의 목적은 무슨 공부를 하려는 게 아니었다. 그 무렵 내 신경은 날이 무뎌진 톱처럼 예민한 감성이 완전히 무뎌져서, 매우 진한 색채의 강렬한 무엇을 마주해야만 간신히 감흥이 일어날 정도였다. 미세한 감수성의 작동을 요구하는 일류 예술이나 일류 요리를 음미하는 일이 불가능했다. 시내 유명 식당의 요리에 감탄하거나 유명 가부키 배우의 기교를 칭찬하거나 평범한 도시의 환락을 받아들이기에는 마음이 너무 황폐했다. 재미있지도 않은 나태한 생활의 관성적인 반복을 견딜 수 없어서 완전히 구습을 탈피한 색다른 '아티피셜한 모드 오브 라이프'*를 찾고 싶었다.

보통의 자극에 익숙해진 신경을 두려움에 떨게 할 이상하고 기괴한 일은 없을까. 현실과 동떨어진 야만적이고 황당하고 몽환적인 공기 속에서 서식할 수는 없을까. 이렇게 생각해 내 영혼은 멀리 바빌론이나 아시리아와 같은 고대 전설의 세계를 헤매거나, 코넌 도일이나 루이코**의 탐정소설을 상상하거나, 치열한 광선이 내리쬐는 열대 지방의 사막과 초원을 연모하거나, 장난꾸러기 소년 시절의 별난 장난을 동경했다.

시끄러운 세상에서 돌연 몸을 숨기고 단지 장난삼아 비밀리에 행동하는 것만으로도 이미 일종의 신비롭고 로맨틱한 색채를 내 삶에 부여할 수 있다고 생각했다. 나는 비밀이란 것의 재미를 어릴 때부터 깊이 맛보았다. 숨바꼭질, 보물찾기, 귀신 놀이 같은 유희……. 특히 그런 놀이가 어두운 밤, 어두컴컴한 헛간 같은 데서 행해질 때의 재미는 그 안에 '비밀'이라는 묘한 기분이 잠재해 있기 때문이리라.

나는 다시 한번 어린 시절의 숨바꼭질 같은 재미를 경험해보고 싶어서 일부러 남들이 알지 못하는 시내의 외딴 구석에 몸을 숨긴 것이다. 그 절의 종파가 '비밀'이나 '주술', '저주' 같은 것과 인연이 깊은 진언종인 점도 내 호기심을

---

* 인위적 생활양식artificial mode of life
** 구로이와 루이코(1862~1920). 일본의 탐정소설가이자 번역가

불러일으키니 망상을 키우기에는 제격이었다. 방은 새롭게 증축한 승방의 일부로 남향에 다다미 여덟 장 크기였다. 햇빛에 바래서 약간 갈색을 띠는 다다미가 오히려 보기에 편안하고 따뜻한 느낌을 주었다. 오후가 되면 온화한 가을 해가 툇마루의 장지문에 환등기처럼 환하게 비쳐 실내는 큰 초롱처럼 밝았다.

나는 지금까지 가까이한 철학과 예술 관련 책을 모두 수납장에 집어넣고 마술이나 최면술, 탐정소설, 화학, 해부학 등 기괴한 이야기와 삽화가 풍부한 서적을 마치 거풍하듯 방 안에 흩뜨려놓고는 뒹굴뒹굴하면서 손에 닿는 대로 펼쳐보고 탐독했다. 그중에는 코넌 도일의 《네 사람의 서명》이나 토머스 드퀸시의 《예술 분과로서의 살인》《아라비안 나이트》같은 옛날이야기, 프랑스의 기묘한 성과학Sexuology 책도 섞여 있었다.

이곳의 주지가 소장하고 있는 지옥극락도를 비롯해 수미산도, 열반상 등 여러 오래된 불화를 보여달라고 간절히 부탁해, 마치 학교 교무실에 걸려 있는 지도처럼 방의 네 벽 아무 곳에나 걸어놓고 보았다. 도코노마의 향로에서는 보라색 향연이 조용히 곧게 피어올라, 밝고 따스한 실내에 향기를 가득 채웠다. 나는 가끔 기쿠야교 옆에 있는 가게에서 사온 백단이나 침향을 피웠다.

날씨가 좋은 날, 반짝이는 대낮의 광선이 장지문을 가득 채울 때 실내는 눈부신 장관을 이뤘다. 현란하게 채색된 고

서화의 부처, 나한, 비구, 비구니, 우바새,* 우바이,** 코끼리, 사자, 기린 등이 사방 벽면의 그림 속에서 환한 빛을 받아 꿈틀거렸다. 방바닥 위에 내던져진 무수한 책에서는 참살, 마취, 마약, 요녀, 종교 등 잡다한 꼭두각시가 자욱한 향의 연기에 녹아들어 몽롱한 가운데, 나는 한 평 정도 크기의 붉은 양탄자를 바닥에 깔고 드러누운 채 멍한 야만인의 눈동자로 바라보며 매일매일 환각을 마음속에 그렸다.

밤 아홉 시경, 모두 잠들어 절이 조용해지면 위스키 병을 기울여 정신을 취하게 하고, 과감하게 툇마루 덧문을 열고 묘지의 울타리를 넘어 산책하러 나갔다. 되도록 남의 눈에 띄지 않도록 매일 밤 옷을 갈아입고 공원의 인파 속을 걷거나, 골동품점이나 고서점을 샅샅이 둘러보았다. 두건으로 얼굴을 감싸고 무명 겉옷을 걸치고, 깔끔하게 다듬은 맨발의 발톱에는 매니큐어를 바르고 샌들을 신은 적도 있었다. 금테 색안경을 끼고 망토의 옷깃을 세우고 나가기도 했다. 가짜 수염, 혹, 반점 등 이런저런 변장을 즐겼는데, 어느 밤 샤미센보리의 헌 옷 가게에서 남색 바탕에 싸라기눈 무늬가 있는 여성용 겹옷이 눈에 들어오자 갑자기 그 옷이 무척이나 입어보고 싶었다.

대체로 나는 의복이나 옷감에, 단지 색조가 좋다든가 무

---

* 불교에서 출가하지 않은 남성 신도
** 불교에서 출가하지 않은 여성 신도

늬가 멋지다는 것 외에 더 깊고 예리한 애착이 있었다. 여성
용에 한하지 않고 모든 아름다운 견직물을 보거나 만질 때
는 왠지 모르게 몸에 걸치고 싶어져서 마치 연인의 피부를
바라보는 듯한 쾌감을 자주 느꼈다. 특히 내가 매우 좋아하
는 지지미 비단*을 남의 눈치 보지 않고 마음대로 치장할
수 있는 여자가 부럽다는 생각을 한 적도 있었다.

헌 옷 가게에 걸린 자잘한 무늬의 지지미 겹옷, 그 차분하
고 무겁고 차가운 옷감이 몸에 달라붙듯 감쌀 때의 촉감을
생각하자 나는 그만 전율했다. 그 옷을 입고 여자의 모습으
로 거리를 걸어보고 싶다…… 이렇게 생각하자 곧바로 사
고 싶었다. 그리고 사는 김에 화려한 빛깔의 속옷과 검은색
지지미 하오리까지 모두 샀다.

몸집이 큰 여자가 입었던 듯, 작은 남자인 내게 치수도 딱
맞았다. 밤이 깊어 텅 빈 절의 경내가 조용해졌을 때, 나는
경대 앞에 앉아 화장을 시작했다. 우선 누런 바탕의 콧등
에 크림 백분을 바른 순간의 용모는 다소 그로테스크하게
보였지만, 진한 흰 점액을 손바닥으로 얼굴 전체에 고루 펴
바르자 생각보다 화장이 잘 먹었다. 달콤한 냄새를 풍기는
서늘한 물기가 모공에 스며드는 피부의 쾌감은 각별했다.
연지와 분을 바르자 석고처럼 하얗기만 한 내 얼굴이 발랄

---

* 바탕이 오글쪼글한 비단

하고 생기 있는 여자의 얼굴로 변해가는 즐거움이란. 문인이나 화가의 예술보다 배우나 게이샤 혹은 일반 여성이 일상적으로 자기 몸을 재료로 삼아 시도하는 화장의 기교가 훨씬 흥미롭다는 것을 깨달았다.

나가주반, 한에리, 고시마키,* 찰랑거리는 홍견 안감의 소맷자락……. 모든 보통 여성의 피부가 맛보는 것과 같은 촉감이 내 육체에 주어졌다. 목덜미부터 손목까지 흰 분을 바르고, 이초가에시** 가발 위에 두건을 쓰고 과감히 밤거리의 인파 속으로 들어갔다.

잔뜩 흐린 어두운 밤이었다. 센조쿠초, 기요스미초, 류센지초 등 개천이 많은 그 일대의 한적한 거리를 잠시 이리저리 둘러보았지만, 파출소의 순경도 통행인도 전혀 눈치채지 못하는 것 같았다. 부드러운 속껍질을 한 겹 붙인 듯 바싹 마른 얼굴을 밤바람이 싸늘하게 어루만지고 갔다. 입을 덮고 있는 두건의 천이 숨결 때문에 뜨겁고 축축해졌고 걸을 때마다 긴 지지미 속치마 밑자락이 장난치듯이 다리를 휘감았다. 명치부터 갈비뼈 부근까지 꽉 조인 넓은 띠와 골반 위를 묶고 있는 띠의 압박으로 내 몸의 혈관에는 자연히

---

* 일본의 전통 의상인 기모노와 함께 입는 의복들이다. 나가주반은 기모노 안에 입는 긴 속옷이고 한에리는 나가주반 위 목 부분에 덧대는 장식용 깃이며 고시마키는 허리에서 무릎까지 내려오는 속치마다.
** 여자의 묶음 머리 중 하나로, 묶은 머리채를 좌우로 갈라 반달 모양으로 둥글려서 은행잎 모양으로 틀어 붙인다.

여자 같은 피가 흐르기 시작해, 사내다운 기분이나 자세는 점점 없어지는 느낌이었다.

흰 분을 바른 손을 소매 밖으로 내어보면 울퉁불퉁한 선은 어둠 속으로 사라져버리고, 희고 포동포동하고 부드럽게 보였다. 나는 내 손의 아름다움에 반했다. 이러한 아름다운 손을 실제로 가진 여자라는 존재가 부러웠다. 가부키에 나오는 여장 남자처럼 이런 모습으로 많은 죄를 범한다면 얼마나 재미있을까…… 탐정소설이나 범죄소설의 독자를 늘 기쁘게 하는 '비밀'과 '의혹'에 휩싸인 심정으로 나는 점차 사람이 많이 다니는 공원의 6구 쪽으로 걸음을 옮겼다. 그리고 내가 살인이나 강도같이 무언가 대단히 잔인한 죄를 저지른 사람이라는 생각에 빠져들었다.

료운각 앞에서 연못가를 따라 오페라관 사거리로 나오자, 전등 장식과 아크등의 불빛이 짙은 화장을 한 내 얼굴에 비쳐 기모노의 색과 무늬가 또렷이 보였다. 도키와좌 앞으로 왔을 때 맞은편 사진관의 입구에 있는 큰 거울에 내 모습이 비쳤다. 혼잡한 군중 속에 섞인 아름다운 여자의 모습이었다.

짙게 바른 하얀 분 아래 '남자'라는 비밀이 숨어 있다. 눈매도 입매도 여자처럼 움직이고 여자처럼 웃으려고 했다. 달콤한 장뇌유 냄새를 풍기며 옷자락이 속삭이듯 스치는 소리를 냈다. 나의 앞뒤를 스쳐 가는 몇 명의 여자도 모두 나를 동류로 인식하고 수상히 여기지 않았다. 그리고 그 여자들 중에는 나의 우아한 얼굴 화장과 고풍스러운 의상 취향을 부러운 듯 바라보는 이도 있었다.

늘 익숙한 밤 공원의 떠들썩한 분위기도 '비밀'을 지닌 내 눈에는 모두 새로웠다. 어디를 가도 무엇을 봐도 처음 접하는 것처럼 신기하고 기묘했다. 사람의 눈을 속이고 전등 불빛을 속이고 농염한 화장과 비단옷 아래 자신을 감추며 '비밀'의 장막을 치고 세상을 바라보니, 아마 평범한 현실이 꿈처럼 이상한 색채를 띠게 되었으리라.

그 후로 나는 매일 밤 이 변장을 계속했는데, 때로는 가부키 극장이나 영화관의 관객 속으로 태연하게 끼어들었다. 절로 돌아오면 열두 시가 다 되었다. 방에 들어오면 곧바로 램프에 불을 붙이고 지친 몸으로 옷도 벗지 않고 양탄자 위에 그대로 드러누운 채, 미련이 남은 듯 현란한 기모노의 색을 바라보거나 소매를 흔들어보았다. 벗겨지기 시작한 하얀 분이 늘어진 거친 뺨에 배어 있는 것을 거울에 비춰 응시하고 있자, 퇴폐의 쾌감이 오래된 포도주처럼 영혼을 취하게 했다. 지옥극락도를 배경으로 현란한 속옷을 입은 채 유곽의 여자처럼 나긋나긋한 자태로 이불 위에 엎드려 예의 그 기괴한 책의 페이지를 밤늦게까지 들추기도 했다. 점차 분장 실력도 늘고 대담해지기도 하여 색다른 분위기를 빚어내기 위해 은장도나 마취약 등을 허리띠 사이에 끼우고 외출했다. 범죄는 저지르지 않더라도 범죄에 딸린 아름답고 로맨틱한 냄새만큼은 흠뻑 맡아보고 싶었다.

그렇게 일주일쯤 지난 어느 밤이었다. 나는 뜻밖의 이상한 인연으로 더욱 기괴하고 색다른 그리고 더욱 신비로운 사건에 맞닥뜨렸다.

그날 밤 나는 평소보다 위스키를 많이 마시고 산유관*의 2층 귀빈석에 앉아 있었다. 아마 열 시 가까운 때였을 것이다. 매우 혼잡한 극장 안은 안개처럼 탁한 공기로 가득했고, 꿈틀대는 군중의 후덥지근한 훈기에 얼굴의 분이 부패할 것 같았다. 어둠 속에서 차르륵 소리를 내면서 눈부시게 쏟아지는 영화의 광선이 강하게 눈동자를 찌를 때마다 취한 머리가 깨질 듯이 아팠다. 때때로 영화가 꺼지고 전등이 켜지면 계곡 밑에서 피어오르는 구름처럼 담배 연기가 아래층 군중의 머리 위를 떠돌았다. 그 연기 사이로, 나는 깊이 눌러쓴 두건 속에서 극장 안에 가득한 사람들의 얼굴을 둘러보았다. 그리고 나의 구식 두건을 신기하다고 엿보는 남자나 세련된 옷의 색조를 부러운 듯이 훔쳐보는 여자가 많은 것을 속으로 뿌듯하게 여겼다. 여자 관객 중에 돋보이는 옷차림과 요염한 모습, 또 미모 면에서 나처럼 눈에 띄는 사람은 없는 듯했다.

처음에는 내 옆의 의자에 아무도 없었는데, 언제 왔는지 두세 번 다시 전등이 켜졌을 때 내 왼쪽에 남녀 두 명이 앉

---

* 1907년부터 1944년까지 도쿄에 있던 영화관

아 있었다.

여자는 스물두세 살로 보이는데 아마 실제로는 스물예닐곱쯤 되었을 것이다. 미쓰와*로 묶은 머리에 온몸을 하늘색 망토로 감싸고 촉촉한 피부와 이목구비가 또렷한 미모를 보란 듯이 드러냈다. 게이샤인지 양갓집 규수인지 쉽게 구별되지 않으나, 동행한 신사의 태도로 추측하건대 여염집 부인은 아닌 듯했다.

"……Arrested at last……."**

그녀는 이렇게 작은 소리로 필름 위에 나타난 자막을 읽고 튀르키예 담배 MCC의 연기를 내 얼굴에 뿜으면서, 손가락에 낀 보석보다 예리하게 빛나는 큰 눈동자를 어둠 속에서 반짝거리며 내 쪽으로 향했다.

요염한 모습에 어울리지 않게 샤미센 선생 같은 쉰 목소리……. 그 목소리는 틀림없이 내가 몇 년 전에 상하이로 가는 항해 도중 우연히 기선 안에서 잠시 관계를 맺었던 T였다.

그녀는 그 무렵부터 상인인지 보통 사람인지 구별되지 않는 행동과 옷차림을 한 걸로 기억한다. 배 안에서 함께 있던 남자와 오늘 밤의 남자는 풍채도 용모도 전혀 다른데,

---

* 미쓰와마게三輪髷. 상투 끝을 셋으로 나눠 두 개를 좌우로 고리 모양으로 묶고 나머지 하나를 가운데에 묶는 머리 형태로 주로 첩 등이 했다.
** 마침내 잡혔다.

아마 두 남자 사이에는 다른 무수한 남자가 그녀의 과거 생애를 사슬처럼 연결하고 있으리라. 어쨌든 그녀는 항상 이 남자에서 저 남자로 나비처럼 날아다니는 종류의 여자가 확실했다. 2년 전에 배에서 가까워졌을 때, 우리 둘은 이런저런 사정으로 서로 본명을 밝히지 않고 직업이나 주소도 알리지 않은 채 상하이에 도착했다. 그리고 나는 내게 구애하는 그녀를 적당히 속이고 슬며시 자취를 감춰버렸다. 그후 태평양 위의 꿈속의 여자로만 생각했던 그녀의 모습을 이런 곳에서 보게 되다니 전혀 뜻밖이었다. 그때는 약간 통통했지만 지금은 세련되게 마른 몸이었고, 긴 속눈썹에 촉촉한 둥근 눈이 씻은 듯이 맑아 남자를 지배할 듯한 늠름한 권위마저 갖추고 있었다. 건드리면 붉은 피가 묻어 나올 것 같은 촉촉한 입술과 귓불을 덮는 긴 솜털은 옛날과 다름없지만, 코는 이전보다 조금 가파를 정도로 오뚝해 보였다.

그녀는 과연 나를 알아봤을까. 아무래도 확실히 알 수 없었다. 전등이 켜지면 함께 온 남자에게 속삭거리며 아양을 떠는 모습을 보니 옆에 있는 나를 보통 여자라고 깔보며 별로 마음에 두고 있지 않은 것 같기도 했다. 실제로 그녀 옆에 있게 되자, 나는 지금까지 뻐겼던 나의 분장을 경멸하지 않을 수 없었다. 표정이 자유로운, 그야말로 싱싱한 요녀의 매력에 압도되어, 기교를 다한 화장도 옷차림도 보기 흉하고 천박한 요괴 같다는 생각이 들었다. 여자다운 점에서도 미모에서도 나는 도저히 그녀의 경쟁자가 아니었기에 달

앞의 별처럼 기가 꺾여버렸다.

연기가 자욱한 극장 안의 탁한 공기 속에서 그늘 없는 선명한 윤곽을 또렷이 드러내고, 망토 속에서 부드러운 손을 물고기가 헤엄치듯이 흔드는 요염함. 남자와 대화하는 동안에도 가끔 꿈꾸는 듯한 눈동자를 들어 천장을 바라보거나, 미간을 찌푸리고 관객을 내려다보거나, 새하얀 치아를 보이며 미소 짓거나 할 때마다 전혀 다른 느낌의 표정이 흘러넘쳤다. 어떤 의미라도 선명하게 나타낼 수 있는 검고 큰 눈동자는 마치 극장 안의 두 보석처럼 먼 아래층의 구석에서도 보일 법했다. 안면의 모든 도구가 그저 무엇을 보거나 맡거나 듣거나 말하는 기관치고는 너무도 정감이 풍부하여, 사람의 얼굴이라기보다는 남자의 마음을 유혹하는 감미로운 미끼 같았다.

이미 극장 안의 시선은 조금도 내 쪽으로 쏠리지 않았다. 어리석게도 나는 내 인기를 빼앗아간 그녀의 미모에 질투와 분노를 느끼기 시작했다. 과거에 내가 마음껏 희롱하고 버렸던 그녀의 매력에 금세 빛을 잃고 짓밟힌 분함. 어쩌면 그녀는 나를 알아챘으면서도 일부러 짓궂은 복수를 하는 게 아닐까.

미모를 부러워하는 질투가 가슴속에서 점차 연모의 정으로 변해가는 것을 느꼈다. 여자로서 경쟁에 패한 나는 다시 한번 남자로서 그녀를 정복하고 싶었다. 이렇게 생각하자, 누르기 어려운 욕망에 휩싸여 부드러운 그녀의 몸을 갑자기 덥석 붙잡고 흔들어보고 싶었다.

당신은 내가 누구인지 알겠지? 오늘 밤 오랜만에 당신을 보고, 나는 다시 사랑하게 되었네. 다시 한번 나와 손을 잡을 마음은 없는가? 내일 밤에도 이 자리에 와서 나를 기다릴 마음은 없는가? 나는 내 주소를 누구에게도 알리고 싶지 않네. 단지 바라건대 내일 이맘때 이 자리에 와서 나를 기다려주게.

어둠 속에서 나는 허리띠에서 종이와 연필을 꺼내 이렇게 휘갈겨 써서 몰래 여자의 소매 속으로 던져 넣었다. 그리고 가만히 여자의 모습을 엿보았다.

열한 시경, 영화가 끝날 때까지 여자는 조용하게 구경하고 있었다. 관객이 모두 일어나 우르르 몰려 나갈 때, 여자는 다시 한번 나의 귓전에 이렇게 속삭였다.

"······Arrested at last······."

그리고 예전보다도 자신감 있고 대담한 눈빛으로 내 얼굴을 잠시 응시하고는 남자와 함께 인파 속으로 모습을 감췄다.

"······Arrested at last······."

여자는 어느새 나를 알아챈 것이다. 이렇게 생각하자 나는 몸이 떨렸다.

그렇다 치더라도 내일 밤 순순히 와줄 것인가. 옛날보다 꽤 노련해진 상대의 역량을 헤아리지 않고 그런 행동을 해서 오히려 약점이 잡히지 않았을까. 이런저런 불안과 의심이 마음에 가득한 채 나는 절로 돌아갔다.

여느 때처럼 윗도리를 벗고 속옷 차림이 되려고 할 때, 두건 속에서 툭 하고 네모로 접힌 작은 종이가 떨어졌다.

'Mr. S. K.'라고 쓰인 잉크의 흔적이 비단처럼 빛났다. 틀림없이 그녀의 글씨였다. 관람 중에 두세 번 화장실에 간 것 같았는데, 그사이에 재빨리 답장을 적어 남몰래 내 옷깃에 끼워 넣은 듯했다.

뜻밖의 장소에서 뜻밖에도 당신의 모습을 보았네요. 아무리 치장을 바꾼다고 해도 3년 동안 꿈에도 잊지 못한 모습을 어찌 모를 수 있겠어요. 저는 처음부터 두건 쓴 여자가 당신이라는 것을 알아챘습니다. 여전히 취미가 별난 당신을 보니 웃음이 납니다. 저를 만나자고 하신 것도 아마 이 별난 행위의 여흥이라고 생각되지만, 너무 기쁜 나머지 아무런 판단도 하지 않고 오로지 분부에 따라 내일 밤에 꼭 기다리겠습니다. 다만 저에게 소금 사정이 있고 생각해둔 바도 있으니 아홉 시부터 아홉 시 반 사이에 가미나리몬*으로 나와주시겠습니까. 그곳에서 제가 보낸 인력거꾼이 반드시 당신을 찾아내 우리 집으로 안내할 겁니다. 당신이 주소를 비밀로 하듯 저도 지금의 집을

---

* 일본 도쿄도 다이토구 아사쿠사에 있는 사찰 센소지淺草寺의 대문

알려드릴 수 없어 인력거를 타시면 눈에 가리개를 하고 모시
도록 할 터이니 양해 바랍니다. 만약 이 부탁을 들어주시지 않
으면 저는 영원히 당신을 볼 수 없게 되니 이보다 큰 슬픔은 없
을 겁니다.

나는 이 편지를 읽는 동안 어느샌가 탐정소설 속의 인물
이 된 듯한 기분을 느꼈다. 묘한 호기심과 공포가 머릿속에
서 소용돌이쳤다. 그녀가 나의 취향을 잘 알고 일부러 이런
행동을 하는 게 아닌가 하는 생각도 들었다.

다음 날 밤은 비가 많이 내렸다. 나는 옷을 새로 갈아입고
비옷을 걸치고 빗방울이 폭포처럼 우산을 때리는 빗속을
나섰다. 신보리의 개천이 도로로 흘러넘치고 있어 버선을
품속에 넣었다. 흠뻑 젖은 맨발이 가로등 빛을 받아 반짝반
짝 빛났다. 엄청난 비가 하늘에서 쏴쏴 똑바로 쏟아지는 소
리에 다른 모든 소리는 사라졌다. 평소 북적거리는 히로코
지 대로도 대부분 덧문을 닫았고, 옷자락을 걷어붙인 두세
명의 남자들이 패주하는 병사처럼 달려갔다. 전차가 가끔
레일 위에 고인 물을 튀기고 지나가는 것 외에는 곳곳의 전
신주나 광고의 불빛이 비 내리는 하늘을 희미하게 비추고
있을 뿐이었다.

외투와 손목, 팔꿈치까지 물에 흠뻑 젖어 겨우 가미나리
몬에 도착한 나는 빗속에 힘없이 멈춰 섰다. 아크등 불빛
아래에서 사방을 둘러봤지만 사람의 모습은 하나도 보이지

않았다. 누군가가 어두운 구석에 숨어서 내 모습을 엿보고 있을지도 몰랐다. 이렇게 생각하고 잠시 서 있는데, 머지않아 아즈마교 쪽의 어둠 속에서 붉은 초롱불이 하나 움직이기 시작하더니 덜컹덜컹 전찻길 위를 달려온 구식 합승 인력거가 내 앞에 멈춰 섰다.

"손님, 타시죠."

삿갓을 눌러쓰고 비옷을 입은 인력거꾼의 목소리가 퍼붓는 장대비 소리 속으로 사라지는가 싶더니, 남자가 갑자기 내 뒤로 와서 비단 천을 내 두 눈 위로 잽싸게 두 번 두르고 관자놀이가 당겨질 정도로 세게 묶었다.

"자, 타시죠."

남자의 거친 손이 나를 붙잡고 서둘러 인력거에 태웠다.

축축한 냄새가 나는 인력거 천장 위로 후드득 빗방울 떨어지는 소리가 들렸다. 의심할 것도 없이 내 옆에는 여자가 한 명 타고 있었다. 분내와 따뜻한 체온이 인력거 안에 가득했다.

움직이기 시작한 인력거는 방향을 모르게 하려고 한 곳을 두세 번 빙빙 돌고서 달리기 시작했는데, 오른쪽으로 틀고 왼쪽으로 꺾으며 마치 래버린스* 속을 배회하는 것 같았다. 가끔 전찻길로 나오거나 작은 다리를 건너갔다.

---

* 미궁 labyrinth

오랫동안 그렇게 인력거 속에서 흔들리고 있었다. 옆에 나란히 앉은 여자는 물론 T이겠지만 잠자코 꼼짝하지 않고 앉아 있었다. 아마 내가 눈가리개를 벗지 않는지 지켜보기 위해 동승한 것 같았다. 그러나 나는 타인의 감시가 없어도 결코 눈가리개를 벗을 생각이 없었다. 바다 위에서 알게 된 꿈속의 여자, 폭우가 내리는 밤의 인력거 속, 도시의 비밀, 맹목, 침묵……. 모든 것이 하나가 되어 혼란스러운 미스터리의 안개 속으로 나를 내던졌다.

이윽고 여자는 굳게 다문 내 입술을 열고 담배를 물렸다. 그리고 성냥을 켜서 불을 붙여주었다.

한 시간 정도 지나서 인력거는 멈췄다. 다시 거친 남자의 손이 나를 이끌어 좁은 골목길을 30미터쯤 가더니 쪽문 같은 것을 끼익 열고 집 안으로 데려갔다.

눈이 가려진 채로 혼자 방에 남겨져 잠시 앉아 있자, 머지않아 장지문 열리는 소리가 들렸다. 여자는 아무 말 없이 인어처럼 앉은 채 무릎걸음으로 다가와 내 무릎 위에 상반신을 기대고 내 목덜미에 양팔을 둘러 비단 천의 매듭을 풀었다.

방은 네댓 평 정도였다. 목재와 내장이 꽤 훌륭하고 무늬목도 고급으로 고른 것 같은데, 그녀의 신분을 알 수 없는 것처럼 여기가 여관인지, 첩의 집인지, 상류층의 집인지 잘 분간이 되지 않았다. 한쪽의 툇마루 밖에는 울창한 정원이 있고 그 뒤로는 판자 울타리가 둘러쳐져 있었다. 지금의 좁은 시야로는 이 집이 도쿄의 어느 동네인지 짐작조차 할 수 없었다.

"잘 오셨어요."

이렇게 말하면서 그녀는 방 한가운데의 네모난 자단 탁자에 몸을 기대고 흰 양팔을 두 마리의 생물처럼 탁자 위에 늘어뜨렸다. 수수한 줄무늬 비단옷에 띠를 매고 이초가에시 머리를 하여 어젯밤과 매우 분위기가 달라진 모습에 나는 무엇보다도 놀랐다.

"당신은 오늘 밤 제가 이런 모습으로 있는 게 이상하게 보이시겠죠. 하지만 남에게 신분을 드러내지 않으려면 이렇게 매일 옷차림을 바꾸는 것 말고는 방법이 없으니까요."

탁자에 엎어져 있던 컵을 뒤집어 포도주를 따르면서 이런 말을 하는 그녀의 행동은 생각보다 침착했다.

"그런데 잘도 기억해주셨네요. 상하이에서 작별하고 나서 여러 남자와 고생도 해보았습니다만, 이상하게도 당신을 잊을 수가 없었어요. 이제 더는 저를 버리지 말아주세요. 신분도 정체도 모르는 꿈속의 여자라고 생각하시고 언제까지나 옆에 있어주세요."

여자가 말하는 한 마디 한 마디가 먼 이국 노래의 곡조처럼 애상을 띠고 내 가슴에 울렸다. 어젯밤처럼 화려하고 강하고 영리한 여자가 어째서 이렇게 우울하고 갸륵한 모습을 보인단 말인가. 마치 만사를 제치고 내 앞에 영혼을 내던진 모습이었다.

'꿈속의 여자', '비밀의 여자'……. 현실인지 환각인지 구별되지 않는 몽롱한 러브 어드벤처*의 쾌락에 나는 그 후 거의 매일 밤 그녀의 집을 찾아가 새벽 두 시경까지 지낸 후, 다시 눈가리개를 하고 가미나리몬까지 돌아왔다. 한 달이 지나도 두 달이 지나도 서로의 집도 이름도 모른 채 만났다. 그녀의 정체나 집을 찾아보려는 마음은 조금도 없었지만, 점점 시일이 지날수록 나는 묘한 호기심에서 나를 태운 인력거가 과연 도쿄의 어느 방면으로 우리 둘을 데려가는지, 지금 눈을 가린 채 내가 다니는 곳은 아사쿠사에서 어느 방향인지, 그것만은 꼭 알고 싶었다. 30분이나 한 시간, 때로는 한 시간 반이나 덜컹거리며 시가지를 달린 후에 멈춰 서는 그녀의 집은 의외로 가미나리몬 근처에 있을지도 몰랐다. 나는 매일 밤 흔들리는 인력거 속에서 여기인가 저기인가 끊임없이 마음속으로 추측해보았다.

어느 밤, 나는 참다못해 인력거에서 그녀에게 졸랐다.

"잠시라도 좋으니 이 눈가리개를 풀어주게."

"안 돼요, 안 됩니다."

여자는 당황해서 나의 양손을 꼭 붙잡고 그 위에 얼굴을 갖다 댔다.

"아무쪼록 그런 부탁은 하지 말아주세요. 이곳을 왕래하

---

* 사랑의 모험love adventure

는 것은 저의 비밀이에요. 이 비밀이 알려지면 당신은 저를 떠날지도 몰라요."

"어째서 내가 떠난다는 거지?"

"그렇게 되면 저는 이미 '꿈속의 여자'가 아니에요. 당신은 저를 사랑하는 게 아니라 꿈속의 여자를 사랑하는 거예요."

그녀가 이런저런 말로 부탁했지만 나는 무슨 말을 해도 들어주지 않았다.

"어쩔 수 없군요. 그렇다면 보여드리죠……. 그 대신 잠깐만이에요."

그녀는 탄식하듯 말하고는 힘없이 눈가리개의 천을 벗겼다.

"여기가 어딘지 아시겠나요?"

그녀는 불안한 표정을 지었다.

아름답게 갠 새까만 하늘에는 반짝이는 별들이 가득했다. 흰 안개 같은 은하수가 끝에서 끝으로 흐르고 있었다. 좁은 도로의 양쪽에는 상점이 빼곡히 늘어서 있고 등불이 환하게 거리를 비추었다.

꽤 번화한 대로 같은데 이상하게도 어느 거리인지 전혀 짐작이 가지 않았다. 인력거는 계속 그 길을 달려갔고, 곧 200미터쯤 간 막다른 길 정면에 정미당精美堂이라고 크게 쓴 도장 가게 간판이 보였다.

내가 멀리 간판 옆에 작은 글자로 적혀 있는 번지수를 인력거에서 내다보려고 하자, 그녀는 금세 눈치를 챘는지 "어머!" 하고 다시 눈을 가려버렸다.

　상점이 많은 번화한 골목의 막다른 곳에 도장 가게 간판이 보이는 거리…… 아무리 떠올려봐도 지금까지 간 적이 없는 거리가 틀림없다고 생각했다. 나는 어린 시절에 경험한 수수께끼의 세계 같은 느낌에 다시 사로잡혔다.

　"당신, 저 간판의 글자를 봤나요?"

　"아니, 안 보이던데. 도대체 여기가 어딘지 전혀 모르겠군. 나는 3년 전 태평양 물결 위의 자네밖에 모르네. 자네의 유혹에 넘어가 먼바다 저쪽 환상의 나라에 온 것 같군."

　내가 이렇게 대답하자 그녀는 매우 슬픈 목소리로 이렇게 말했다.

　"부탁이니 언제까지나 그런 기분으로 계셔주세요. 환상의 나라에 사는 꿈속의 여자라고 생각해주세요. 이제 두 번 다시 오늘 밤 같은 고집은 부리지 말아주세요."

　그녀의 눈에서 눈물이 흐르는 것 같았다.

　그 후 한동안 나는 그날 밤 그녀가 보여준 이상한 거리의 광경을 잊을 수 없었다. 등불이 환하게 빛나는 번화한 좁은 골목의 막다른 곳에서 보인 도장 가게 간판이 머릿속에 또렷이 새겨져 있었다. 어떻게든 그 동네 위치를 찾아내려고 고심한 끝에 간신히 한 가지 방법을 생각해냈다.

　긴 세월 거의 매일 밤 인력거를 함께 타고 돌아다니는 동안, 가미나리몬에서 인력거가 한 곳을 빙빙 도는 횟수와 오른쪽으로 꺾고 왼쪽으로 돌아가는 횟수까지 일정해져서 나는 어느새 그 방식을 기억하게 되었다. 어느 아침, 나는 가미나리몬의 모퉁이에 서서 눈을 감고 두세 번 빙빙 몸을 돌린 후, 이 정도라고 생각하는 때에 인력거와 같은 속도로 한쪽으로 달려가보았다. 다만 적당히 시간을 가늠하여 여기저기의 골목길로 꺾어 들어가는 것 외에는 방법이 없었지만, 아마 이 근처일 거야라고 생각한 곳에 예상대로 다리도 있고 전찻길도 있어 이 길이 틀림없다는 생각이 들었다.

길은 처음 가미나리몬에서 공원 외곽을 돌아 센조쿠초로 나와서 류센지초의 좁은 길을 우에노 방향으로 나아갔는데, 구루마자카시타에서 다시 왼쪽으로 꺾어 오카치마치 거리를 700~800미터 가서 다시 왼쪽으로 돌아갔다. 그곳에서 떡하니 이전의 그 골목을 맞닥뜨렸다.

과연 정면에 도장 가게 간판이 보였다.

간판을 바라보면서 비밀이 숨겨진 깊은 바위굴 속을 탐험하듯 성큼성큼 나아갔는데, 막다른 길로 나오자 생각지도 않게 매일 저녁 야시장이 열리는 시타야다케초의 길로 이어졌다. 언젠가 지지미 비단을 산 헌 옷 가게도 바로 20~30미터 앞에 보였다. 이상한 골목은 샤미센보리와 나카오카치마치 거리 옆으로 이어진 길이었는데, 아무리 생각해봐도 내가 지금까지 그곳을 다닌 기억이 없었다. 나를 몹시 괴롭힌 정미당 간판 앞에 잠시 멈춰 섰다. 찬란한 별이 가득한 하늘 아래, 꿈같이 신비로운 공기가 감돌고 붉은 등불이 가득했던 밤의 정취와는 전혀 달랐다. 가을 해가 쨍쨍 내리쬐는 가운데 바싹 마른 초라한 집들을 보자 왠지 모르게 일시에 실망하여 흥이 깨져버렸다.

누르기 어려운 호기심에 휩싸여, 개가 길의 냄새를 맡으면서 자기 집으로 돌아가듯 나는 다시 그곳에서부터 어림짐작하며 뛰어갔다.

길은 다시 아사쿠사구로 들어가서 고지마초에서 오른쪽으로 계속 나아가, 스가교 근처에서 전찻길을 건너 다이치 강변을 야나기교 쪽으로 돌아 마침내 료고쿠의 히로코지로 나왔다. 그녀가 방향을 알려주지 않으려고 얼마나 멀리 돌아서 왔는지 알 수 있었다. 야겐보리, 히사마쓰초, 하마초로 와서 가키하마교를 건넌 곳에서 갑자기 어디로 갈지 알 수 없었다.

아무래도 그녀의 집은 그 근처의 골목에 있는 것 같았다. 한 시간 정도에 걸쳐 나는 그 근처의 좁은 골목길을 돌아다녔다.

마침내 도료곤겐 절의 맞은편에 가득히 들어선 집과 집의 처마 사이에서 거의 눈에 띄지 않는 좁고 초라한 골목을 찾아냈을 때, 나는 직감적으로 그녀의 집이 그 안쪽에 숨어 있다는 것을 알았다. 안으로 들어가자 우측 두세 번째의 깔끔한 판자 울타리에 둘러싸인 2층의 난간에서, 소나무 가지 너머로 그녀는 죽은 사람 같은 얼굴로 가만히 이쪽을 내려다보고 있었다.

나도 모르게 비웃는 듯한 눈빛으로 2층을 올려다보자, 오히려 시치미 떼고 딴사람을 가장하듯 그녀는 조금도 웃지 않고 내 모습을 바라보고 있었다. 딴사람인 척해도 의심할 수 없을 정도로 용모가 밤의 느낌과 달랐다. 단 한 번, 남자의 간청을 들어주어 눈가리개를 풀었을 뿐인데 비밀이 드러나버린 회한과 실의의 마음이 순식간에 얼굴에 나타나더니, 곧 조용히 장지문 뒤로 모습을 감추어버렸다. 여자는 요시노라고 하는 그 동네 부자의 미망인이었다. 도장 가게의 간판을 통해 모든 수수께끼는 풀려버렸다. 나는 그것을 마지막으로 그녀를 다시 찾지 않았다.

2~3일이 지난 후, 나는 황급히 절을 떠나 다바타 쪽으로 거처를 옮겼다. 내 마음은 점점 '비밀'같이 미지근하고 담담한 쾌감에는 만족할 수 없게 되어, 더욱 진한 색채를 띤 피투성이의 환락을 추구하는 쪽으로 기울어져갔다.

길
위
에
서

도쿄 T·M 주식회사 사원인 법학사 유가와 가쓰타로가 12월도 다 지난 어느 날 저녁 다섯 시경, 가나스기교의 전찻길을 신바시 쪽으로 천천히 산책하고 있을 때였다.

　"저기, 실례지만 혹시 유가와 씨 아니십니까?"

　그가 다리를 반 정도 건넜을 때 뒤에서 누가 이렇게 말을 걸었다. 유가와가 뒤돌아보자 전혀 안면이 없는, 풍채가 훌륭한 신사가 정중하게 중산모를 벗고 인사를 하면서 앞으로 걸어왔다.

　"그렇습니다. 제가 유가와입니다만……."

　천생 호인처럼 생긴 유가와는 당황스러움에 작은 눈을 끔벅거렸다. 그러면서 마치 자기 회사의 임원을 대할 때처럼 공손한 태도로 말했다. 왜냐하면 그 신사는 회사의 중역처럼 당당한 모습이어서 유가와는 그를 보는 순간 '길거리에서 말을 거는 무례한 자'라는 감정을 어디론가 치워버리고 자기도 모르게 샐러리맨의 근성을 드러냈다.

　신사는 해달 옷깃이 달린, 스페인 개의 털처럼 풍성한 검은 털외투(외투 속에는 아마 양복을 입고 있으리라 추정된다)와 줄무늬 바지를 입고, 상아 손잡이가 달린 지팡이를 짚고 있었다. 얼굴색이 흰 40대의 뚱뚱한 남자였다.

"돌연 이런 곳에서 불러 세워 실례인 줄은 알지만, 저는 실은 이런 사람입니다. 당신의 친구인 와타나베 법학사, 그분의 소개장을 받고 조금 전 회사로 찾아갔었습니다."

신사는 이렇게 말하고 두 장의 명함을 건네주었다. 유가와는 그것을 받아 가로등 불빛 아래로 내밀고 들여다보았다. 한 장은 틀림없이 그의 친구 와타나베의 명함이었다. 명함에는 와타나베가 쓴 이런 글이 적혀 있었다.

'안도 이치로 씨를 소개하네. 나와는 동향으로 잘 아는 분이네. 자네 회사에 근무하는 모 사원의 신원을 조사할 것이 있다고 하니 면담하고 모쪼록 조처 부탁하네.'

또 한 장의 명함을 보니 '사립 탐정 안도 이치로. 사무소 니혼바시구 가키가라초 3초메 4번지. 전화 나니와 5010번'이라고 적혀 있었다.

"그럼 당신이 안도 씨입니까?"

유가와는 그곳에 서서 다시 신사의 모습을 빤히 바라보았다. 사립 탐정……. 일본에는 드문 탐정 사무소가 도쿄에도 대여섯 군데 생겼다는 것은 알고 있었지만, 실제로 만나는 것은 오늘이 처음이었다. 그건 그렇고 일본의 사립 탐정은 서양보다 풍채가 훌륭한 것 같다고 그는 생각했다. 유가와는 영화를 좋아해서 서양 영화에서 종종 사립 탐정을 본

적이 있었다.

"그렇습니다. 제가 안도입니다. 그리고 다행히 당신이 회사의 인사과에 근무하신다고 들어서 그 명함에 적힌 용건으로 조금 전 회사를 찾아가 만남을 청했던 겁니다. 바쁘신데 대단히 죄송합니다만, 조금 시간을 내주시지 않겠습니까?"

신사는 그의 직업에 어울릴 법한, 힘 있는 금속성의 목소리로 시원시원하게 말했다.

"뭐, 지금은 한가하니까 나는 언제라도 상관없습니다."

유가와는 탐정이라는 말을 듣고 나서 '저'를 '나'로 바꿔서 말했다.

"내가 아는 것이라면 뭐든지 대답하죠. 그런데 그 용무가 매우 급한 건가요? 만약 급하지 않으면 내일은 어떻습니까? 오늘도 상관없지만 이렇게 길거리에서 이야기하는 것도 좀 뭐하니까……."

"아, 예. 지당하신 말씀입니다만 내일부터는 회사도 휴가이시고 굳이 댁까지 방문할 정도의 용건도 아니니까, 폐가 되겠지만 잠시 이 근처를 산책하면서 말씀 나누시죠. 게다가 당신은 언제나 이렇게 산책하기를 즐기시지 않습니까. 하하하."

이렇게 말하고 신사는 가볍게 웃었다. 그것은 정치인들에게서 자주 보이는 호쾌한 웃음 같았다.

유가와는 분명하게 곤란한 표정을 지었다. 그의 호주머니에는 조금 전 회사에서 받은 월급과 연말 보너스가 들어 있었다. 적지 않은 금액이어서 그는 오늘 밤 자기만의 은밀한 행복을 느끼고 있었다. 이제부터 긴자에 가서 예전부터 아내가 사달라고 조르던 장갑과 숄을 사고, 세련된 아내의 얼굴에 어울리는 풍성한 모피를 사고, 그리고 어서 집으로 돌아가 아내를 기쁘게 해줘야지……. 그런 생각을 하면서 걷고 있던 참이었다.

그는 안도라는 생면부지의 사람 때문에 돌연 즐거운 공상이 깨졌을 뿐 아니라 모처럼의 행복에 금이 갔다고 생각했다. 그건 그렇다 치더라도 남이 산책을 즐기는 걸 알고서 회사에서 뒤쫓아 오다니…… 아무리 탐정이라고 해도 싫었다. 어째서 이자는 내 얼굴을 알고 있지? 그렇게 생각하자 불쾌했다. 게다가 배도 고팠다.

"어떻습니까? 귀찮게 해드릴 생각은 없으니 시간을 좀 내주시지 않겠습니까? 저는 어느 개인의 신원에 관해 좀 상세한 것을 여쭙고 싶으니, 오히려 회사에서 만나는 것보다 길거리가 더 좋습니다."

"그렇습니까? 그럼 어쨌든 함께 저기까지 갑시다."

유가와는 할 수 없이 신사와 함께 다시 신바시 쪽으로 걷기 시작했다. 신사의 말에도 일리가 있고, 게다가 내일로 미루면 탐정이 명함을 들고 집에 찾아오는 것도 불편하다는 사실을 깨달았기 때문이다.

걷기 시작하자마자 신사, 즉 탐정은 주머니에서 여송연을 꺼내 피우기 시작했다. 하지만 거의 100미터를 가는 동안 그렇게 여송연만 피웠다. 유가와가 무시당하는 기분에 초조해지기 시작한 것은 말할 것도 없었다.

"그래서, 그 용무라는 것을 들어보죠. 우리 회사 직원이라면 누구를 말씀하시는 건가요? 내가 아는 거라면 뭐든 대답할 생각입니다만……."

"물론 당신이라면 아실 거라고 생각합니다."

신사는 다시 2~3분 아무 말 없이 여송연을 피웠다.

"아마, 어느 남자가 결혼한다고 하니 신원을 조사하시는 거겠죠?"

"네, 그렇습니다. 추측하신 그대로입니다."

"나는 인사과에 있어서 그런 문의가 자주 옵니다. 도대체 누굽니까, 그 남자는?"

유가와는 그것에라도 흥미를 느껴보려는 듯 호기심을 짜내며 말했다.

"글쎄요, 누구라고 말한다면…… 그렇게 말씀하시면 조금 말하기 어렵습니다만, 그 사람은 바로 당신입니다. 당신의 신원 조사를 부탁빋있습니다. 이런 일은 남에게 간접적으로 듣는 것보다 본인과 직접 부딪치는 것이 빠르다고 생각해서요. 그래서 질문합니다만."

"그런데…… 당신은 모르실 수도 있겠지만 나는 이미 결혼했습니다. 뭔가 잘못 아신 게 아닐까요?"

"아뇨, 그렇지 않습니다. 당신에게 부인이 있는 것은 저도 알고 있습니다. 그러나 당신은 아직 법률상 혼인 신고를 하지 않으셨죠? 그리고 가까운 시일 내에, 되도록 하루라도 빨리 신고를 하시려는 것도 사실이죠?"

"아, 그렇군요. 잘 알겠습니다. 그럼 당신은 내 아내의 친정에서 신원 조사를 부탁받은 거로군요."

"누구에게 부탁받았는지는 제 직무상 말하기 어렵습니다. 당신도 대충 짐작하실 테니 모쪼록 그 점은 양해해주십시오."

"네, 좋습니다. 그런 것은 조금도 상관하지 않습니다. 내일이라면 뭐든지 내게 물어주세요. 간접적으로 조사하는 것보다는 그쪽이 나도 기분이 나으니……. 이 방법을 취해주셔서 감사합니다."

"하하, 감사까지 하신다니 황송하네요……. 나는(이라며 신사도 '나'를 쓰기 시작했다) 언제나 결혼 관련 신원 조사에 이런 방법을 취합니다. 상대가 상당한 인격이 있고 지위가 있는 경우에는 실제로 직접 부딪치는 편이 실수가 없습니다. 게다가 아무래도 본인에게 듣지 않으면 모르는 문제도 있으니까요."

"그렇죠. 그렇고말고요!"

유가와는 기꺼이 찬성했다. 그는 어느새 기분이 누그러져 있었다.

"그뿐만 아니라, 나는 당신의 결혼 문제에 적잖은 동정심을 품고 있습니다."

신사는 유가와의 기뻐하는 얼굴을 힐끗 보고 웃으면서

132

말을 계속했다.

"당신 호적에 부인을 올리려면 부인과 부인의 친정이 하루라도 빨리 화해해야겠죠? 그렇지 않으면 부인이 25세가 될 때까지 앞으로 3~4년을 기다려야 합니다. 그러나 화해하려면 실은 부인보다 당신을 저쪽에 이해시켜야 합니다. 그게 무엇보다도 중요합니다. 그래서 나도 할 수 있는 한 노력하겠습니다만, 당신도 그 때문이라 생각하고 내 질문에 숨김없이 대답해주시죠."

"네, 그건 잘 알고 있습니다. 그러니 아무쪼록 기탄없이 ……."

"네, 그럼…… 당신은 와타나베 군과 대학 동기라고 하니 대학을 졸업하신 것은 분명 1913년이죠? 우선 이것부터 질문합시다."

"그렇습니다. 1913년 졸업입니다. 그리고 졸업하자마자 곧바로 지금의 T·M사에 들어왔습니다."

"그렇군요. 졸업하시자마자 곧바로 지금의 T·M사에 들어가셨다……. 그건 알고 있습니다만, 당신이 전 부인과 결혼하신 게 언제였죠? 아마도 회사에 들어간 때와 같은 시기 같습니다만……."

"네, 그렇습니다. 회사에 들어간 게 9월이고 다음 달인 10월에 결혼했습니다."

"1913년 10월이라면(그렇게 말하면서 신사는 오른쪽 손가락을 접으며 헤아렸다) 만 5년 반 동거하신 거네요. 전 부인이 티푸스로 돌아가신 것은 1919년 4월이었을 테니."

"네."

그런데 유가와는 이상한 생각이 들었다. '이자는 나를 간접적으로는 조사하지 않았다고 하면서 여러 가지를 조사했군.' 그래서 그는 다시 불쾌한 얼굴이 되었다.

"당신은 전 부인을 아주 사랑하셨다고 하더군요."

"네, 사랑했습니다……. 하지만 그렇다고 해서 지금 아내를 사랑하지 않는 건 아닙니다. 죽은 당시에는 물론 미련도 있었습니다만, 다행히 그 미련을 치유하기 어렵지는 않았습니다. 지금의 아내가 위안이 되었습니다. 그러니까 나는 그 점에서도 꼭 구마코와…… 구마코는 지금 아내의 이름입니다. 당연히 이미 알고 계시겠지만……, 정식으로 결혼해야겠다는 의무감을 느끼고 있습니다."

"네, 당연히 그러시겠죠."

신사는 그의 열띤 말투를 가볍게 받아넘겼다.

"나는 전 부인의 이름도 알고 있습니다. 후데코 씨라고 하시죠? 그리고 또, 후데코 씨가 아주 몸이 약해서 티푸스로 돌아가시기 전에도 가끔 병을 앓았다는 것도 알고 있습니다."

"아주 놀랍네요. 과연 직업이 직업인지라 이것저것 다 아는군요. 거기까지 알고 계신다면 더는 조사할 게 없을 것 같은데요."

"아하하하, 그렇게 말씀하시니 황송합니다. 아무래도 이

걸로 밥벌이를 하고 있으니까요. 뭐 그렇게 놀리지 마시죠……. 그리고 후데코 씨의 병에 관해서입니다만, 그분은 티푸스를 앓기 전에 한 번 파라티푸스에 걸리셨죠? 그러니까 그건 분명 1917년 가을, 10월경이었습니다. 꽤 심한 파라티푸스라 좀체 열이 내리지 않아서 당신이 매우 걱정했다고 들었습니다. 그리고 그다음 해, 1918년에는 정월에 감기에 걸려 5~6일 누워 있었던 적이 있죠?"

"아, 그렇군. 그런 일도 있었던가요?"

"그다음에는 또 7월에 한 번, 8월에 두 번, 한여름에는 누구에게나 흔히 있는 설사를 하셨죠? 이 세 번의 설사 중에 두 번은 극히 경미해서 누워 있을 정도는 아니었던 것 같습니다만, 한번은 좀 심해서 한 이틀 누워 계셨죠? 그리고 가을에 독감이 퍼지자 후데코 씨는 독감에 두 번이나 걸렸습니다. 즉, 10월에 한 번 가볍게 앓고 두 번째는 다음 해인 1919년 정월이었죠? 그때는 합병증으로 폐렴에 걸려 위독한 상태였다고 들었습니다. 간신히 폐렴에서 완쾌되자, 두 달도 지나지 않아 티푸스로 돌아가셨습니다……. 그렇죠? 내가 한 말에 아마 틀린 것은 없겠죠?"

"네."

유가와는 이렇게 말하고 고개를 숙이고 무언가 생각하기 시작했다. 두 사람은 벌써 신바시를 지나 연말의 긴자 거리를 걷고 있었다.

"전 부인은 참으로 딱하셨습니다. 돌아가시기 전 반년 동안 죽을병을 두 번이나 앓으셨을 뿐 아니라, 그사이에 또 간담을 서늘하게 하는 위험한 사고도 간간이 당하셨죠…….
그러니까 그 질식 사건이 일어난 게 언제쯤이었죠?"

그렇게 말해도 유가와가 잠자코 있자, 신사는 혼자 끄덕이면서 계속 말했다.

"그건 그러니까, 부인의 폐렴이 완전히 낫고 2~3일 안에 병상에서 일어나려고 할 때, 병실의 가스난로에 문제가 생겼지요. 아무래도 추울 때니까, 2월 말이었던가요? 가스의 마개가 풀어져서 한밤중에 부인이 거의 질식할 뻔했던 게. 다행히 큰일이 되지는 않았지만 그 때문에 부인의 완쾌가 2~3일 늦춰진 건 사실입니다……. 네, 그렇습니다. 그리고 또 이런 일도 있었죠? 부인이 승합차로 신바시에서 스다초로 가시는 도중, 그 자동차가 전차와 충돌해서 하마터면……."

"잠깐, 잠깐만요. 나는 조금 전부터 탐정인 당신의 능력에 크게 감탄하고 있습니다만, 도대체 무슨 필요가 있어서, 어떤 방법으로 그런 걸 조사하셨나요?"

"아, 별로 필요가 있었던 건 아닙니다만, 아무래도 탐정 버릇이 과해서 무심코 불필요한 것까지 조사해 남을 놀래주고 싶어집니다. 저 자신도 나쁜 버릇이라고 생각합니다만 좀체 그만두질 못하지요. 이제 곧 본론으로 들어갈 테니 조금만 더 참고 들어주시죠……. 그리고 그때 부인은, 자동차의 창이 깨져서 유리 파편에 이마를 다치셨죠?"

"그렇습니다. 그러나 후데코는 꽤 담이 큰 여자여서 크게 놀라지도 않았습니다. 게다가 부상이라고 해도 겨우 찰과 상이었으니까요."

"그렇습니다만, 내 생각에 그 충돌 사고에는 당신도 다소 책임이 있다고 할 수 있습니다."

"왜죠?"

"왜냐하면 부인이 승합차를 타신 건 당신이 전차를 타지 마라, 승합차로 가라고 하셨기 때문이니까요."

"그거야, 그렇게 말했을지도 모릅니다. 그런 세세한 것까 지 분명하게 기억하지는 못합니다만 그렇게 말한 것 같기 도 합니다. 아, 그렇군. 분명 그렇게 말했겠죠. 그건 이런 이 유 때문이었습니다. 어쨌든 후데코는 두 번이나 독감을 앓 은 후였습니다. 그리고 사람 많은 전차를 타면 감기에 걸리 기 쉽다는 말이 신문 등에 나왔을 때일 겁니다. 그래서 전차 보다 승합차가 위험이 적다고 생각했습니다. 그런 까닭에 절대 전차를 타지 말라고 강하게 말했던 겁니다. 설마 후데 코가 탄 자동차가 운 나쁘게 충돌하리라고는 생각하지 않 았으니까요. 내게 책임이 있을 리는 없죠. 후데코도 그런 생 각은 하지 않았고, 내 충고를 고맙다고 했을 정도였지요."

"물론, 후데코 씨는 항상 당신의 친절에 감사했습니다. 돌 아가시는 그날까지 그랬죠. 그러나 나는 그 자동차 사고만 은 당신에게 책임이 있다고 생각합니다. 그야 당신은 부인 을 생각해서 그렇게 하라고 말씀하셨겠지요. 필시 그럴 겁니다. 그럼에도 나는 여전히 당신에게 책임이 있다고 생각합니다."

"왜 그렇죠?"

"이해되지 않으신다면 설명드리죠……. 당신은 지금, 설마 그 자동차가 충돌하리라고는 생각하지 않았다고 말했습니다. 그러나 부인이 자동차를 타신 것은 그날 하루만이 아닙니다. 그때 부인은 큰 병을 앓으신 후라 아직 병원에 다닐 필요가 있어 이틀에 한 번 시바구치의 자택에서 만세이바시의 병원까지 다녔습니다. 그것도 한 달 정도 다녀야 한다는 것은 처음부터 알고 있었습니다. 그래서 그동안 늘 승합차를 탔습니다. 충돌사고가 일어난 것은 즉 그 기간의 사건입니다. 그렇죠? 그런데 하나 더 주의해야 할 점은, 그때는 승합차가 생긴 지 얼마 되지 않아서 충돌사고가 자주 일어났다는 겁니다. 다소 걱정이 많은 사람들은 충돌하지 않을까 하는 걱정을 꽤 했었죠……. 덧붙이자면 당신은 매사에 걱정이 많은 사람입니다. 그런 당신이 가장 사랑하는 부인을 그토록 자주 그런 자동차에 태운 것은 적어도 당신에게는 어울리지 않는 부주의가 아닐까요? 이틀에 한 번한 달간 자동차로 왕복하면 그 사람은 30회의 충돌 위험에 노출됩니다."

"아하하하, 거기까지 생각하다니 당신도 나 못지않은 성격이군요. 과연 그런 말을 들으니 그때의 일이 점점 떠오릅니다만, 나도 그때 그걸 전혀 눈치 못 챈 것은 아닙니다. 그러나 이렇게 생각했습니다. 자동차의 충돌 위험과 전차의 감기 감염 위험, 어느 쪽이 가능성이 더 큰가. 또 만일 양쪽의 위험 가능성이 같다면 어느 쪽이 더 생명에 위험한가. 이 문제를 생각해보고 마침내 승합차가 더 안전하다고 생각했습니다. 왜냐하면 지금 당신이 말씀하신 대로 한 달에 30회 이동하는데 전차를 타면 그 전차 30대에는 반드시 감기 세균이 있다고 생각해야 합니다. 그때는 유행의 절정기였기 때문에 그렇게 보는 것이 타당했습니다. 이미 세균이 존재하면 그곳에서 감염되는 것은 우연이 아닙니다. 그런데 자동차 사고는 완전히 우연한 재난입니다. 물론 어느 자동차에도 충돌 가능성은 있습니다만, 처음부터 화근이 분명히 존재하는 경우와는 다르죠. 다음으로 이런 말도 할 수 있습니다. 후데코는 두 번이나 독감에 걸렸습니다. 이건 그녀가 보통 사람보다 감기에 걸리기 쉬운 체질이라는 증거입니다. 그러니까 전차를 타면, 그녀는 많은 승객 중에서 감기 바이러스에 선택되는 한 명이 됩니다. 자동차의 경우에 승객이 느끼는 위험은 평등합니다. 그뿐만 아니라 나는 위험의 정도도 이렇게 생각했습니다. 그녀가 만약 세 번째로 독감에 걸린다면 틀림없이 또 폐렴에 걸릴 테고 그렇게 되면 이번에야말로 살지 못할 것이다. 한번 폐렴을 앓은 사람은 다시 폐렴에 걸리기 쉽다는 말을 들은 적도 있고, 게다가 병을 앓은 후 쇠약해져 충분히 회복되지 않았기 때문에 내 이런 걱정은 기우가 아니었습니다. 그런데 충돌은, 충돌

한다고 곧 죽으리라는 법은 없죠. 아주 불운한 경우가 아니면 크게 다치지 않을 거고, 큰 부상이 원인이 되어 생명을 잃는 일은 거의 없으니까요. 그리고 내 생각은 역시 틀리지 않았습니다. 보세요. 후데코는 30회를 이동하는 동안 한 번의 충돌을 당했습니다만, 겨우 찰과상으로 끝나지 않았습니까."

"그렇군요. 당신의 말씀만 듣고 있으면 이치는 통합니다. 어디에도 빈틈이 없는 것처럼 들리죠. 하지만 당신이 방금 말하지 않은 부분 중에 사실 간과할 수 없는 점이 있습니다. 지금 말한 전차와 자동차의 위험 가능성 문제입니다. 자동차가 전차보다 위험 가능성이 낮다. 또 위험이 있어도 그 정도가 가볍다. 그리고 승객이 평등하게 그 위험을 부담한다. 이것이 당신의 의견 같습니다만, 적어도 당신 부인의 경우에는 자동차를 타도 전차를 탈 때와 마찬가지로 위험에 선택된 한 사람이었다고 생각합니다. 결코 다른 승객과 평등하게 위험에 노출되지는 않았을 겁니다. 즉, 자동차가 충돌할 경우 당신 부인은 누구보다 먼저, 또 아마 누구보다 큰 부상을 당할 운명에 처해 있었습니다. 이 점을 간과해서는 안 됩니다."

"어째서 그렇게 됩니까. 나는 이해되지 않습니다만."

"하하하, 이해되지 않는다고요? 아무래도 이상하군요 ……. 그렇지만 당신은 그때 후데코 씨에게 이렇게 말했죠? 승합차에 탈 때는 늘 되도록 제일 앞쪽에 타라. 그게 가장 안전한 방법이라고……."

"그렇습니다. 그 안전의 의미는 이렇습니다……."

"아뇨, 잠깐만요. 당신이 말하는 안전의 의미는 이러했죠? 자동차 안에도 얼마간 감기 세균이 있다. 그리고 그것을 흡입하지 않으려면 되도록 바람이 불어오는 쪽에 앉는 것이 좋다는 논리죠? 그렇다면 승합차 또한 전차만큼 사람이 많지는 않아도 감기 감염의 위험이 전무하지 않다는 거군요. 당신은 아까 이 사실을 잊고 있었던 것 같습니다. 그리고 당신은 지금의 논리에 추가하여, 승합차는 앞쪽에 타는 것이 진동이 적다, 부인은 아직 병후의 피로가 남은 상태니까 가능하면 몸이 흔들리지 않게 하는 게 좋다, 이 두 가지 이유를 들어 부인에게 앞에 타도록 권유했습니다. 권했다기보다는 엄하게 명령했다고 할 수 있죠. 부인은 착한 분이라 당신의 친절을 무시하면 안 된다고 생각했기 때문에 가능하면 당신 말대로 하려고 했습니다. 그래서 당신의 말은 순조롭게 실행되었습니다."

"……."

"그렇죠? 당신은 승합차의 경우, 처음에는 감기 감염의 위험을 계산에 넣지 않았습니다. 넣지 않았는데도 그걸 구실로 앞쪽에 타게 했다……. 여기에 하나의 모순이 있습니다. 그리고 또 하나의 모순은, 최초에 계산에 넣은 충돌의 위험을 그때 가서는 완전히 등한시해버린 겁니다. 승합차의 제일 앞쪽에 탄다……. 충돌할 경우를 생각하면 이보다 위험한 것은 없겠죠. 그곳에 앉은 사람은 결국 그 위험에 선택된 한 사람이 되는 겁니다. 보세요. 그때 다친 사람은 부인뿐이었죠? 그런 아주 가벼운 충돌에도 다른 승객은 무사했는데 부인만은 찰과상을 입었습니다. 더 심한 충돌이었다면 다른 승객이 찰과상을 입어도 부인은 중상을 입습니다. 더욱 심한 경우에는 다른 승객이 중상을 입으면 부인은 생명을 잃게 됩니다……. 충돌이라는 것은 말할 것도 없이 우연이기는 합니다. 그러나 그 우연이 일어났을 때 다친 것은, 부인의 경우에는 우연이 아니라 필연입니다."

두 사람은 교바시를 지났다. 그러나 신사와 유가와는 자신들이 지금 어디를 걷고 있는지 잊은 것처럼, 한 사람은 열심히 말하고 한 사람은 잠자코 귀를 기울이며 똑바로 걸어갔다.

"그러므로 당신은 결과적으로 어떤 일정하고 우연한 위험 속에 부인을 두고 그 우연한 범위에서 필연적 위험 속으로 부인을 밀어 넣은 겁니다. 이건 단지 우연한 위험과는 의미가 다릅니다. 그렇게 되면 과연 전차보다 안전할지 알 수 없습니다. 우선, 그때는 부인이 두 번째 독감에서 나은 지 얼마 되지 않은 때였습니다. 따라서 그 병에 면역이 있다고 생각하는 게 타당하지 않을까요? 내 생각에는, 그때 부인에게는 절대로 감염의 위험이 없었습니다. 선택된 한 사람이라고 해도 안전한 쪽으로 선택된 겁니다. 한번 폐렴에 걸린 사람이 다시 걸리기 쉽다는 것은 어느 일정한 기간의 얘기입니다."

"그런데 그 면역이라는 걸 나도 모르지 않았지만, 어쨌든 10월에 한 번 걸리고 또 정월에 걸렸죠? 그러면 면역도 별로 들어맞지 않는다고 생각했으니까……."

"10월과 정월 사이에는 두 달의 기간이 있습니다. 그런데 그때 사모님은 아직 완전하게 낫지 않아 기침을 하고 있었습니다. 남에게서 전염되는 것보다는 남을 전염시키는 쪽이었습니다."

"그리고, 방금 말한 충돌의 위험이라는 것도 이미 충돌 자체가 매우 우연한 경우이니까, 그 범위 내에서 필연을 말해 봤자 극히 드문 일이 아닐까요? 우연 속의 필연과 단순한 필연은 역시 의미가 다릅니다. 하물며 그 필연이라는 게 필연적으로 부상을 당한다는 것뿐이지, 필연적으로 생명을 잃는다는 것은 아니니까요."

"그러나 우연히 심한 충돌이 일어난다면 필연적으로 생명을 잃는다고 할 수 있겠죠?"

"네, 그럴 수 있겠죠. 그렇지만 그런 논리적 유희를 한다고 뭐가 어떻게 된다는 겁니까?"

"아하하하, 논리적 유희라고요? 내가 이런 걸 좋아하는 사람이라 무심결에 너무 깊이 들어갔군요. 아, 실례했습니다. 이제 곧 본론으로 들어가겠습니다……. 그래서 본론으로 들어가기 전에 지금의 논리적 유희 쪽을 정리하도록 하죠. 나를 비웃으시겠지만 당신도 실은 꽤 논리를 좋아하시는 것 같기도 하고, 이 방면에서는 어쩌면 나의 선배일지도 모를 정도니까 전혀 흥미가 없지는 않으리라 생각합니다. 그래서 지금 우연과 필연을 연구하는 겁니다. 그것을 어느 한 인간의 심리와 연결할 때, 여기에 새로운 문제가 생겨서 논리가 이미 단순한 논리가 아니게 된다는 것을 깨닫지 못하셨나요?"

"글쎄요, 몹시 어렵군요."

"뭐, 전혀 어렵지 않습니다. 어느 인간의 심리라고 말한 것은 즉 범죄 심리를 말합니다. 어떤 사람이 어떤 사람을 간접적인 방법으로 아무에게도 알리지 않고 죽이려 한다……. 죽인다고 하는 말이 온당하지 않다면, 죽음에 이르게 하고자 한다. 그리고 이를 위해 그 사람을 되도록 많은 위험에 노출시킨다. 이 경우 그 사람은 자신의 의도를 눈치채지 못하게 하기 위해서라도, 또 상대를 그곳으로 서서히 유도하기 위해서라도, 우연한 위험을 선택하는 것 외에 방법이 없습니다. 그런데 그 우연 속에 눈에 잘 띄지 않는 어떤 필연이 포함되어 있다면, 더더욱 안성맞춤일 겁니다. 그래서 당신이 부인을 승합차에 태운 것은 때마침 그 경우와 외형에서 일치하고 있지 않을까요? 나는 '외형에서'라고 말했습니다. 모쪼록 기분이 상하지 않으셨으면 합니다. 물론 당신에게 그런 의도가 있었다고 말하는 건 아닙니다만, 당신도 그런 인간의 심리는 이해하시겠죠?"

"당신은 직업 때문인지 이상한 생각을 하시는군요. 외형에서 일치하는지는 당신의 판단에 맡길 수밖에 없습니다만, 그러나 불과 한 달 동안 자동차로 30회 이동시킨 것만으로 사람의 생명을 빼앗을 수 있다고 생각하는 사람이 있다면, 바보거나 미치광이겠죠. 그렇게 가능성이 적은 우연에 의지하는 자는 없을 겁니다."

"그렇습니다. 단 30회 자동차에 태운 것뿐이라면 그 우연이 명중할 기회는 적다고 할 수 있습니다. 그러나 여러 방면에서 여러 위험을 찾아내서 그 사람 위에 우연을 몇 가지나 겹쳐 쌓는다……. 그렇게 하면 결국 명중률이 몇 곱이나 높아질 겁니다. 무수한 우연적 위험이 모여 하나의 초점을 만들고 있는 가운데로 그 사람을 끌어들인다. 그렇게 되었을 경우, 이미 그 사람이 당하는 위험은 우연이 아니라 필연이 되는 겁니다."

"그렇다면…… 예를 들어 어떤 식으로 한다는 거죠?"

"예를 들면, 여기에 한 남자가 있어 그 아내를 죽이자, 죽음에 이르게 하자고 생각하고 있다. 그런데 그 아내는 천성적으로 심장이 약하다. 이 심장이 약하다는 사실 속에는 이미 우연적 위험의 씨앗이 포함되어 있습니다. 그래서 그 위험을 증대하기 위해 심장을 더욱 나쁘게 하는 조건을 부여한다. 예를 들어 그 남자는 아내에게 음주 습관을 들이려고 술을 권했습니다. 처음에는 포도주를 자기 전에 한 잔씩 마시라고 권한다, 그 한 잔을 점점 늘려 식후에는 반드시 마시게 한다, 이렇게 점차 알코올에 맛을 들이게 했습니다.

그러나 아내는 원래 술을 즐기지 않는 여자였으므로 남편이 원하는 정도의 술꾼은 될 수 없었습니다. 그래서 남편은 제2의 수단으로 담배를 권했습니다. '여자도 그 정도의 즐거움은 괜찮다'고 말하고, 좋은 향기가 나는 양담배를 사 와서 피우게 했습니다. 그런데 이 계획은 멋지게 성공하여 한 달 안에 아내는 진짜 애연가가 되어버렸습니다. 이제는 끊으려고 해도 끊을 수 없게 되었습니다. 그다음에 남편은 심장이 약한 사람에게는 냉수욕이 유해하다는 것을 듣고 와서 그것을 아내에게 시켰습니다. '당신은 감기에 잘 걸리는 체질이니까 매일 아침 게을리하지 말고 냉수욕을 하는 게 좋다'라고 친절하게 아내에게 말했습니다. 진심으로 남편을 신뢰하는 아내는 즉시 그대로 실행했습니다. 그리고 그것 때문에 심장이 계속 나빠지는 것을 알지 못했습니다. 그렇지만 그것만으로는 남편의 계획이 충분히 이뤄졌다고 할 수 없습니다. 그렇게 아내의 심장을 악화시킨 후, 이번에는 그 심장에 타격을 주는 겁니다. 즉, 되도록 높은 열이 계속되는 병, 티푸스나 폐렴에 걸리기 쉬운 상태로 이끕니다. 남자가 처음으로 선택한 것은 티푸스였습니다. 그 목적으로 티푸스균이 있을 법한 것을 아내에게 끊임없이 먹였습니다. '미국인은 식사 때 생수를 마신다. 물을 베스트 드링크라고 하며 마신다'라고 말하며 아내에게 생수를 먹인다. 생선회를 먹인다. 그리고 생굴이나 우뭇가사리에 티푸스균이 많은 것을 듣고 그것을 먹인다. 물론 아내에게 권하기 위해 남편도 먹어야 했습니다만, 남편은 이전에 티푸스를 앓은 적이 있어서 면역이 생겼습니다. 남편의 이 계획은 희망 그대로의 결과를 초래하지는 않았지만, 거의 70퍼센트는 성공했습니다. 아내는 티푸스에 걸리지 않았지만 파라티푸스에 걸렸죠. 그리고 일주일이나 고열로 괴로워했습니다. 하지만 파라티푸스의 사망률은 10퍼센트 내외에 지나지 않기 때문에 행복인지 불행인지 심장이 약한 아내는 살아났습니다. 남편은 그 70퍼센트의 성공에 힘을 얻어 그후로도 부지런히 날것을 먹였기 때문에, 아내는 여름이 되면 자주 설사를 했습니다. 남편은 그때마다 조바심을 내며 추세를 지켜보았습니다만, 그가 원하는 티푸스에는 쉽사리 걸리지 않았습니다. 그런데 마침내 남편에게 더할 나위 없는 기회가 찾아왔습니다. 그건 재작년 가을부터 이듬해 겨울에 걸친 감기의 유행이었습니다. 남편은 이 시기에 어떻게 해서든 아내를 감기에 걸리게 하려고 꾀를 부렸습니다. 10월 초, 아내는 정말로 감기에 걸렸습니다. 왜 걸렸냐 하면 아내는 그때 목이 나쁜 상태였기 때문입니다. 남편은 감기를 예방하기 위해 양치질을 하라면서 일부러 강한 과산화수소수를 준비해 늘 그걸로 양치하게 했습니다. 그 때문에 아내는 인후염에 걸렸습니다. 그뿐만 아니라 바로 그때 친척 아줌마가 감기에 걸렸는데, 남편은 아내를 여러 번 그곳에 병문안을 보냈습니다. 아내는 다섯 번째 병문안을 다녀와서 몸에 열이 났습니다. 그러나 다행히 그때도 살아남았습니다. 그리고 정월이 되어, 이번에는 더욱 심한 감기에 걸려 드디어 폐렴까지 이어졌습니다……."

이렇게 말하면서 탐정은 조금 이상한 행동을 했다. 들고 있던 여송연의 재를 툭툭 쳐서 떨어뜨린 다음 유가와의 손목을 두세 번 가볍게 찔렀다. 무언 속에 주의를 촉구하는 듯한 모습으로. 그리고 마침 두 사람은 니혼바시의 다리 앞까지 와 있었는데, 탐정은 무라이은행 오른쪽으로 들어가 중앙우체국 쪽으로 걸어갔다. 물론 유가와도 그를 바싹 따라가지 않을 수 없었다.

"이 두 번째 감기에도 역시 남편의 꾀가 있었습니다."

탐정은 계속 말을 이었다.

"그때 아내의 친정집 아이가 심한 감기에 걸려 간다의 S병원에 입원했습니다. 그러자 남편은 부탁도 받지 않았는데 아내에게 그 아이의 간병을 맡겼습니다. 이런 논리였습니다. '이번 감기는 옮기 쉬우니 아무나 간병할 수 없다. 아내는 얼마 전에 감기를 앓아서 면역이 생겼으니 간병인으로 가장 적당하다.' 이렇게 말하자 아내도 과연 그렇다고 생각해 아이를 간병하다가 또다시 감기에 걸렸습니다. 그리고 아내의 폐렴은 꽤 심각했습니다. 몇 번이나 중태에 빠졌습니다. 이번에야말로 남편의 계략은 충분히 효과를 발휘했습니다. 남편은 아내의 머리맡에서 자신의 부주의로 아내가 이런 큰 병에 걸렸다며 사과했습니다만, 아내는 남편을 원망도 하지 않고 어디까지나 생전의 애정에 감사하면서 조용히 죽어가는 듯 보였습니다. 그러나 거의 다 왔다고 생각할 즈음, 이번에도 아내는 살아났습니다. 남편의 마음은 공든 탑이 무너진 것 같았겠죠. 그래서 남편은 다시 머리를 짜냈습니다. 병만으로는 안 된다. 병 이외의 재난에도 맞닥뜨리게 해야 한다. 그렇게 생각하고 우선 아내의 병실에 있는 가스난로를 이용했습니다. 그때 아내는 상당히 좋아졌기 때문에 이미 간호사도 옆에 있지 않았습니다만, 아직 일주일 정도는 남편과 다른 방에서 잘 필요가 있었습니다. 그리고 남편은 우연히 이런 사실을 발견했습니다. 아내가 밤에 잠들 때 불조심을 해서 가스난로를 끄고 잔다는 걸요. 가스난로의 마개는 병실에서 복도로 나오는 문턱에 있다는 걸요. 아내는 밤중에 한 번 화장실에 가는 습관이 있어서 그때는 반드시 그 문턱을 통과한다는 걸요. 문턱을 통과할 때 아내는 긴 잠옷의 옷자락을 질질 끌며 걸어가서 그 옷자락이 다섯 번에 세 번은 반드시 가스 마개에 닿는다는 걸요. 만약 가스 마개가 좀 더 약하다면 옷자락이 닿았을 때 틀림없이 풀리리라는 걸요. 병실은 일본식 방이지만 창호가 잘 닫혀 있어 틈새에서 바람이 새지 않는다는 걸요…….

우연히도 그곳에는 그만큼의 위험의 씨앗이 준비되어 있었습니다. 여기에서 남편은, 그 우연을 필연으로 이끌려면 아주 작은 수고만 더하면 된다는 걸 깨달았습니다. 즉, 가스 마개를 더욱 느슨하게 해두는 겁니다. 그는 어느 날 아내가 낮잠을 자고 있을 때 남몰래 그 마개에 기름을 쳐서 매끄럽게 해두었습니다. 그는 이 행동을 지극히 비밀리에 했을 테지만 불행히도 그가 모르는 사이에 누군가 그 장면을 보았습니다. 본 사람은 그때 그의 집에서 일하던 하녀였습니다. 이 하녀는 아내가 시집올 때 함께 따라온 사람으로 아내에게 충성을 다하는 영리한 여자였습니다. 뭐, 그런 건 아무래도 상관없습니다만⋯⋯."

탐정과 유가와는 중앙우체국 앞에서 가부토교를 건너고 이어서 요로이교를 건넜다. 두 사람은 어느새 스이텐궁 앞 전찻길을 걷고 있었다.

"그리고 이번에도 남편은 70퍼센트는 성공하고 나머지 30퍼센트는 실패했습니다. 아내는 하마터면 가스 때문에 질식할 뻔했습니다만, 큰일이 되기 전에 잠이 깨서 한밤중에 야단이 났습니다. 어째서 가스가 새었는지 원인은 머지않아 밝혀졌습니다만, 아내 자신의 부주의로 처리되었습니다. 그다음에 남편이 선택한 건 승합차입니다. 조금 전에도 말했듯이 아내가 병원에 다니는 걸 이용했지요. 남편은 빈틈없이 모든 기회를 이용했습니다. 그래서 자동차도 실패로 끝났을 때, 다시 새로운 기회를 잡았습니다. 그에게 그 기회를 준 사람은 의사였습니다. 의사는 아내의 병후 회복을 위해 요양을 권했습니다. 어딘가 공기 좋은 곳에 한 달 정도 가 있는 게 좋겠다고 의사가 권고했기에 남편은 아내에게 이렇게 말했습니다. '당신은 언제나 병을 앓고 있으니 한 달이나 두 달 요양을 가는 것보다 차라리 좀 더 공기 좋은 곳으로 이사하자. 그렇다고 너무 멀리 갈 수도 없으니 오모리쯤으로 가는 게 어떨까. 그곳이라면 바다도 가깝고 내가 회사에 다니기에도 적당하니까.' 이 의견에 아내는 곧 찬성했습니다. 아실지 모르겠습니다만, 오모리는 식수가 아주 좋지 않은 동네라고 하죠. 그리고 그 때문인지 전염병이 끊이지 않는다고 합니다. 특히 티푸스가⋯⋯. 즉, 그 남자는 재난이 실패로 끝났으므로 다시 병을 노리기 시작했습니다. 그리고 오모리로 이사 간 후에는 한층 맹렬하게 생수와 날것을 아내에게 주었습니다. 변함없이 냉수욕을 격려하고 흡연을 권하기도 했습니다. 그리고 정원을 만들어 수목을 많이 심고, 연못을 파서 웅덩이를 만들고, 또 뜰에 있는 화장실 위치가 좋지 않다며 저녁 해가 비치는 방향으로 바꾸었습니다. 이런 것은 집 안에 모기와 파리를 만드는 수단이었습니다. 아니, 아직 또 있습니다. 친구 집에 티푸스 환자가 생기면 자신은 면역이 생겼다면서 자주 문병을 가고 때로는 아내도 보냈습니다. 이렇게 하며 남편은 느긋하게 결과를 기다리고 있었을 테지만, 이 계략은 의외로 빨리, 이사 후 겨우 한 달도 안 되어 이번에야말로 충분히 효과를 거두었습니다. 그가 티푸스를 앓는 어느 친구에게 문병을 다녀온 후 얼마 되지 않아, 또 어떤 음험한 계략을 부렸는지는 알 수 없습니다만, 아내는 그 병에 걸렸습니다. 그리고 결국 그 때문에 죽었습니다⋯⋯. 어떻습니까. 당신의 경우와 이 이야기의 외형이 꼭 들어맞지 않습니까?"

"네……. 그, 그거야 외형적으로는……."

"하하하, 그렇습니다. 여기까지는 외형만입니다. 당신은
전 부인을 사랑했다, 어쨌든 외형적으로는 사랑했다. 그러
나 그와 동시에, 당신은 이미 2~3년 전부터 전 부인 몰래
지금의 아내를 사랑했다. 외형 이상으로 사랑했다. 그럼 지
금까지의 사실에 이 사실이 더해지면, 아까의 경우가 당
신에게 들어맞는 정도는 단지 외형에만 그치지 않게 됩니
다……."

두 사람은 스이텐궁의 전찻길에서 오른쪽으로 들어간 좁
은 골목길을 걷고 있었다. 골목길의 왼쪽에 '사립 탐정'이
라고 큰 간판을 내건 사무실 같은 건물이 있었다. 유리창이
달린 2층에도 아래층에도 불빛이 휘황찬란하게 켜져 있었
다. 그 앞까지 오자 탐정은 "아하하하" 하고 큰 소리로 웃기
시작했다.

"아하하하, 이젠 틀렸습니다. 이젠 숨길 수 없습니다. 당
신은 아까부터 떨고 있었죠? 전 부인의 부친이 오늘 밤 제
사무실에서 당신을 기다리고 있습니다. 뭐 그렇게 두려워
하지 않으셔도 됩니다. 잠깐 이리 들어오시죠."

그는 돌연 유가와의 손목을 꽉 잡고 문을 어깨로 세게 밀
며 환한 건물 안으로 끌고 들어갔다. 전등 빛을 받은 유가
와의 얼굴은 창백했다. 그는 상심한 듯 비틀거리며 그곳에
있는 의자에 털썩 주저앉았다.

갈대 베는 남자

님을 떠나보낸 게 잘못이라는 생각이 들 때마다

갈대를 베며 사는 포구의 삶은 더욱 처량하구나[*]

　오카모토에 살던 시절의 어느 해 9월이었다. 날씨가 매우 좋아 오후 세 시가 조금 지났을 무렵 문득 근처를 걸어보자는 생각이 들었다. 멀리 나가기에는 시간이 늦고 가까운 곳은 대략 돌아보았기에 어딘가 두세 시간 내에 다녀올 수 있는 적당한 산책지로, 사람들이 잘 찾지 않는 숨겨진 장소는 없을까 생각한 끝에 언젠가 한번 미나세 신궁[**]에 가보자

---

[*] 　서사설화 〈아시카리蘆刈〉에 나오는 시. 옛날 어느 부부가 가난 때문에 헤어졌다. 아내는 귀인의 처가 되나 남편은 갈대를 베어 팔며 어렵게 살아간다. 세월이 흐른 후, 부인이 남편을 찾아오자 남편은 자신의 처지를 부끄러워하여 이 노래를 남기고 모습을 감춘다. 원문은 '君なくてあしかりけりと思ふにもいとど難波のうらはすみうき'이다. 아시카리는 '갈대 베기' 혹은 '갈대 베는 사람'을 뜻하는데 '잘못이다, 슬프다'라는 의미도 있다.

[**] 　오사카부 시마모토초에 있는 신사로 1240년 건립되었다. 고토바 천황, 쓰치미카도 천황, 준토쿠 천황을 모신 곳이다.

고 생각하면서도 시간이 없어 뒤로 미뤘던 것이 떠올랐다. 미나세 신궁은 역사물《증경增鏡》*의 〈수풀 속〉에서 이렇게 묘사했다.

고토바원**은 도바궁과 시라카와궁도 수리시킨 후 늘 찾으셨고, 또한 미나세라는 곳에 정취 있는 별궁을 세워 종종 다니시며 봄 벚꽃, 가을 단풍을 즐기셨도다. 또한 여기에서 멀리 강이 바라보이는 경관도 좋도다. 당시 지으신 많은 시 중에서도 특히 다음의 시가 유명하도다.

저 먼 산기슭 봄 안개 속의 미나세강이여
저녁 정취가 어찌 가을뿐이라 생각했던가

초가지붕의 회랑은 매우 아름답고 풍류 있게 만드셨도다. 앞산에 만드신 폭포는 돌의 모양도 멋지고, 이끼 가득한 깊은 산의 나무들, 가지를 뻗은 정원의 작은 소나무도 실로 천세의 번영을 생각게 하는 궁이었도다. 앞뜰에 화초를 심을 때는 많은 사람을 불러 함께 노셨는데, 신하 후지와라 사다이에가 아직 신분이 낮았을 때 이런 시를 바쳤도다.

---

* 고토바 천황부터 150년간의 역사를 편년체로 엮은 역사물로 1300년대 중후반에 편찬되었다.
** 고토바는 제82대 천황(1183~1198)으로 퇴위 후에 상황 혹은 원院이라 칭했다.

천년 세월에도 늙지 않는 봉우리의 소나무

우리 주군과 다시 천년의 세월을 약속하네

뜰에 흐르는 물이 바위에 튀는 끝없는 물보라

우리 주군의 치세도 그처럼 영원하리라

이렇게 고토바원은 자주 미나세궁에 거둥하시어 고토,* 피리

소리와 더불어 꽃놀이, 단풍놀이를 즐기시며 세월을 보내셨도다.

이 글처럼 이곳은 고토바원의 별궁이 있던 유적이다. 나는 옛날 처음으로 《증경》을 읽었을 때부터 미나세궁을 그리워했다.

저 먼 산기슭 봄 안개 속의 미나세강이여

저녁 정취가 어찌 가을뿐이라 생각했던가

나는 고도바원의 이 시를 좋아했다. 또 "안개 속으로 저어가는 어부의 낚싯배"라고 아카시 포구를 읊은 시나 "내가 바로 새로운 섬지기라네. 거친 풍파여 이제는 잦아들게"라는 오키섬의 시 등, 그가 지은 것은 이것도 저것도 마음이

---

* 우리의 가야금과 비슷한 일본의 전통 현악기로 전통음악에서는 13현, 현대음악에서는 17현을 주로 쓴다.

끌려 기억에 남은 것이 많은데, 특히 이 시를 읽으면 미나세강 상류의 정취 있고 따스한 경치가 그리운 모습으로 떠올랐다.

그러면서도 관서 지방의 지리를 잘 모르던 때에는 교토의 교외 어딘가에 있을 거라고 생각하면서도 분명한 위치를 찾으려는 마음이 없었는데, 그 궁터가 야마시로와 셋쓰의 경계에 가까운 야마자키 역에서 1~2킬로미터 떨어진 요도가와 강가에 있고 지금도 그 유적에 고토바원을 모신 신사가 있다는 사실을 알게 된 건 아주 최근의 일이었다.

그래서 미나세궁 참배는 이 시각에 나가는 것이 가장 적당했다. 야마자키까지라면 기차로 가도 금방이지만 한큐 전차로 가서 신케이한선으로 갈아타는 게 더욱 좋다. 게다가 마침 그날은 보름이어서 돌아오는 길에 요도가와 강변에서 달을 보는 것도 또 하나의 즐거움이었다. 그런 생각이 들자 그곳은 아녀자가 잘 가는 곳도 아니기에 행선지도 말하지 않고 혼자 집을 나섰다.

야마자키는 야마시로국*의 오토쿠니군에 있고 미나세궁터는 셋쓰의 미시마군에 있다. 그렇다면 오사카 쪽에서 가면 신케이한선의 오야마자키에서 내려 반대 방향으로 가서 그 궁터에 이르는 도중에 지역의 경계를 넘게 된다. 야마자

---

* 현 교토부 남부

키라는 곳은 국철역 부근을 언젠가 한번 거닌 적이 있을 뿐으로 서국가도西國街道*를 서쪽으로 걸어보는 것은 처음이었다.

조금 가면 길이 양쪽으로 갈라지고 오른쪽으로 굽어가는 쪽의 모퉁이에 오래된 돌 이정표가 서 있었다. 그것은 아쿠타가와에서 이케다를 거쳐 이타미 쪽으로 가는 길이었다.

전국시대의 무장 이야기인 《신초키信長記》**에 나온 전쟁 기사를 떠올리면, 그때의 무장들이 활약한 곳은 이타미, 아쿠타가와, 야마자키를 잇는 선에 연한 지방으로 옛날에는 아마 그쪽이 주도로였고, 요도가와 강변을 따라 나아가는 가도는 뱃길로는 편리했겠지만 갈대와 싸리가 무성한 포구나 늪지가 많아 육로 여행에는 부적합했던 것 같다.

그러고 보니 에구치의 나루터 흔적도 지금 타고 온 전차 선로에 연해 있었다고 들었다. 지금은 에구치도 오사카시에 포함되고 야마자키도 작년 교토시 확장 이래 대도시의 일부로 편입되었지만, 교토와 오사카 사이는 기후 및 풍토가 오사카와 고베 사이와는 달라 보인다. 전원도시나 문화주택지가 그리 급히 개발될 것 같지 않으니, 당분간은 수풀 많은 시골의 정취를 잃지 않을 것 같다.

---

* 에도 시대의 가도로 교토에서 시모노세키 혹은 규슈 다자이후까지 이어지는 길
** 오제 호안이 쓴 오다 노부나가 및 가신의 전기로 1622년 발간되었다.

옛 문헌에는 이 근처의 가도에 멧돼지나 산적이 출몰했다고 적혀 있으니 옛날에는 필시 음산한 곳이었을 텐데, 지금도 길 양쪽에 늘어선 초가집들의 모습은 한큐선에 연한 서양화된 도시나 마을을 자주 봤던 내 눈에는 몹시 예스럽게 보인다.

"누명을 쓰고 이렇게 벌을 받는 것을 탄식하여 이윽고 야마자키에서 출가하시어……."

《대경大鏡》*에는 스가와라노 미치자네**가 귀양 가는 길에 여기서 불문에 귀의하시어 "네가 사는 집의 나뭇가지가 점차 보이지 않고……"라는 시를 읊었다고 한다. 그처럼 이 길은 대단히 오래된 역로驛路였다. 아마 헤이안 시대, 수도가 생겼을 때 설치된 역참 같다. 나는 그런 것을 생각하면서 옛 바쿠후 시절의 공기가 검은 처마 그늘에 떠돌고 있는 듯한 집들을 하나하나 들여다보며 걸었다.

궁터는 미나세강이라 생각되는 강에 걸쳐진 다리를 건너 다시 조금 간 가도에서 왼쪽으로 꺾어진 곳에 있었다. 조큐承久의 난***으로 비참한 운명을 맞은 고토바, 쓰치미카

---

* 헤이안 시대(794~1185) 후기, 시라카와원(1053~1129) 때 저술된 것으로 보이는 기전체의 역사물이다. 시라카와는 제72대 천황이다.
** 菅原道真, 845~903. 헤이안 시대의 학자, 시인, 정치가
*** 가마쿠라 바쿠후 시절인 조큐 3년(1221), 고토바 상황이 바쿠후 타도를 위해 거병했으나 바쿠후에 진압된 사건이다. 이 일로 고토바 상황은 오키섬으로 유배되었다.

도,[*] 준토쿠[**]의 3제를 제신으로 하여 지금은 그곳에 관폐중사官弊中社[***]가 세워져 있으나, 신사의 건물이나 경내의 풍치는 훌륭한 신사와 불각이 풍부한 이 지방에서는 특별히 내세울 만하지는 않다.

단지 앞에서 말한《증경》의 이야기를 염두에 두고 가마쿠라 바쿠후 초기에 여기에서 당시 궁궐 사람들이 사철마다 연회를 열었던가 생각하면 나무 하나 돌 하나에도 왠지 마음이 끌린다.

나는 길가에 앉아 담배를 한 대 피우고, 넓지도 않은 경내를 아무 생각 없이 왔다 갔다 했다. 그곳은 가도에서 아주 조금 들어가 있을 뿐이지만 울타리에 각양각색의 가을꽃을 피운 농가가 점점이 흩어져 있는 안쪽의, 한적하고 사람 눈에 띄지 않는 막다른 길 같은 곳이었다. 그래도 고토바원의 궁전은 이렇게 좁은 면적 안에 있던 것이 아니라 여기부터 훨씬 더 아까 지나온 미나세 강가까지 이어졌을 것이다. 그리고 강가의 누각 위에서 혹은 정원을 산책하면서 강 상류를 바라보시고 "산기슭 봄 안개 속의 미나세강이여"라고 감흥을 읊었으리라.

---

*   고토바의 장남이자 제83대 천황

**   고토바의 삼남이자 제84대 천황

*** 국가國에서 예물幣을 바치는 신사로 대사, 중사, 소사 등의 품격이 있었으나 1946년 폐지되었다.

여름철 미나세궁의 조전*에 오셔서 얼음물과 수반**을 젊은 신하들에게 주시고 술을 드실 때, "아아, 옛날의 무라사키 시키부***는 대단하였구나. 《겐지 모노가타리源氏物語》에는 가까운 강의 은어, 서쪽 강에서 바친 농어를 직접 요리하였다고 적혀 있다. 매우 상세히 적혀 있어 기쁘구나. 지금 당장 그런 요리를 만들라"고 말씀하시자, 하타 아무개라는 신하가 난간 아래에 있었는데, 그 말을 듣고 연못가의 갈대를 깔고 물로 흰쌀을 씻어 바쳤도다. 전하는 "만지면 사라지는 갈대 위의 싸락눈인가,**** 이 또한 재미있구나" 하시며 옷을 벗어 하사하시고 술잔을 들이켜셨도다.

이 내용을 결부하여 생각해보면, 그 조전의 연못이 강 쪽으로 연결되어 있지 않았을까 상상된다. 게다가 여기부터 남쪽으로, 즉 이 신사의 뒤로 수백 미터 떨어진 곳에는 요도가와강이 흐르고 있지 않은가. 그 강은 지금은 안 보이지만 저쪽 강변의 오토코산 하치만궁의 울창한 봉우리 사이로 큰 강이 바로 눈앞에 보이는 듯하다. 나는 눈을 들어 이

와시미즈의 산기슭을 바라보고, 그 산기슭과 마주하여 신사 북쪽에 솟아 있는 덴노산의 꼭대기를 바라보았다.

가도를 걷고 있을 때는 눈치채지 못했지만 여기에 와서 사방을 바라보면, 나는 지금 남북의 산이 병풍처럼 하늘을 가르고 있는 계곡의 바닥 같은 지점에 서 있다. 과연 왕조의 어느 시대에 야마자키에 관문이 설치되었던 것도, 서쪽에서 교토로 쳐들어갈 때 이 근방이 요충지였던 것도, 이런 산하의 형세를 보면 저절로 수긍이 간다.

동쪽의 교토를 중심으로 한 야마시로 평야와 서쪽의 오사카를 중심으로 한 셋카센 평야가 여기에서 좁아지고, 그 사이를 한 줄기 큰 강이 흘러간다. 그러니 교토와 오사카와는 요도가와강으로 연결되어 있지만 기후와 풍토는 여기를 경계로 명확하게 바뀐다. 오사카 사람의 이야기를 들어보면 교토에 비가 내리고 있어도 야마자키부터 서쪽은 개어 있는 때도 있고, 겨울에 기차가 야마자키를 지나면 갑자기 온도가 내려가는 것을 느낀다고 한다. 그러고 보니 군데군데에 대숲이 많은 촌락의 풍경, 농가의 모양, 수목의 풍경, 땅의 빛깔 등이 사가嵯峨 근처의 교외와 유사하여 아직 여기까지는 교토의 시골이 이어지고 있다는 느낌이다.

나는 신사의 경내를 벗어나서 가도 뒤편의 좁은 길을 따라 다시 미나세 강가로 되돌아가 강둑 위로 올라가보았다. 상류의 산의 모습, 강물의 경치는 700년의 세월에 얼마간 달라졌겠지만, 그럼에도 고토바원의 시를 읽고 은밀히 상상한 것과 지금 눈앞에 보이는 풍경은 대체로 비슷했다. 아마 이런 경치일 거라고 나는 평소에 생각하고 있었다.

그것은 우뚝 솟은 절벽이 있거나 바위에 부딪치는 급류가 있는, 이른바 기승奇勝이라든가 절경絕景이라는 단어에 해당하는 산수는 아니다. 완만한 구릉과 유유한 강과 그것들을 한층 부드럽고 몽롱하게 감싸는 저녁 안개 때문에, 그야말로 옛날 그림에 나올 법한 온화하고 평화로운 경치다.

일반적으로 자연의 풍물은 보는 사람 각자의 마음에 따라 다르게 보이므로 이런 곳은 일고의 가치도 없다고 느끼는 자도 있을 것이다. 그러나 나는 웅대하지도 기발하지도 않은 이런 평범한 산수를 마주할 때 오히려 달콤한 공상에 이끌려 언제까지나 그곳에 우두커니 서 있고 싶다.

이런 풍경은 눈을 놀라게 하거나 넋을 빼앗지 않는 대신, 친근한 미소를 띠고 여행자를 맞이한다. 살짝 봐서는 아무것도 아니지만 오래 멈춰 서 있으면 따뜻한 어머니 품에 안긴 듯한 부드러운 애정에 끌리게 된다.

특히 왠지 쓸쓸한 저녁에는, 멀리서 손짓하는 듯한 그 상류의 엷은 안개 속으로 빨려 들어가고 싶다. "저녁 정취가 어찌 가을뿐이라 생각했던가"라는 고토바원의 말대로 만약 이 저녁이 봄날이고 그 의연한 산기슭에 주홍빛 안개가 길게 뻗어 있으며 양쪽 강가, 봉우리나 계곡의 곳곳에 벚꽃이 피어 있다면, 얼마나 따뜻함이 더해질 것인가.

생각건대 고토바원이 바라본 것은 그러한 풍경이었음이 틀림없다. 하지만 진정 우아하고 아름다운 것은 소양 깊은 도시인이 아니면 이해할 수 없으므로, 평범 속에 정취가 있는 이곳의 풍경도 옛날 귀족이 가진 풍류의 마음이 없다면 시시하다고 말하는 것이 당연할지도 모른다.

나는 차차 땅거미가 짙어지는 강둑 위에 잠시 멈춰 선 채 강의 하류로 눈을 옮겼다. 그리고 고토바원이 신하와 함께 수반을 드셨다는 조전은 어디쯤일까 생각하며 오른쪽 기슭을 바라보자, 그 근처는 울창한 숲이 신사 뒤쪽까지 이어지고 있었으므로 숲이 있는 넓은 면적 전체가 궁터임을 분명히 알 수 있었다. 그뿐만 아니라 여기에서는 요도가와강도 보여서 미나세강의 끝이 요도가와강과 합류하는 것을 알 수 있다. 곧 나는 별궁이 차지하고 있던 땅의 위치를 확실히 알 것 같았다. 고토바원의 저택은 남쪽으로 요도가와강, 동쪽으로 미나세강을 마주하고 이 두 강이 교차하는 곳에 몇만 평의 광대한 정원을 품고 있었던 것이 틀림없다. 과연 그렇다면 후시미에서 배로 내려가 그대로 조전의 난간 밑에 배의 밧줄을 맬 수 있고 교토와도 왕복이 자유로워 자주 배로 미나세궁으로 가셨다는 《증경》의 본문과 부합한다.

나는 유년 시절 하시바, 이마도, 고마쓰시마, 고토토이 등 스미다강의 양쪽에 풍취 있게 꾸민 부호의 별장이 강을 바라보고 서 있던 모습이 문득 떠올랐다. 황송한 비유이기는 하지만, 이 별궁에 오셔서 가끔 풍치 있는 연회를 여시어 "아아, 옛날의 무라사키 시키부는 대단하였구나. 지금 당장 그런 요리를 만들라"고 측근에게 분부하시거나 "만지면 사라지는 갈대 위의 싸락눈인가, 이 또한 재미있구나" 하고 측근에게 선물을 주신 고토바원의 모습은 어딘가 에도의 풍류인을 닮지 않았는가. 게다가 정취가 부족한 스미다강과는 달리, 아침저녁으로 오토코산의 푸른 산봉우리가 그림자를 드리운 사이를 상하행의 배가 엇갈리는 요도가와강의 풍물은 아무래도 고토바원의 마음을 위로해 연회의 흥을 더했을 것이다.

후년 바쿠후 토벌을 도모하다가 패하여 오키섬에서 19년의 괴로운 세월을 보내며 파도 소리, 바람 소리에 과거의 영화를 그리워하던 시절에도 가장 빈번히 가슴속을 오간 것은 이 부근의 산수와 이 별궁에서 지낸 화려한 시간이 아니었을까.

이렇게 옛날 생각에 빠져 있자 나의 공상이 잇달아 당시의 모습을 환상으로 그리며 관현의 여운, 샘물의 소리, 나아가 궁인과 귀족의 유쾌한 환성까지 귓속으로 들려오는 듯했다.

그리고 어느새 주위에 황혼이 다가오는 것을 깨닫고 시계를 꺼내 보았을 때는 벌써 여섯 시가 되어 있었다. 대낮에는 걸으면 축축이 땀이 날 정도의 따뜻함이었지만, 해가 떨어지니 과연 가을 저녁다운 싸늘한 바람이 몸에 스며들었다. 나는 갑자기 공복을 느끼고, 달이 뜨는 것을 기다리는 동안 어딘가에서 저녁밥을 먹어둘 필요가 있다고 생각해 곧 강둑에서 가도 쪽으로 되돌아갔다.

애초 변변한 식당이 있을 만한 마을이 아닌 것은 알고 있었기에 그저 몸이나 쉴 수 있으면 된다고 생각해, 어느 우동집에 들어가 술을 2홉 정도 마시고 기쓰네 우동을 두 그릇 먹었다. 나올 때는 따뜻하게 데운 마사무네正宗* 병을 들고 우동집 주인이 가르쳐준 나루터 방향의 길을 찾아 강변 쪽으로 내려갔다.

내가 달을 보기 위해 요도가와강에서 배를 타고 싶다고 말하자 주인은 이렇게 가르쳐주었다.

"아, 그러시다면 바로 이 마을 끝에서 강 건너 하시모토로 가는 나룻배가 있습니다. 나룻배라고는 해도 강폭이 넓어 한가운데에 큰 모래섬이 있는데 이쪽 강가에서 우선 그 모래섬까지 가시고, 그곳에서 다시 다른 배로 갈아타고 건너편 강가로 건너가시게 됩니다. 그 모래섬에서 강의 풍경을 바라보시는 게 어떻겠습니까. 그리고 하시모토에는 유곽이 있는데 나룻배는 바로 그 유곽이 있는 강가에 도착합니다. 밤늦게 열 시, 열한 시경까지도 왕래하고 있으니, 마음대로 몇 번이라도 왔다 갔다 하며 여유롭게 바라보실 수 있습니다."

---

* 유명 청주 브랜드

주인의 친절을 기쁘게 생각하면서 나는 취한 뺨에 싸늘한 밤바람을 맞으며 걸어갔다.

나루터까지 가는 길은 들은 것보다 먼 느낌이었지만, 도착해보니 과연 강 저쪽에 모래섬이 있었다. 모래섬의 하류 쪽 끝은 바로 눈앞에서 끝나는 것을 알 수 있었지만, 상류 쪽은 아득하게 흐린 빛 저편 속에 사라져 어디까지나 계속 이어진 것처럼 보였다.

어쩌면 모래섬은 큰 강 가운데에 고립된 섬이 아니라 여기에서 가쓰라가와강이 요도가와강의 본류와 합쳐지는 끝이 아닐까. 어쨌든 기즈, 우지, 가모, 가쓰라의 강들이 이 근처에서 하나가 되어 야마시로, 오우미, 가와치, 이가, 단바 등 다섯 지역의 물이 여기로 모인다.

《요도가와강 양안일람澱川両岸一覧》이라는 옛날 그림책에 여기에서 조금 상류에 '여우나루'라는 나루터가 있다는 기록이 있고, 나루터의 길이가 110켄間*이라고 쓰여 있기 때문에 여기는 그것보다 강폭이 더 넓을지도 모른다.

그리고 지금 말하는 모래섬은 강의 한가운데가 아니라 이쪽 강가에 훨씬 가까운 곳에 있다. 강변의 자갈밭에 앉아 기다리고 있으니, 멀리 저쪽 강가의 등불이 반짝이는 하시모토에서 떠난 배가 모래섬에 닿으면 배에서 내린 손님들

---

* 약 200미터

이 모래섬을 가로질러 배가 정박해 있는 이쪽 물가까지 걸어온다.

생각해보니 오랫동안 나룻배를 탄 적이 없었지만, 어린 시절의 기억에 남은 산야, 다케야, 후타코, 야구치 등의 나루터에 비하면 여기는 모래섬을 끼고 있는 만큼 정취가 한층 뛰어났다. 요즈음의 교토와 오사카 사이에 이런 고풍스러운 교통수단이 남아 있는 것이 의외이기도 해서 횡재한 기분도 들었다.

앞에서 말한 요도가와강 양안의 그림책에 나와 있는 하시모토의 그림을 보면, 달이 오토코산의 뒤편 하늘에 걸려 있고 "오토코산 봉우리에 떠오르는 달빛에 서서히 나타나는 요도가와강의 배"라는 가게키*의 와카와 "떠오르는 달이여 그 옛날과 다름없는 오토코산"이라는 기카쿠**의 하이쿠가 적혀 있다.

내가 탄 배가 모래섬에 다가갔을 때, 오토코산은 마치 그 그림에 나오듯 둥근 달을 등에 지고 울창한 숲에 벨벳 같은 윤기를 머금은 채, 아직 어딘가에 저녁 빛이 남아 있는 하늘에 거무스레한 모습으로 우뚝 서 있었다.

"이쪽 배에 타시죠."

모래섬의 저쪽 강가에서 뱃사공이 내게 소리쳤다.

---

* 景樹, 1768~1843. 시인
** 其角, 1661~1707. 시인

"아니, 좀 이따가 타겠소. 잠시 여기서 강바람을 쐬고서."

나는 이렇게 대답하고, 이슬 촉촉한 잡초를 밟으며 혼자 모래섬의 끝으로 걸어가서 갈대가 무성한 강가에 웅크리고 앉았다.

정말로 이곳은 강 한가운데에 배를 띄운 듯한 느낌으로, 달 아래에 펼쳐진 양쪽의 경치를 마음껏 즐길 수 있다. 나는 달을 왼쪽에 두고 하류 쪽을 향하고 있었는데, 강은 어느새 촉촉한 푸른빛에 싸여 아까 저녁 빛 아래에서 보았던 것보다 더욱 넓게 보였다.

동정호洞庭湖에 대한 두보의 시나 〈비파행琵琶行〉*의 문구나 〈적벽부赤壁賦〉**의 한 구절 등 오랫동안 생각할 틈도 없었던 울림 좋은 한문이 저절로 낭랑한 울림으로 입술에 올라왔다. 그러고 보면 "서서히 나타나는 요도가와강의 배"라고 가게키가 읊었듯 옛날에는 이런 저녁에도 30석 배***를 비롯한 많은 배가 여기를 오르내렸을 것인데, 지금은 때로 대여섯 명의 손님을 태우고 가는 저 나룻배 외에 배 같은 것은 보이지 않았다.

나는 들고 온 술병을 입에 대고 마시면서 취기가 발하는 대로 〈비파행〉의 한 구절을 소리 높여 읊었다.

---

*　중국 당나라의 시인 백거이의 작품
**　중국 북송의 문인 소식의 작품
***　쌀 30석을 실을 수 있는 배

심양강에서 손님을 떠나보내는데

단풍잎 억새꽃에 가을은 쓸쓸하구나

潯陽江頭夜送客 楓葉荻花秋瑟瑟
심 양 강 두 야 송 객   풍 엽 적 화 추 슬 슬

그러면서 나는 문득 이 갈대와 억새 무성한 곳에도 예전
에는 백거이의 〈비파행〉과 닮은 정경이 몇 번인가 나타났
을 거라는 생각이 들었다. 에구치나 간자키가 이 강의 하류
가까운 곳에 있었다고 하면, 필시 갈대를 헤치고 가는 작은
배를 저으면서 이 근처를 배회한 유녀遊女도 적지 않았을
것이다.

왕조 시대에 오에노 마사히라*는 《견유녀서見遊女序》를 써
서 이 강의 번성을 말했는데, 음란한 풍조를 다음과 같이
탄식했다.

가야**는 즉 야마시로, 가와치, 셋쓰 3국의 사이에 있어 천하
의 중요한 항구다. 동서남북에서 오가는 자는 반드시 이 길을
지난다. 그 동네에는 여색을 파는 늙은 여자와 소녀, 그들이 사
는 집이 여기저기 있다. 배를 집 앞에 대고 강 위에서 손님을

---

* 大江匡衡, 952~1012. 헤이안 시대의 귀족, 시인
** 현 아마자키

갈대 베는 남자 171

기다린다. 소녀는 분을 바르고 노래를 불러 남자를 유혹하고 늙은 여자는 노를 저어 각자의 역할을 다한다. 아아, 녹색 휘장과 붉은 방, 만사의 예법은 다르지만 강 위의 배 안, 일생의 즐거움은 다를 바 없다. 나는 이 길을 지나며 그것을 볼 때마다 크게 탄식하지 않을 수 없다.

또 마사히라의 몇 대 손에 해당하는 오에노 마사후사*도 《유녀기遊女記》를 지어, 아래와 같이 이 연안의 색이 번성한 풍속을 말했다.

강의 남북으로 여기저기 마을이 있고 강은 갈라져 가와치국으로 흘러간다. 이곳을 에구치라고 한다. 셋쓰국에 닿으면 간자키, 가니시마 등의 지역이다. 연안에 집들이 계속 이어지고 창녀들이 무리를 이루어 작은 배의 노를 저어 큰 배에 다가가 잠자리를 권한다. 손님을 부르는 소리는 계곡의 구름을 통과하고 음곡은 강바람에 떠돈다. 이 강가를 배로 지나는 사람은 어느새 집을 잊어버리게 된다. 낚시꾼이나 상인들의 배가 군집하여 거의 수면이 보이지 않을 정도다. 아마 천하제일의 환락지일 것이다.

---

* 大江匡房, 1041~1111. 헤이안 시대의 고관, 시인

나는 어슴푸레한 기억을 뒤져 그러한 글을 조각조각 떠올리면서, 맑은 달빛 아래 소리도 없이 흘러가는 쓸쓸한 수면을 바라보았다. 사람은 누구라도 회고의 정이 있을 것이다. 하지만 쉰 가까운 나이가 되면 자연히 가을의 서글픔이 젊었을 때는 상상도 하지 못한 이상한 힘으로 다가와서 덩굴 잎이 바람에 흔들리는 것만 봐도 가슴에 절절히 사무치는 무언가를 아무래도 떨치지 못한다. 하물며 이런 밤에 이런 곳에 앉아 있으면 인간의 삶이 흔적도 없이 사라져버리는 허무에 슬퍼지고 지나가버린 화려한 삶을 동경하는 마음이 격해진다.

《유녀기》에는 간노, 뇨이, 고로, 구자쿠 등의 유명한 유녀가 있었다고 적혀 있고 그 외에도 쇼칸노, 야쿠시, 구마노, 나루토 등의 이름도 전해지고 있는데, 그녀들은 모두 다 어디로 가버린 것일까.

그녀들이 불교식 이름을 예명으로 쓴 것은 색을 파는 것을 일종의 보살 수행이라고 믿었기 때문이라는데, 자기 몸을 보현보살에 빗대고 또 어느 때는 고귀한 고승의 절도 받았다고 하는 그녀들의 모습을 다시 이 강 위에 물거품이 맺히듯 잠시나마 떠올릴 수는 없을까.

고승 사이교*는 이렇게 말했다.

---

* 西行, 1118~1190. 헤이안 시대의 승려, 시인

에구치, 가쓰라모토의 남북으로 흐르는 강둑에는 유녀의 집이 많다. 유녀의 마음은 나그네가 베푸는 잠깐의 동정에 기댈 뿐, 참으로 덧없이 이 세상을 떠나면 다음 세상은 어찌 될 것인가. 이 또한 전생에 유녀였던 운명 때문이 아닐까. 이슬처럼 허무한 몸이 잠깐의 세상에서 어떻게든 살아남으려고 유녀의 일을 한다지만, 부처님께서 금하신 일을 해버렸으니 혼자 몸이라면 그나마 괜찮지만, 많은 사람을 끌어들여 죄를 짓게 한 것은 참으로 안타깝도다. 그러나 유녀 중에는 극락정토에 간 사람도 많고, 고기의 생명을 앗아간 어부 중에도 훌륭히 생을 마친 이가 많다.

그녀들은 지금 아미타불의 나라에 태어나 어느 세상에서도 변하지 않는 것이 인간의 천박함임을 가여워하며 웃고 있을 것인가.

혼자 그런 식으로 생각을 계속하던 나는 머릿속에 하나둘 문장이 떠올랐기에 잊지 않으려고 품에서 수첩과 연필을 꺼내 달빛에 의지하여 적었다. 아직 얼마간 남아 있던 술에 미련을 느껴 한 모금 마시고는 쓰고 또 한 모금 마시고는 썼는데, 마지막 한 방울까지 다 마셔버리고 병을 강으로 던졌다.

그때 근처에서 갈대가 흔들리는 소리가 들려 뒤돌아보니 그곳에, 역시 갈대 사이에, 마치 내 그림자처럼 웅크리고 앉아 있는 남자가 있었다.

놀란 나머지 내가 일순 조금 예의 없을 정도로 빤히 바라
보자, 남자는 별로 위축되는 기색도 없이 상쾌한 목소리로
"아름다운 달이군요"라고 인사하고는 말을 이었다.

"아, 지금 풍류를 즐기고 계시는군요. 실은 저도 아까부터
여기에 있었습니다. 방해하지 않으려고 가만히 있었습니다
만, 지금 막 〈비파행〉을 읊으신 것을 듣고 저도 무언가 하나
읊어보고 싶어졌습니다. 폐가 되겠지만 잠시 들어주시겠습
니까?"

생판 모르는 사람이 이런 식으로 친근하게 말을 건네는
일은 도쿄에서는 좀처럼 없는데, 요즘은 관서 지방 사람들
의 허물없는 태도를 이상히 여기지 않을뿐더러 나도 어느
새 이 땅의 풍속에 익숙해져서 친근하게 대답했다.

"그거 참 좋군요. 부디 들려주시죠."

그 남자는 벌떡 일어나 갈댓잎을 헤치고 내 옆에 와서 앉
았다.

"실례지만 한잔 드시겠습니까?"

그는 나무 지팡이에 묶여 있는 끈을 풀고 무언가 꺼냈다. 왼
손에 호리병을, 오른손에 작은 칠기 잔을 들고 내게 내밀었다.

"조금 전에 병을 버리신 것 같습니다만, 저는 아직 많이
남았으니까요."

그는 호리병을 흔들어 보였다.

"자, 서툰 노래를 들어주시는 대신에 이것을 받으시죠. 모
처럼의 취기가 걷히면 흥이 사라집니다. 여기는 강바람이

시원하니 많이 드셔도 괜찮으실 겁니다."

그는 가타부타 묻지도 않고 잔을 내게 건네고는 술을 따랐다. 똘똘똘 술을 따르는 소리가 기분 좋게 들렸다.

"이거 참 송구스럽군요. 그럼 사양 않고 받겠습니다."

나는 받은 잔을 깔끔히 비웠다. 무슨 술인지 모르지만 마사무네를 마신 후라, 적당히 나무 향이 감도는 부드러운 술 맛이 갑자기 입 속을 상쾌하게 해주었다.

"자, 한 잔 더 드시죠……. 또 한 잔."

그는 이렇게 연달아 석 잔을 따라주고 내가 석 잔째의 술을 마시는 동안 천천히 〈고고小瞽〉*를 노래하기 시작했다.

다소 취한 탓인지 호흡이 가쁘게 들렸다. 게다가 미성이라고 할 만큼도 아니고 음량도 달리지만, 깊이가 느껴지는 숙련된 목소리였다. 어쨌든 침착하게 노래하는 모습을 보면 상당히 오랜 세월에 걸쳐 만들어진 소리일 것이다. 그러나 그런 것보다도 모르는 사람 앞에서 이렇게 편안하게 노래하니, 듣는 나를 곧바로 그 노래의 세계로 몰입시켜 아무런 잡념도 없는 탈속한 심경이 자연히 내게 전이되었다. 솜씨는 대단치 않지만 이런 심경을 만들 수 있는 정도라면 본격적으로 기예를 배워도 헛되지는 않으리라 생각했다.

"아, 좋습니다. 덕분에 기분이 좋습니다."

---

* 미녀 고고의 이야기

내가 말하자, 그는 가쁜 숨을 몰아쉬고 우선 마른 입술을 축이고 나서 다시 내게 잔을 내밀어 권했다.

"자, 또 한 잔 드시죠."

깊이 눌러쓴 납작모자의 챙이 얼굴에 그림자를 만들고 있어 달빛으로는 자세히 확인하기 어려웠지만, 나이는 나와 동년배 정도일 것이다. 마르고 작은 몸집에 간편한 와후쿠* 차림이고 겉에는 유행하는 코트를 입고 있었다.

"실례지만 오사카에서 오셨습니까?"

교토보다는 서쪽 사투리가 있기에 이렇게 물었다.

"그렇습니다. 오사카 미나미에서 자그마한 골동품 가게를 하고 있습니다."

"산책하고 돌아오시는 길입니까?"

"아뇨. 오늘 밤에 달을 볼 생각으로 저녁부터 나왔습니다. 예년 같으면 게이한 전차로 왔는데 올해는 좀 먼 길로 돌아 신케이한선을 타고 와서 이 나루터를 건넜는데 길을 잘 잡은 것 같군요."

그렇게 말하고 그는 허리띠 사이에서 담배통을 빼내 곰방대에 담뱃잎을 채웠다.

"그러시다면 매년 어딘가 장소를 정해 달구경을 하러 가십니까?"

---

* 일본의 전통 의상을 통틀어 이르는 말이다.

"그렇습니다."

그는 입을 다물고 담배에 불을 붙이고서는 다시 말했다.

"매년 저는 달구경 하러 오구라 연못에 오고 있습니다만, 오늘 밤은 우연히 이곳을 지나다가 강의 한가운데에서 달을 볼 수 있어 아주 기쁘군요. 왜냐하면 당신이 여기서 쉬고 계시는 것을 보자마자, 과연 이곳이 아주 좋은 장소라고 깨달았으니 전적으로 당신 덕분입니다. 정말로 좌우로 요도가와강이 흐르는 가운데 갈대 사이에서 바라보는 달은 각별하군요."

담뱃재를 휴대용 재떨이에 떨고 새로 채운 담뱃잎에 불을 옮기면서 내게 말했다.

"모쪼록 좋은 시가 있으시면 들려주시죠."

"아뇨, 창피해서 들려드릴 만한 것이 없습니다."

나는 당황하여 수첩을 품속에 집어넣었다.

"뭐, 그렇게 말씀하지 마시고……."

그는 이렇게 말하면서도 굳이 권하지 않고, 벌써 그것을 잊어버린 듯 유유한 어조로 한시를 읊었다.

　가을 달은 강물을 비추고 소나무에는 바람이 스치네
　기나긴 밤의 맑은 이 경치는 무엇을 위함인가*

---

* 당나라 고승 영가대사가 지은 〈증도가証道歌〉의 일부

江月照松風吹　永夜清宵何所為
강 월 조 송 풍 취　영 야 청 소 하 소 위

　이번에는 내가 물었다.

　"그런데, 오사카 분이라면 이 근방의 지리나 역사를 잘 아시겠군요. 묻고 싶은 게 있습니다. 지금 우리가 있는 이 모래섬 근처에도 옛날에는 에구치의 유녀들이 배를 띄우고 있었던 건 아닐까요? 이 달을 보니 무엇보다도 그녀들의 환상이 제 눈앞에 아련히 떠오릅니다. 저는 아까부터 그 환상을 좇는 마음을 노래하려고 했습니다만 잘되지 않더군요."

　그는 내심 감동한 듯한 표정으로 말했다.

　"누구든지 사람이 생각하는 바는 비슷하겠죠? 지금 저도 그런 생각을 하고 있었습니다. 저도 이 달을 보며 지나가버린 세상의 환상을 그리고 있었습니다."

　나는 그의 얼굴을 들여다보면서 말을 이었다.

　"제가 보기에 당신도 제 연배 같습니다만, 피차 이것은 나이 탓이겠죠. 저도 올해는 작년보다, 작년은 재작년보다, 해마다 가을의 쓸쓸함이랄까 적적함이랄까, 뭐 한마디로 말하자면 어딘지 모르게 찾아오는 전혀 이유 없는 계절의 슬픔을 더욱 깊게 느낍니다. '바람 소리에 가을이 온 것을 알고 놀란다'거나 '발이 흔들려 가을바람이 분다는 것을 안다' 같은 옛 시의 참맛을 알게 되는 것은 우리 나이쯤 되어야겠죠. 그렇다고 해서 슬프기 때문에 가을이 싫다는 건 아니죠. 젊었을 때는 1년 내내 봄을 가장 좋아했습니다만, 지금의 저는 봄보다 가을이 더욱 기다려집니다. 사람은 나이를 먹어가면서 일종의 체념, 자연의 이치에 따라 스러져가는 것을 즐긴다는 심경이 되어 조용하고 균형 잡힌 삶을 바라게 되죠. 그러니까 화려한 풍경보다 쓸쓸한 풍물을 접할 때 더 위로받고, 현실의 쾌락을 탐내기보다는 과거의 쾌락을 추억하는 것이 좋아지는 게 아닐까요? 즉, 지난날을 그리워하는 마음은 젊은 사람에게는 현재와 아무런 관계없는 공상에 지나지 않지만, 노인에게는 그것 말고 현재를 살아갈 길이 없는 겁니다."

"그렇죠. 그야말로 말씀 그대로입니다"

그는 연신 고개를 끄덕이고는 이렇게 말했다.

"보통 사람이라도 나이를 먹으면 그렇게 되는 게 당연하겠지만, 특히 저는 아직 어린 시절 보름밤에 매년 아버지를 따라 월하의 길을 2리, 3리도 걸어간 기억이 있어서 아직도 보름날이 되면 그때가 떠오릅니다. 아버지도 지금 당신이 말한 것과 같이 '너는 이 가을밤의 슬픔을 알지 못하겠지만 머지않아 알 때가 올 거다'라고 가끔 말씀하셨지요."

"아니, 그건 무슨 말씀이죠? 당신 아버님은 보름달을 그렇게도 좋아하셨습니까? 어린 당신을 데리고 2리, 3리의 길을 걸어갈 정도로?"

"네, 처음 데려갔을 때는 일고여덟 살이었으니까 아무것도 몰랐지만 제 아버지는 가난한 동네의 작은 집에 살았는

데, 어머니가 2~3년 전에 돌아가셔서 아버지와 저 둘이서
살고 있었으니 저를 두고 나가지 못했을 겁니다. 아버지가
'얘야, 달구경 데려가마'라고 하셔서 밝을 때 집을 나와, 아
직 전차가 없던 시절이었으니까 하치켄야에서 증기선을 타
고 이 강을 거슬러 올라간 기억이 납니다. 그리고 후시미에
서 배를 탔습니다만, 처음에는 그곳이 후시미인지도 몰랐
습니다. 단지 아버지가 강둑 위를 계속 걸어가기에 잠자코
따라가니 너른 연못이 나왔습니다. 지금 생각하면 그때 걸
어간 강둑은 오구라 제방이고 연못은 오구라 연못이었습니
다. 그러니 그 길은 편도 1리 반이나 2리는 되었겠지요."

나는 말을 자르고 물었다.

"그런데 무엇 때문에 그곳을 걸었습니까? 연못에 비친 달
을 바라보며 정처 없이 배회했다는 겁니까?"

"그렇습니다. 가끔 아버지가 둑 위에 멈춰 서서 가만히 연
못을 바라보고, '얘야, 좋은 경치로구나' 하셔서 아이 생각
에도 '과연 좋은 경치구나' 생각해 감동하면서 따라갔지요.
어느 대갓집 별장 같은 저택 앞을 지나는데 고토와 샤미센,
호궁* 소리가 안쪽 나무들 사이로 흘러나왔습니다. 아버지
가 문 앞에 잠시 멈춰 서서 한동안 귀를 기울이고 듣고 있
다가 갑자기 무슨 생각이 났는지 집의 담을 돌아가기에 저

---

* 해금과 비슷한 현악기

도 따라가니, 점점 음악 소리가 또렷하게 들려오고 사람 소리도 희미하게 들려 안쪽 정원에 가까워진 걸 알았습니다.

그리고 그 근처는 울타리가 쳐져 있었는데 아버지가 울타리 틈새로 안을 들여다보더니 어찌 된 영문인지 꼼짝도 하지 않고 그곳을 떠나지 않기에, 저도 울타리 사이에 얼굴을 대고 들여다보았지요. 잔디와 석가산이 있는 아주 큰 정원에 샘물이 가득 차 있고, 그 수면 가까이에 난간을 둘러친 높은 정자가 있었는데 대여섯 명의 남녀가 연회를 즐기고 있었습니다. 난간 끝에는 추를 매단 받침대가 있고 그곳에 술병과 등불이 있었지요. 참억새와 싸리가 심겨 있는 것으로 보아 달맞이 연회를 하는 듯했습니다. 고토를 켜는 이는 상석에 있는 여인이었고 샤미센은 시녀 같은 모습의 하녀가 켜고 있었습니다. 그리고 기예 선생님 같은 남자가 호궁을 켜고 있었지요.

우리가 엿보고 있는 곳에서는 그들의 모습을 확실히 알수 없었지만, 이쪽에서 바라보이는 정면에는 금박 병풍을 펼치고 역시 젊은 하녀가 그 앞에 서서 부채를 흔들면서 춤추고 있었는데 얼굴까지는 보이지 않지만 몸짓은 잘 보였습니다.

아직 그때는 전등이 없었는지 아니면 풍치를 더하려고 일부러 그렇게 한 것인지, 정자 안에는 촛불이 켜져 있고 그 불이 계속 흔들거리며 깔끔한 기둥과 난간, 금박 병풍을 비추고 있었습니다.

샘의 수면에는 달이 밝게 비치고 있었지요. 물가에 한 척
의 배가 묶여 있었는데 아마 그 샘물이 오구라 연못에서 끌
어온 것이어서 그곳에서 곧바로 배를 타고 연못으로 나갈
수 있게 되어 있었을 겁니다.

그리고 곧 춤이 끝나자 하녀들이 술병을 들고 돌아다녔
습니다. 이쪽에서 본 모습으로는 하녀들의 공손한 행동에
서 아무래도 고토를 연주한 여인이 마님인 듯하고, 다른 사
람들이 그 상대를 하는 것 같았습니다.

어쨌든 지금으로부터 40여 년 전의 옛일이라, 그 당시는
교토나 오사카의 대갓집에서는 하녀도 귀족풍의 예의범절
은 말할 것도 없고 유흥을 즐기는 주인은 기예도 배우게 했
지요. 이 저택도 아마 그런 부자의 별장이므로 고토를 켠
여인은 그 집의 마님이었을 겁니다.

그러나 그 여인은 방의 가장 안쪽에 앉아 있어 공교롭게
도 참억새와 싸리 때문에 얼굴이 잘 보이지 않았습니다. 아
버지는 어떻게든지 더 잘 보려고 울타리를 따라 자리를 왔
다 갔다 바꾸었습니다만 아무래도 울다리가 방해가 되었
습니다.

하지만 머리 모양, 진한 화장, 기모노의 색조 등으로 미루
어볼 때 아직 그렇게 나이 든 사람으로는 생각되지 않았고,
특히 목소리의 느낌이 젊었습니다. 멀리 떨어져 있어서 무
슨 말을 하는지 내용은 들리지 않았습니다만 그 여인의 목
소리만은 아주 잘 들려서 '상쾌하구나'라든가 '그렇지?' 하

는 오사카 말의 꼬리가 정원에 메아리쳤습니다. 우아하고 여운이 풍부한, 그러면서도 낭랑하게 퍼지는 목소리였습니다. 그리고 약간 취한 듯 틈틈이 깔깔 웃는 소리가 명랑한 가운데 품위 있고 순수하게 들렸습니다.

'아버지, 저 사람들은 달맞이를 즐기고 있군요'라고 말하자 '응, 그런 것 같구나'라고 말하고 아버지는 변함없이 울타리에 얼굴을 대고 있었습니다. '그런데 여기는 누구 집이지요? 아버지는 아십니까?'라고 나는 다시 말해봤습니다만, 이번에는 '흠……' 하고 아버지는 완전히 그쪽에만 정신을 빼앗겨 열심히 들여다보고 있었습니다.

지금 생각해도 그게 상당히 긴 시간이었으므로 우리가 그렇게 있는 동안 하녀가 양초의 심을 자르기 위해 두세 번이나 일어났고, 그 후에 춤이 다시 한번 있었고, 마님이 혼자 고토를 켜면서 아름답게 노래 부르는 것을 들었습니다. 이윽고 연회가 끝나 그 사람들이 정자에서 물러날 때까지 지켜본 후에, 다시 터벅터벅 둑 위를 걸어 집으로 돌아왔습니다.

당연히 이런 식으로 말씀드리면 그렇게 어릴 때의 일을 매우 자세하게 기억하고 있는 것 같습니다만, 실은 조금 전에도 말씀드렸듯이 그때만 간 것이 아니기 때문입니다. 그 다음 해도, 또 그다음 해도, 보름밤에 그 둑을 걸어가 그 연못 부근의 저택 앞에 멈춰 서면 반드시 고토와 샤미센 소리가 들려왔습니다. 그러면 아버지와 나는 담을 돌아 울타리

쪽에서 뜰을 들여다보았습니다. 정자의 모습도 매년 대개 같았고 그 마님 같은 사람이 연예인이나 하녀와 함께 달맞이 연회를 즐기고 있었습니다. 그러므로 맨 처음 해에 보았던 것과 그다음 해에 보았던 것이 뒤섞였습니다만, 어느 해라도 대개 지금 이야기한 것과 같은 모습이었습니다."

"아, 그렇군요."

나는 어느새 그 남자가 말하는 추억의 세계에 끌려 들어가 이렇게 말했다.

"그런데 도대체 그 저택은 뭐였죠? 매년 아버님이 그곳에 간 데는 무언가 이유가 있었겠지요?"

"그 이유 말씀입니까?"

그 남자는 약간 주저하고 나서 말했다.

"그것을 말씀드려도 좋습니다만, 처음 보는 당신을 이런 곳에 언제까지나 붙들어두는 것은 죄송하군요."

"하지만 여기까지 듣고 그다음을 듣지 않는 것은 아쉬움이 남는군요. 그런 염려는 하지 않으셔도 됩니다."

"고맙습니다. 그럼 기꺼이 들려드리겠습니다만……."

그는 말을 멈추고 아까의 호리병을 꺼냈다.

"아쉽다고 하시니 여기 아직 이만큼 남아 있습니다. 우선 말하기 전에 이걸 다 비워버립시다."

그는 잔을 내게 건네고 다시 똘똘똘 기분 좋은 소리를 내며 술을 따랐다.

그렇게 호리병의 술을 다 비우고 나서 그는 다시 말을 이었다.

아버지는 매년 보름밤에 그 둑을 걸으면서 제게 그 이야기를 해주셨습니다. "아이에게 이런 말을 해도 되는지 모르겠지만, 언젠가 너도 어른이 될 때가 올 테니 내 말을 잘 기억해두었다가 그때가 되면 떠올려보기 바란다. 나도 너를 아이로 생각하지 않고 어른 대하듯이 말하겠다" 하고, 그 이야기를 하실 때는 언제나 매우 진지한 얼굴이 되어 마치 자신과 비슷한 나이의 친구를 대하는 듯한 말투였습니다.

그럴 때 아버지는 그 별장의 여주인을 '그분'이라고 하거나 '오유 님'이라고 부르며 "오유 님을 잊지 마라. 내가 이렇게 매년 너를 데려오는 것은 그분의 모습을 네가 기억해두었으면 해서다"라고 울음 섞인 목소리로 말씀하셨습니다.

저는 아직 아버지의 말씀이 충분히 이해되지 않았지만 그래도 아이는 호기심이 많고, 아버지의 정성에 감동하여 열심히 들으려고 했기 때문에 왠지 모르게 그 기분이 전해져서 어슴푸레하게 알 것도 같다는 느낌이었습니다.

그리고 오유 님이라는 사람은 원래 오사카의 고소베 가문 따님으로 대단한 미인이었는데, 오로지 미모 하나를 보고 청혼한 가유카와 가문에 시집간 것이 열일곱 살 때였다고 합니다. 그런데 4~5년 후에 남편과 사별하여 스물두셋의 나이에 벌써 젊은 미망인이 되었습니다.

물론 요즘은 그런 나이에 미망인으로 남을 필요도 없고

세상도 가만히 내버려두지 않을 테지만, 그때는 메이지 시대* 초로 옛 바쿠후 시대의 관습이 남아 있었습니다. 친정에도 시집에도 완고한 노인이 있었고, 특히 죽은 남편과의 사이에 사내아이가 한 명 있었다고 하니 아무래도 재혼은 허용되지 않았던 듯합니다.

게다가 오유 님은 시댁의 간청으로 시집간 사람이므로 시부모도 매우 극진히 대접하여 친가에서보다 훨씬 자유롭게 살고 있었습니다. 미망인이 되고 나서도 때때로 많은 하녀를 데리고 관광 유람을 떠나기도 하는 호화로운 삶을 마음껏 즐겼다고 합니다. 겉으로 보면 실로 편안한 삶이었고 본인도 그날그날의 화려한 생활에 별로 불만을 느끼지 않았겠지요.

제 아버지가 처음 오유 님을 만났을 때 오유 님은 그러한 신분의 미망인이었습니다. 그때는 제가 태어나기 전으로 아버지는 스물여덟 독신이었고 오유 님은 스물셋이었다고 합니다.

어느 초여름, 아버지는 여동생 부부, 즉 저의 고모, 고모부와 도톤보리에 연극을 보러 갔는데 우연히도 오유 님이 아버지 뒤의 객석에 앉아 있었습니다. 오유 님은 열예닐곱 살쯤 되는 아가씨와 함께였는데 두 분 외에 유모인지 고참

---

* 1868~1912년

하녀 같은 늙은 여인 한 명과 젊은 하녀 두 명이 옆에 붙어 있어, 그 세 사람이 오유 님 뒤에서 교대로 부채를 부치고 있었습니다.

고모가 오유 님에게 인사를 하기에 아버지가 누구냐고 물으니 가유카와의 미망인이라고 했습니다. 동행한 아가씨는 오유 님의 친동생인 고소베가의 따님이었습니다.

"나는 그날 처음 봤을 때부터 아름다운 사람이라고 생각했다"라고 아버지는 자주 그렇게 말씀하셨습니다. 그때는 남자도 여자도 혼기가 일렀는데 아버지가 장남이면서도 스물여덟 살이 되도록 독신이었던 것은 여자 보는 눈이 높아 빗발치듯 들어온 많은 혼담을 모두 거절했기 때문입니다.

당연히 아버지도 게이샤 집에 다녔다고 하며 거기서 정을 준 여자가 없지는 않았지만, 막상 부인으로 삼으려고 하면 그런 여자는 싫었다고 합니다. 왜냐하면 아버지에게는 영주님 취향이라고 할지 귀족 취향이라고 할지, 뭐 그런 식의 취향이 있어서 요염한 여자보다는 품위 있는 여자, 아름다운 옷을 차려입고 휘장 안에 앉아《겐지 모노가타리》나 읽고 있으면 어울릴 것 같은 사람을 좋아했기 때문에 게이샤가 마음에 들 리 없었습니다.

아버지가 어떤 사정으로 그런 취향을 갖게 되었는가 하면, 상인 가문에는 어울리지 않는 것 같습니다만, 오사카도 센바 지역의 가문들은 고용인들의 예의범절이 엄격하고 이런저런 격식을 중시하는 풍속이 있었지요. 웬만한 영주보다도 더욱 귀족적인 면이 있을 정도여서 아마 아버지도 그런 집에서 자란 탓이었겠지요.

어쨌든 아버지는 오유 님을 만났을 때, 평소 자신이 생각하던 취향의 여자라고 느꼈습니다. 왜 그렇게 느꼈는지 모르겠지만 오유 님이 아버지 바로 뒷자리에 있었다고 하니 하녀들에게 말할 때의 말투, 그 밖의 태도나 행동이 그야말로 대갓집 아씨답게 기품 있었던 것 같습니다.

오유 님이라는 분은 사진을 보면 뺨이 통통하여 흔히 동안이라고 부르는 동그스름한 생김새입니다만, 아버지 말씀으로는 "이목구비만 보면 이 정도의 미인은 적지 않지만, 오유 님의 얼굴에는 무언가 뽀얀 느낌이 있다. 눈에도 코에도 입에도 얇은 막을 하나 씌운 듯이 뽀얗고 각지거나 또렷한 선이 없는, 가만히 보고 있으면 보는 이의 눈앞이 몽롱하게 흐려지는 것 같고 그 사람 주위에만 안개가 끼어 있는 듯한, 옛날 책의 기품 있다는 말이 꼭 들어맞는 얼굴이다. 그게 오유 님의 매력이다"라고 하므로 과연 그렇게도 보였습니다.

대체로 얼굴이 동안인 사람은 생활에 쪼들리지만 않으면 쉽게 늙지 않는다고 합니다만, 오유 님은 열예닐곱 살부터 마흔예닐곱 살이 될 때까지 조금도 윤곽에 변화가 없어, 언제 봐도 아가씨 같은 앳된 얼굴의 사람이라고 고모도 늘 그렇게 말했습니다. 그러니까 아버지는 오유 님의 뽀얀, 이른바 '기품 있는' 점에 한눈에 반했던 겁니다. 아버지의 취향을 염두에 두고 오유 님의 사진을 보면 과연 아버지가 좋아할 법한 얼굴이라는 것을 알 수 있습니다.

즉, 한마디로 말씀드리자면 옛날 오사카 인형의 얼굴을 바라볼 때 떠오를 법한 화사하면서도 고전의 냄새가 나는 느낌, 깊이 있는 후궁이나 상궁을 떠올리게 하는 그런 분위기가 오유 님을 감싸고 있었습니다.

저의 고모, 아까 말씀드렸던 아버지의 여동생은 오유 님의 어릴 적 친구로, 처녀 때는 같은 고토 스승님 집에 다녔습니다. 그래서 성장 과정이라든가 집안, 시집갈 때의 사연 등 여러 사정을 알고 있었지요. 그때 고모가 아버지에게 이야기하길 오유 님에게는 형제가 많아 연극에 데리고 온 여동생 말고도 언니와 여동생이 또 있었는데, 그중에서도 오유 님이 부모님의 사랑을 가장 많이 받아서 어떤 고집을 부려도 허용해주는 특별 대우를 받았다고 합니다. 오유 님이 형제 중에서 가장 미인이셨으니까 그랬는지도 모르지만, 다른 형제들도 오유 님만은 특별하게 생각하고 모두가 그걸 당연하게 여겼다고 합니다.

고모의 말을 빌리자면 오유 님은 인복이 많은 사람이었다고 합니다. 본인이 그렇게 해달라는 것도 아니고 또 잘난 체하거나 남에게 요구하지도 않는데, 주위 사람들이 오히려 마음을 써서 그 사람만은 아무런 고생도 시키지 않고 공주님처럼 고이 모시려 하고, 자신들이 대신하더라도 그 사람은 세파의 바람을 맞지 않게 하려 했다는 겁니다. 오유 님은 부모도 형제도 친구도, 자신의 곁에 오는 사람들을 모두 그렇게 만들어버리는 인품이었던 겁니다.

고모도 처녀 시절에 오유 님 집에 놀러 가면 오유 님은 고소베가의 보물 같은 대우를 받아서 신변의 어떤 사소한 용무도 자신이 직접 손대는 일이 없고, 다른 언니나 여동생들이 하녀처럼 도와주었다고 합니다. 그게 조금도 부자연스럽지 않고 그런 대접을 받는 오유 님은 매우 순진하게 보였다고 합니다.

아버지는 고모에게 그런 말을 듣고 한층 오유 님을 좋아하게 되었습니다만, 적당한 기회를 잡지 못하고 세월만 흘러갔습니다. 그러던 어느 날 오유 님이 고토 연주회에 나온다는 소문을 고모가 듣고 와서 오유 님을 보고 싶다면 자신이 함께 가주겠다고 아버지에게 권했습니다.

연주회 날 향을 사르는 무대에서 오유 님은 예복을 차려입고 머리를 늘어뜨리고 〈유야熊野〉를 연주했습니다. 그렇습니다. 지금도 전수받은 곡을 연주할 때는 특히 그러한 격식을 갖추는 관습이 있는데, 거기에는 큰돈이 들어가므로 돈이 있는 제자에게는 스승이 그것을 권유합니다. 오유 님도 취미 삼아 고토를 배우고 있어 스승님이 권유했던 거겠지요.

그런데 오유 님의 목소리가 아름다운 것은 아까 말씀드렸듯이 저도 들은 적이 있어 잘 알고 있기에 그 인품을 알고 그 목소리를 생각하면 새삼 그윽한 깊이를 느낍니다만,

아버지는 그때 처음으로 오유 님이 고토를 켜며 부르는 노래를 듣고 매우 감동했습니다. 게다가 뜻밖에 화려한 예복 차림의 오유 님을 보고는 평소 동경하던 환상이 현실로 나타난 듯했겠지요. 필시 아버지는 자신의 눈을 의심할 정도로 놀라기도 하고 기쁘기도 했을 겁니다.

연주가 끝난 후에 고모가 대기실로 오유 님을 만나러 가자, 오유 님은 아직 예복을 입은 채로 오늘의 고토 연주는 아무래도 상관없지만 꼭 한 번 이런 옷차림을 하고 싶었다며 좀처럼 예복을 벗으려 하지 않고, 사진도 찍어두겠다는 말을 했다고 합니다. 아버지는 또 그 말을 듣고 오유 님의 취미가 우연히도 자신과 일치한다는 것을 알았습니다.

그래서 아버지는 자신이 아내로 얻고자 하는 사람, 오랫동안 상상하면서 기다리던 사람이 바로 오유 님이라고 생각했고 그 소망을 은근히 고모에게 말해보았습니다. 그러나 고모는 그쪽의 사정을 잘 알고 있었기에 아버지의 마음은 잘 알겠지만 그건 도지히 안 될 거라고 말했습니다.

고모의 말은 이러했습니다. 아이만 없다면 어떻게든 말을 해보겠지만 오유 님에게는 앞으로 양육해야 할 어린아이가 있다. 그것도 소중한 장손이므로 그 아이를 놔두고 가유카와 댁을 나올 수는 없다. 그뿐만 아니라 시어머니도 있고 친정어머니는 돌아가셨지만 아버지는 아직 계시다. 그 노인들이 오유 님을 자유롭게 놔두는 까닭은 젊은 미망인의 처지를 딱하게 여겨 되도록 외로움을 잊게 하려는 자비에서 나온 것이며, 그 대신 평생 정조를 지켜달라는 의미가 포함되어 있다. 오유 님도 그것을 알고 있어서 아무리 부귀영화를 누린다 해도 품행이 좋지 않다는 소문이 돈 적은 없다. 그걸 볼 때 본인도 두 번 다시 인연을 맺을 생각이 없는 게 틀림없다는 말이었습니다.

그럼에도 아버지는 포기하지 못해서, 그러한 이유라면 결혼하자는 말은 하지 않을 테니 네가 주선해서 가끔 만날 수 있도록 도와달라, 자신은 얼굴을 보는 것만으로도 만족하겠다고 말했습니다. 고모는 아버지가 그렇게까지 말하니 거절하기 어려웠지만, 오유 님과 친하게 지낸 것은 둘 다 처녀 때의 일이라 이미 그 무렵에는 소원한 관계였기에 그것도 쉽지 않았습니다.

그래서 고모도 여러모로 궁리하다가, "그럼 차라리 오유의 여동생을 부인으로 맞이하는 게 어때요? 어차피 다른 사람에게 관심이 없다면, 여동생으로 만족하는 게 어떨까요. 오유는 가능성이 없지만 여동생이라면 일은 잘 진행될 것 같아요"라고 말했습니다.

여동생이라는 사람은 오유 님이 연극에 데리고 왔던 '오시즈'라는 아가씨였습니다. 그 위의 여동생은 이미 결혼했고 오시즈도 마침 혼기가 차 있었습니다. 아버지는 연극을 보러 갔을 때 얼굴을 봐서 기억하고 있었기 때문에 고모의 말을 듣고 깊이 고민했습니다.

왜냐하면 오시즈도 미인이라 할 수 있고 오유 님과는 생김새가 달랐지만 역시 자매이므로 어딘가 오유 님을 떠올리게 하는 면이 있었습니다. 그러나 오유 님에게 있는 그 '기품 있는' 느낌이 없어, 오시즈만 보면 그렇지 않지만 오유 님과 견주면 공주님과 하녀 정도의 차이가 느껴져서 불만이었습니다. 만약 오시즈가 오유 님의 여동생이 아니었다면 문제가 되지 않았을지도 모릅니다. 하지만 어쨌든 오시즈는 오유 님의 동생이라 오유 님과 같은 피가 그 몸 안에 흐르고 있으므로 아버지는 오시즈도 좋아했습니다.

그러나 막상 오시즈로 만족한다는 데까지는 쉽사리 결심이 서지 않았습니다. 그런 생각으로 결혼하면 우선 오시즈에게 미안했습니다. 게다가 아버지는 오유 님에게 어디까지나 순수한 동경을 계속 품고 싶고 일생 오유 님을 은밀히 마음의 아내로 삼고자 하는 의지가 있어서, 여동생이건 누구이건 다른 사람을 부인으로 얻는다면 자기 마음이 편치 않으리라 생각했습니다.

그러나 또 한편으로 생각해보면, 여동생을 신부로 얻으면 앞으로 가끔 오유 님을 만날 수도 있고 말을 나눌 수도 있습니다. 그렇지 않으면 이후 평생 우연을 기다리는 것 말고 좀체 얼굴도 볼 수 없을 테니 그 생각을 하면 갑자기 견딜 수 없이 슬퍼졌습니다.

아버지는 그렇게 깊이 고민하다가 결국 오시즈와 맞선을 보기에 이르렀습니다. 하지만 솔직히 그때까지는 진심으로 오시즈와 결혼하겠다는 의지가 없었기 때문에, 실은 맞선을 구실로 오유 님을 한 번이라도 더 만나고 싶었던 겁니다.

아버지의 생각은 옳았습니다. 맞선 때나 뭔가를 논의하려고 만날 때마다 오유 님은 함께 자리에 나왔습니다. 고소베 댁에는 모친이 없었고, 게다가 오유 님은 한가한 몸이었기에 오시즈는 한 달에 반 정도는 가유카와 댁에서 지내는 형편이라 어느 집의 딸인지 모를 정도였습니다. 그래서 자연히 오유 님이 함께 나오는 경우가 많았고 그것이 아버지에게는 더할 나위 없는 행복이었습니다. 아버지는 애초 목적이 그것이었으므로 되도록 혼담을 오래 끌고자 했습니다. 두세 번이나 맞선을 보고 반년 정도 시간을 끌다 보니 오유 님도 고모 집에 빈번히 오게 되었습니다. 그러는 동안 아버지와도 말을 나누게 되어 점점 아버지와 친한 사이가 되었습니다.

그러던 어느 날, 오유 님이 아버지에게 "당신은 오시즈가 싫으신지요?"라고 물었습니다. 아버지가 "싫어하지는 않습니다"라고 말하자, "그렇다면 아무쪼록 결혼해주세요"라고 계속 여동생과 결혼을 권했습니다. 고모에게는 더욱 분명하게 "나는 형제 중에서 오시즈와 가장 사이가 좋으니 모쪼록 오시즈를 세리하시 씨 같은 사람과 결혼시키고 싶어. 저런 분을 제부로 맞는다면 나도 기쁘겠어"라고 말했습니다. 아버지의 결심이 굳어진 것은 오로지 오유 님의 이런 말이 있었기 때문으로, 그 후 머지않아 오시즈가 시집오게 되었습니다.

그렇습니다. 오시즈는 저의 어머니, 오유 님은 큰어머니입니다. 그러나 그것이 그렇게 간단하지는 않았습니다. 아버지는 오유 님의 말을 어떤 의미로 받아들였는지 알 수 없지만, 오시즈는 결혼식 날 밤에 "저는 언니의 마음을 헤아려 여기에 시집왔습니다. 그러니 당신에게 몸을 맡기는 것은 언니에게 미안합니다. 저는 평생 겉치레뿐인 아내라도 괜찮으니 언니를 행복하게 해주세요"라고 말하며 울었습니다.

아버지는 뜻밖의 말을 듣고 멍한 기분이 들었습니다. 왜냐하면 오유 님을 은밀히 사모하고 있었지만 오유 님에게 자신의 마음이 닿았으리라고는 생각하지 못했고, 하물며 오유 님이 자신을 사모하고 있으리라고는 생각한 적도 없었기 때문입니다. 그래서 "당신이 어떻게 언니의 마음을 아는가? 그런 말을 하려면 무언가 증거가 있을 텐데, 언니가 그런 말을 한 적이 있소?" 하고 울고 있는 오시즈에게 거듭 묻자, 오시즈는 "그런 건 말할 리도 없고 들을 리도 없지만 저는 잘 알고 있습니다"라고 말했습니다.

오시즈가, 제 어머니가, 아직 세상을 모르는 처녀의 몸으로 그것을 느꼈다는 건 이상합니다만, 나중에 알게 된 점을 말씀드리면, 처음에 고소베가 사람들은 이 혼담은 나이 차가 너무 난다며 거절하기로 결정했고 오유 님도 모두 그런 의견이라면 어쩔 수 없다고 말했습니다. 그 후 어느 날 오시즈가 언니 집에 놀러 오자 오유 님은 "나는 이런 좋은 인연은 없다고 생각하는데, 내가 얻을 신랑도 아니고 모두 그렇게 말하고 있으니 굳이 강요하진 않겠지만, 싫지 않다면 오시즈 네 입으로 직접 시집가겠다고 말해보는 게 어떨까. 그럼 나도 중간에 나서서 잘 처리해보겠다만" 하고 말했고, 오시즈는 "저는 정해진 생각도 없으니 언니가 그렇게 마음에 든다면 나쁠 건 없겠네요. 언니가 좋다고 하시면 그대로 따르겠어요"라고 말했습니다. 그러자 오유 님은 "그리 말해주니 기쁘구나. 열한두 살의 차이는 세상에 예가 없지 않고, 게다가 무엇보다도 그 사람은 나와 말이 통하는 느낌이야. 형제들이 시집을 가면 점점 타인이 되어버리니 오시즈 만은 누구에게도 뺏기고 싶지 않은데, 그 사람이라면 뺏겼다는 생각이 들지 않고 오히려 형제가 한 명 더 생긴 기분이 들 것 같다. 이렇게 말하면 내 사정으로 그 사람을 강요하는 것 같지만 내게 좋은 사람이라면 오시즈에게도 틀림없이 좋을 것이니, 언니를 위한다고 생각하고 이건 내 말대로 해라. 내가 싫어하는 사람에게 보내면 너를 만나기 힘들 테니 외로워서 견딜 수 없을 것 같아"라고 말했습니다.

앞에도 말씀드렸듯이 평소 모든 이의 사랑을 받아 고집을 고집으로 느끼지 않도록 자라난 사람이기에 사이가 좋은 여동생에게 자기 뜻을 그대로 밝혔을 뿐이었겠지만, 그때 오시즈는 오유 님의 태도가 무언가 평소와 다르다는 것을 눈치챘습니다. 고집스러운 말이나 무리한 말을 할수록 그 모습이 더욱 사랑스럽게 보였습니다만, 아마 그때는 순진한 표정 속에서 일종의 열정이 보였던 게 아닐까요? 오유 님 자신은 그런 생각이 없었다고 해도, 오시즈는 그것을 깨달았던 게 아닐까요? 내성적인 여자는 조용하지만 감정이 섬세하다고 하지요. 오시즈 역시 그랬기 때문에 필시 그 밖에도 이것저것 짐작되는 것들이 있었겠지요.

그러고 보니 오유 님은 아버지와 친해진 후에 갑자기 얼굴에 생기가 돌기 시작했고, 오시즈와 아버지에 관한 이야기를 나눌 때 더할 나위 없이 즐거워하는 모습이었다고 합니다.

아버지는 오시즈에게 그건 당신의 과한 생각이라며 두근거리는 가슴속을 들키지 않으려 태연한 태도를 가장하고, "인연이 있어 부부가 된 이상, 부족한 점이 있겠지만 약속이라고 생각해주지 않겠는가. 언니에 대한 당신의 마음은 무척 훌륭하지만 당신 혼자 전혀 사리에 맞지 않는 의리를 지킨다고 내게 매정하게 대한다면 언니의 참뜻도 어기게 되는 것이네. 설마 언니가 그런 걸 바랄 리 없으니 그 말을 들으면 필시 불쾌해할 거요"라고 말했습니다. 그러자 오시즈는 "하지만 당신이 저와 결혼하신 것은 제 언니와 형제가 되고 싶었기 때문이겠지요. 언니가 당신의 여동생에게 그런 말을 들었기에 저도 알고 있습니다. 당신은 여태껏 들어온 좋은 혼담도 모두 마음에 들지 않는다고 하셨죠. 그렇게 까다로운 분이 저같이 보잘것없는 여자를 선택한 것은 언니의 존재 때문이겠지요"라고 말했지요. 아버지는 대답할 말이 없어 고개를 숙여버렸습니다.

"그 거짓 없는 가슴속을 언니에게 전한다면 얼마나 기뻐하실까 싶지만, 그러면 오히려 서로가 어색해질 테니 지금은 아무 말도 하지 않겠습니다. 다만 저에게만은 모쪼록 감추지 말아주세요. 그거야말로 원망스럽게 생각하겠습니다"라고 오시즈가 말했습니다. "그렇군. 당신이 그렇게 깊은 배려의 마음으로 시집온 줄 몰랐소. 그 마음은 평생 잊지 않겠소"라고 아버지는 눈물을 흘리면서 "그래도 나는 그분을 형제로만 생각하고 있고 당신이 무엇을 해준다고 해서 어떻게 될 수 있는 것도 없으니, 섣부른 의리를 지키겠다고 나서면 그분도 나도 그만큼 괴로워질 것이네. 당신은 내키지 않겠지만 내가 아주 싫지 않다면 이것도 언니를 위한 일이라고 생각하여 그런 서먹한 말은 하지 말고 부부가 되어주지 않겠는가. 그리고 그분은 우리 두 사람의 언니, 처형으로 존경하며 살지 않겠는가"라고 말했습니다.

오시즈는 "어찌 당신을 싫어한다는 둥, 내키지 않는다는 둥, 그런 죄스러운 마음이 있겠습니까. 저는 옛날부터 언니를 따랐으니 언니가 마음에 들어 하는 당신이라면 저도 좋아합니다. 하지만 언니가 사모하는 사람을 남편으로 맞는 것은 죄송하니 원래 여기에 와서는 안 되지만, 제가 오지 않는다면 세상의 눈이 있어 두 분 사이가 멀어지게 된다고 생각해, 저야말로 당신의 동생이 되겠다고 작정하고 시집온 겁니다"라고 말했습니다. 아버지는 "그렇다면 당신은 언니 때문에 평생 불우하게 살 셈인가. 동생을 그렇게 만들고 기뻐할 언니는 없을 것이니 언니의 순수한 마음을 더럽히는 게 아닌가"라고 물었습니다.

"그렇게 생각하시면 곤란합니다. 저도 언니의 순수한 마음을 받아들이고자 합니다. 언니가 돌아가신 형부에 대한 정조를 지킨다면 저도 언니를 위해 정조를 지키겠습니다. 제 인생만 불우한 것이 아닙니다. 언니도 같지 않습니까. 아실지 모르겠지만, 언니는 태어나면서부터 심성도 미모도 특별히 남의 사랑을 받아 가족 모두가 영주님의 자식이라도 떠맡은 것처럼 한마음으로 언니만을 떠받들고 있습니다. 당신이라는 사람이 있으면서도 언니가 엄격한 윤리에 묶여 있다는 걸 알고 있는데, 제가 그것을 가로챈다면 벌을 받겠지요. 언니가 들으면 필시 당치도 않다고 말할 것이니 당신만 품고 있어주세요. 남이 알아주건 말건 저는 제 마음이 가는 대로 하겠습니다. 언니처럼 태어나면서 복운을 갖춘 사람도 어떻게 할 수 없는 세상이라면 저 같은 것은 아무것도 아니므로, 적어도 조금이라도 언니를 행복하게 해주겠다고 처음부터 그런 각오로 여기에 시집왔습니다. 그러니 당신도 그런 생각으로 남이 보는 데서는 부부처럼 행동해도 실제로는 정조를 지켜주세요. 그 인내를 할 수 없다면 제가 생각하는 것의 반도 언니를 생각지 않는 것입니다."

오시즈가 그렇게 말하므로 아버지도 이 여자가 그분을

위해 이렇게까지 헌신하는데 남자인 자신이 질 수 있겠는가 하며 굳게 각오하시고, "아니, 고맙소. 잘 말해주었소. 그분이 미망인으로 생을 마치겠다면 나도 독신으로 살겠다는 것이 실은 본심이었소. 단지 당신까지도 비구니처럼 만들어버리면 불쌍하다고 생각하여 아까처럼 말했지만, 그 부처님과 같은 마음을 듣고 뭐라 감사를 표현할 말도 없소. 당신의 결심이 그 정도라면 내게 무슨 이견이 있겠소. 무자비한 것 같지만 솔직히 말해 그쪽이 나도 기쁘오. 당연히 그렇게 바란다고 말하지는 못하지만 아무 말도 하지 않고 당신의 깊은 배려에 따르겠소"라며 오시즈의 손을 꼭 잡고 결국 그날 밤은 뜬눈으로 지새우며 말을 나누었습니다.

그러므로 아버지와 오시즈는 남의 눈에는 단 한 번도 싸운 적이 없는 화목한 부부처럼 보였지만 실은 부부의 관계를 갖지 않았습니다. 두 사람이 그런 약속까지 하고 의리를 지키고 있다는 것은 오유 님도 몰랐습니다.

오유 님은 두 사람의 사이 좋은 모습을 보고 역시 내가 말한 대로 해서 다행이라고 가족에게도 자랑하고, 그 후부터는 매일같이 양쪽을 오가면서 연극을 가도 여행을 가도 반드시 세리하시 부부와 함께했습니다. 세 사람은 서로가 종종 권하여 1박이나 2박의 여행을 떠났다고 합니다. 그런 때에는 오유 님과 부부가 한 방에서 베개를 나란히 하고 잤으므로, 그것이 점점 습관이 되어 여행을 가지 않은 때에도 오유 님이 부부를 집에 머무르게 하거나 자신이 부부 집에 머무르거나 했습니다.

아버지가 훗날까지 그리운 듯이 말한 것이 있습니다. 오유 님은 언제나 자기 전에 "오시즈, 발을 따뜻하게 해줘" 하고 오시즈를 자신의 잠자리로 불렀습니다. 예전부터 오유 님은 발이 차서 잠을 이루지 못했는데 오시즈는 유독 몸이 따뜻해서 오유 님의 발을 따뜻하게 하는 게 오시즈의 역할이었습니다. 시집간 후로는 오시즈 대신 하녀에게 시키고 있었지만 아무래도 오시즈만큼은 되지 않았던 모양입니다. 옛날부터 버릇이 붙은 탓인지 고타쓰나 탕파만으로는 부족하다고 말하면 오시즈는 "그렇게 사양하지 않아도 괜찮아요. 옛날처럼 해줄 생각으로 자러 왔어요" 하며 서둘러 오유 님 이불 속으로 들어가, 오유 님이 잠들거나 이제 됐다고 할 때까지 붙어 있었습니다.

그 밖에 오유 님의 공주님 같은 이야기를 여러 가지 들었습니다. 신변을 돌보는 하녀가 서너 명은 붙어 있어 손을 씻을 때도 한 명이 바가지로 물을 끼얹으면 한 명이 수건을 들고 기다리고, 오유 님이 물에 젖은 양손을 그대로 내밀기만 하면 수건을 들고 있는 하녀가 닦아주는 식으로, 버선 하나 신을 때도 목욕탕에서 몸을 씻을 때도 자기 손은 거의 쓰지 않았습니다.

아무리 그 시절이라고 해도 상인 가문으로서는 너무 사치스러운 것 같습니다만, 가유카와에 시집올 때도 "우리 딸은 이런 환경에서 자라서 이제 와 그 습관을 고칠 수도 없으니, 그렇게 우리 딸을 원한다면 지금처럼 해주시겠습니까?" 하고 부친이 다짐을 받고 보냈을 정도인지라, 남편과 자식이 있어도 아가씨 시절의 공주님 같은 삶은 전혀 변함이 없었다고 합니다.

그러니까 오유 님 집에 가면 마치 공주님 방에라도 간 것 같은 생각이 들었다고 아버지는 자주 말했습니다. 원래 아버지가 그러한 취향이었으니까 더욱 그렇게 느낀 거겠지만, 오유 님 방 안에 있는 세간은 모두 궁궐풍이나 고풍스러운 물건뿐으로 수건걸이부터 변기 같은 것까지 옻칠에 금세공을 했다고 합니다.

그리고 옆방과의 사이에 칸막이 대신 옷걸이가 서 있었는데 거기에 매일 다양한 옷이 걸려 있었습니다. 오유 님은 그 안쪽에, 단을 올린 상석은 없지만 사방침에 기대앉아 있고, 한가한 때는 침향을 피워 기모노에 향이 배게 하거나 하녀들과 향내를 맡거나 부채 던지기 놀이를 하거나 바둑을 두었습니다. 오유 님의 놀이에는 꼭 풍류가 있어야 하므로, 바둑은 잘 두지는 못했지만 금으로 가을꽃이 새겨진 바둑판이 마음에 들어 그것을 쓰고 싶은 마음에 오목을 두었습니다. 삼시 세끼에는 인형 놀이 도구같이 작고 예쁜 상 앞에 앉아 칠기 그릇에 밥을 담아 먹고, 목이 마르면 하녀가 찻잔을 들고 사뿐히 걸어와 바치고, 담배를 피우고 싶으면 옆에서 긴 담뱃대에 잎을 채워 불을 붙여 내밀고, 밤에는 금색의 화려한 병풍 밑에서 잠들고, 추운 날 아침에 눈을 뜨면 방 안에 기름종이를 깔고 따스한 물을 담은 대야를 몇 번이나 들고 오게 하여 얼굴을 씻었습니다.

만사가 그런 식이므로 어디에 가더라도 큰일이 되어 여행을 가면 하녀가 반드시 한 명은 붙어 가고 나머지는 오시즈가 이런저런 시중을 들었습니다. 아버지도 힘을 보태어 짐을 드는 역할, 옷을 입히는 역할, 안마를 하는 역할 등 제각기 역할을 맡아 불편함이 없도록 했습니다.

그렇습니다. 아이는 그때 차차 젖을 떼고 있었고 유모도 붙어 있었으므로 데리고 다니는 경우는 거의 없었습니다. 그런데 어느 날 요시노에 꽃놀이를 갔을 때, 밤에 여관에 도착한 후 오유 님이 젖이 부풀었다며 오시즈에게 젖을 빨린 적이 있었습니다. 그때 아버지가 옆에서 보고 "잘 빠는군" 하고 웃으니, 오시즈는 "저는 언니 젖을 빠는 게 익숙해요. 언니가 하지메를 낳았을 때부터 아이에게는 유모의 젖이 있었으니까 때때로 내게 젖을 빨렸어요"라고 말했습니다. 아버지가 "어떤 맛이지?" 하고 물으니, "갓난아기 때는 기억하지 못하지만 지금 먹어보니 이상한 단맛이 나네요. 당신도 먹어보시죠" 하면서 젖꼭지에서 떨어지는 젖을 공기에 받아 내밀기에 아버지는 조금 핥고 "달콤하군" 하고 말하고는 애써 태연한 척했습니다. 그러나 오시즈가 아무런 의미도 없이 먹였다고는 생각되지 않아 저절로 뺨이 붉어져서 그 자리에 남아 있기 거북하여 "입 속이 이상하네"라고 말하고 복도로 나가니, 오유 님은 재미있다는 듯 깔깔 웃었습니다.

그런 일이 있고 나서 오시즈는 아버지가 놀라거나 당황해하는 모습을 즐기게 되었는지 일부러 여러 가지 장난을 했습니다. 낮에는 어쨌든 남의 눈이 많아서 세 사람만 있는 경우는 적었지만, 이따금 그런 때가 되면 갑자기 자리를 비워 두 사람을 오랫동안 마주 보게 하고, 아버지가 거북해하기 시작할 때 슬며시 돌아왔습니다. 나란히 앉을 때는 언제나 아버지를 오유 님 옆에 앉혔습니다. 그런가 하면 화투나 승부를 겨루는 놀이를 할 때는 되도록 아버지를 오유 님의 정면에 앉혀 적이 되게 했습니다. 오유 님이 허리띠를 조여 달라고 말하면 남자의 힘이 필요하다며 아버지에게 시키고 새 버선을 신길 때는 걸쇠가 뻑뻑하다고 하며 아버지의 손을 빌려서, 그때마다 아버님이 부끄러워하거나 난처해하는 모습을 바라보고 있었습니다.

보기에는 순진한 장난으로, 빈정거림이나 심술이 아닌 것은 아버지도 잘 알고 있었지만, 혹시 어쩌면 오시즈는 이렇게라도 하면 두 사람 사이의 거리가 가까워질 거라고 생각했는지도 모릅니다. 그러는 가운데 어떤 계기로 서로의 생각이 통하고 마음과 마음이 닿는 때가 있을 거라는 배려가 들어 있는지도 모르지요. 왠지 오시즈는 두 사람 사이에 그런 일이 일어나기를, 두 사람이 어떤 실수라도 저지르기를 바라는 것 같았습니다.

두 사람은 그 후 아무 일 없이 잘 지내고 있었습니다만,

어느 날 오시즈와 오유 님 사이에 어떤 사건이 생긴 듯했습니다. 아버지는 아무것도 모르고 있었는데, 어느 날 오유 님이 아버지를 보자마자 얼굴을 돌리며 눈물을 가렸습니다. 좀처럼 없는 일인지라 무슨 일이 있었는지 오시즈에게 묻자, 언니가 사실을 알게 되었다는 말이었습니다. "말하지 않으면 안 될 상황이 되어 제가 말해버렸습니다"라는 말뿐, 어떤 계기에서 그렇게 됐는지 자세한 경위를 말하지 않았기에 아버지는 오시즈의 말이 잘 이해되지 않았습니다.

아마 오시즈는 이제 고백해도 좋은 때가 왔다, 부부가 실제로는 부부가 아닌 것을 알면 언니도 일단 잘못을 꾸짖겠지만, 지금 와서 당혹스럽긴 해도 여동생 부부의 진심을 받아들일 거라고 생각해, 어느 시점에 안색을 살피면서 이야기를 그곳으로 끌고 간 것은 아니었을까요?

그런 식으로 오시즈는 이래저래 일 처리가 능숙하여 매사 발 벗고 나서는 성격이었던 것 같습니다. 처녀 때부터 중매를 잘하는 노파 같은 점이 있었습니다만, 생각해보면 오유 님에게 몸과 마음을 바치기 위해 태어난 듯한 여자였습니다. "나는 언니의 시중을 드는 것이 이 세상에서 가장 즐겁다. 어째서 그러한 마음이 되었는지 모르겠지만 언니를 보면 내 일 따위는 잊어버린다"라고 말하곤 했지요.

어쨌든 쓸데없는 참견이라고 할 수 있지만 모두 사욕을 버린 언니 사랑에서 나온 것을 알게 되자, 오유 님도 아버지도 감사의 눈물을 흘릴 수밖에 없었습니다.

오유 님은 처음에는 매우 놀라서 "내가 그런 죄를 지었는지 몰랐구나. 너희 부부를 그렇게 만들었으니 내세가 무섭다"라며 몸을 떨고, "그렇다면 그건 만회할 수 있는 것이니 모쪼록 지금부터는 진정한 부부가 되거라" 하고 말했습니다. 그러나 오시즈는 "이것은 전혀 언니에게 부탁을 받아 한 것이 아닌, 신노스케도 나도 좋아서 하는 것이니 앞으로 어떻게 되더라도 언니는 걱정하지 마세요. 무심코 이런 말을 해버린 게 제 잘못입니다. 아무 말도 듣지 않았다고 생각해주시면 좋겠어요"라고 말하며 응하지 않았습니다. 그후 당분간 오유 님은 부부와 교류를 꺼리는 모습을 보였습니다만, 세 사람의 좋은 관계는 다른 가족도 다 알고 있어서 눈에 띄는 행동은 할 수 없었습니다. 그러는 가운데 다시 양쪽에서 다가가서 결국 오시즈가 도모한 대로 상황은 진전되었습니다.

그렇습니다. 오유 님의 마음속을 짐작해보면, 필시 스스로 자신을 묶었던 줄이 풀어진 편안한 기분이 들어 여동생의 행동을 미워하려 해도 할 수 없었겠죠. 그 후 오유 님은 다시 원래의 온화한 성격으로 돌아와 무슨 일이건 동생 부부가 하라는 대로 하고, 부부의 마음을 아는지 모르는지 부부에게 그냥 몸을 맡겨 모든 것을 받아들이게 되었습니다.

아버지가 오유 씨를 오유 님이라고 부르게 된 건 그 무렵부터인데, 처음에는 아버지와 오시즈가 오유 님의 이야기를 할 때 "이제 당신은 언니를 처형이라고 부르지 마세요"

라고 하여 '님'*을 붙여 부르는 게 가장 어울릴 것 같아 그렇게 불렀습니다. 어느새 그것이 습관이 되어 어느 날 오유 님 앞에서 무심코 그렇게 부르자, 오유 님도 그 호칭이 마음에 드니 둘이 있을 때는 그렇게 부르는 것이 좋겠다고 했습니다.

그리고 말하기를 "모두가 나를 정중히 대해주어 고마운데, 나는 그것을 당연하게 생각하도록 자랐으니 양해해주면 좋겠다. 언제라도 남들이 매우 정중하게 대해주면 기분이 좋다"라고 했습니다.

오유 님의 그야말로 아이 같은 행동의 예를 말씀드리자면, 어느 때는 이제 됐다고 할 때까지 숨을 참고 있으라고 하며 손으로 아버지의 콧구멍을 막았습니다. 아버지는 꾹 참고 있었지만 더는 참지 못하고 살짝 숨을 쉬었더니 "아직 됐다고 하지 않았는데" 하며 크게 짜증을 부리고 "그렇다면" 하면서 손가락으로 입술을 여미거나 작은 보자기를 반으로 접어 입을 막아버렸습니다. 그럴 때는 평소의 동안이 유치원 아이의 얼굴 같아, 스무 살을 넘은 사람처럼 보이지 않았다고 합니다.

또 어느 때는 그렇게 내 얼굴을 빤히 쳐다보지 말라고 하며 양손을 짚고 고개를 숙이고 있으라고 하거나, 웃음을 참

---

* 일본어로 '사마'

아보라고 하고는 턱 밑이나 옆구리를 간질이거나, 아프다고 하지 말라며 여기저기 꼬집거나 하는 장난을 즐겼습니다. "나는 자도 되지만 당신은 자면 안 돼요, 졸리면 내 얼굴을 바라보며 참으세요"라고 말하고 자신은 새근새근 잠들어버려서 아버지도 꾸벅꾸벅 졸기 시작해 꿈속에 빠져들면, 어느새 눈을 뜨고 귓구멍에 숨을 불어 넣거나 노끈으로 얼굴을 간질여서 억지로 깨웠습니다.

아버지는 "오유 님은 천부적으로 연극적인 끼가 있었다. 자신은 그걸 깨닫지 못했지만 생각이나 행동이 저절로 연극 조로 나타나는지라, 그것이 일부러 하는 것 같지도 않고 불쾌감을 주지도 않아 오유 님의 인품에 화려함을 더하고 윤기를 더했다. 오시즈와 오유 님의 차이는 무엇보다도 오시즈에게는 그러한 연극적인 끼가 없는 점이었다"고 말했습니다. 예복을 입고 고토를 켜거나 꽃놀이 천막 그늘에 앉아 하녀에게 술을 따르게 하고 칠기 잔으로 술을 마시는 행동은 오유 님이 아니면 어울리지 않았다고 합니다.

어쨌든 두 사람의 관계가 그러한 상태가 된 것은 말씀드릴 것도 없이 오시즈의 주선 때문입니다. 가유카와의 집보다 세리하시의 집이 사람 눈에 잘 띄지 않았기 때문에 오유 님이 부부 집으로 오는 경우가 많았습니다.

그리고 오시즈는 여러모로 머리를 써서 "하녀를 데리고 여행을 가는 것은 쓸데없는 낭비가 아니겠어요? 제가 있으니 불편하지 않을 거예요" 하고 이세나 고토히라 신사로 여행을 갈 때는 세 사람만 갔습니다. 그리고 자신은 하녀처럼 수수한 옷차림으로 옆방에서 잤습니다. 무엇보다도 상황에 따라 세 사람의 관계를 바꾸어 말씨 등에도 주의했습니다. 여관에서는 시종일관 오유 님과 아버지가 부부로 행동하는 것이 가장 좋았겠지만 오유 님을 마님으로 보는 경우가 많았기 때문에, 여행을 가면 아예 아버지는 집사 같은 모습을 하거나 동행 연예인 행세를 했고 두 사람은 오유 님을 아씨라고 불렀습니다.

그런 것도 오유 님에게는 즐거운 놀이의 하나였고, 많이는 마시지 않았지만 저녁 식사 때 술이 조금 들어가면 꽤 대담해져서 침착성을 잃지 않으면서도 때때로 깔깔깔 하고 요란한 웃음소리를 냈습니다.

그러나 저는 여기서 오유 님을 위해서도 아버지를 위해서도 변명해두고 싶은 것이 있는데, 그 정도로 진행되었으면서도 어느 쪽도 최후의 선을 넘는 것은 허용하지 않았습니다. 그것도 뭐, 이미 그런 정도의 관계가 되었다면 어찌되든 마찬가지라고 할 수도 있겠죠. 넘지 않았다는 것이 아무런 변명도 되지 않겠지만 저는 아버지 말씀을 믿고 싶습니다.

아버지가 오시즈에게 말하길, "이제 와서 당신에게 미안하다고 할 수도 없지만, 설령 베개를 나란히 하고 자도 지킬 것은 지키고 있다는 것을 나는 신에게 맹세하오. 그게 당신의 본의는 아닐지도 모르지만 오유 님도 나도 거기까지 당신을 짓밟는다면 하늘이 두려우니, 그건 우리의 마음을 편하게 하기 위해서요"라고 하였고, 과연 그것도 그랬겠지만, 또 만에 하나 아이가 생길 수도 있다는 걱정도 하나의 이유가 되지 않았나 생각합니다.

그러나 정조라는 것은 넓게든 좁게든 폭을 잡기 나름이므로, 그렇다고 해서 오유 님이 더럽혀지지 않았다고는 할 수 없을 것 같습니다. 여기에 대해 생각나는 것이 있습니다. 아버지는 침향과 함께 오유 님이 자필로 이름을 쓴 오동나무 상자에 오유 님의 겨울옷 한 벌을 넣어 소중하게 간직하고 있었는데, 어느 때 제게 그 상자를 열어 보여주셨습니다. 그때 화려한 문양의 속옷을 꺼내 제 앞에 내밀고 "이것은 오유 님이 입으시던 것인데, 이 묵직한 지지미 비단을 보거라"하고 말씀하시기에 옷을 들어보니 과연 요즘 옷과는 달리 그 당시의 비단이어서 주름의 골이 깊고 실이 굵어 쇠사슬처럼 묵직했습니다.

"어때, 묵직하냐?"라고 물으시기에 "정말로 무거운 비단입니다"라고 대답하니, 고개를 끄떡이시고 "지지미 비단은 부드러울 뿐 아니라 이렇게 주름의 골이 깊은 것이 고급이다. 이 굵은 주름에 여자의 몸이 닿으면 피부의 부드러움이 느껴진다. 피부가 부드러운 사람일수록 지지미 비단은 주름도 예쁘게 보이고 감촉도 좋다. 오유 님은 원래 날씬한 몸이지만, 이 무거운 지지미 비단을 입으면 날씬한 몸이 더욱 잘 드러난다"고 하셨지요. 이번에는 자신이 그 속옷을 양손에 들어보시고는 "아아, 그 가냘픈 몸이 이 무게를 잘도 견디셨구나"라고 말하면서 마치 그 사람을 껴안기라도 하듯이 뺨을 비벼댔습니다.

그때까지 그 남자의 이야기에 가만히 귀를 기울이고 있던 내가 물었다.

"그럼 아버님이 당신에게 그 속옷을 보여주셨을 때는 벌써 꽤 어른이 되었을 때였겠지요? 그렇지 않으면 소년의 머리로 그런 것을 이해하기는 어려울 거라고 생각합니다만."

"아뇨, 그때 저는 겨우 열 살 정도였는데 아버지는 저를 아이라고 생각하지 않고 말씀하셨습니다. 그리고 그때는 물론 이해가 되지 않았지만 말씀을 그대로 기억하고 있어 철이 들면서 점차 그 의미를 알게 되었습니다."

"그렇군요. 그럼 묻겠습니다만, 오유 님과 아버님의 관계가 말씀하신 대로라고 한다면 당신은 누구의 자식입니까?"

매우 당연한 질문입니다. 그것을 말씀드리지 않으면 이이야기의 결말이 나지 않으니, 죄송스럽지만 좀 더 들어주시기 바랍니다. 아버지가 오유 님과 그러한 모습의 이상한 사랑을 계속한 것은 비교적 짧은 세월로, 오유 님이 스물네댓 살일 때부터 불과 3~4년간이었습니다.

그리고 아마도 오유 님이 스물일곱 살 되던 해에, 죽은 남편의 유복자 하지메라는 아이가 홍역에 걸렸는데 곧 폐렴으로 발전해 병사했습니다. 그 아이의 사망이 오유 님의 신상에, 나아가 아버님의 일생에도 영향을 미쳤습니다.

그전부터 오유 님이 동생 부부와 너무 자주 왕래하는 것이 고소베가에서는 아무렇지도 않았지만, 가유카와가에서는 시어머니나 친척 사이에서 서서히 소문의 씨앗이 되어 오시즈의 심중을 알 수 없다는 말을 하는 이가 나타나기 시작했습니다. 또 실제로 오시즈가 아무리 잘 처리했다고 해도 긴 세월 동안 자연히 의심의 눈이 모였을 테고 세리하시 부인은 지나친 열녀다, 언니를 위하는 것도 정도가 있다고 하는 험담이 심해질 때마다, 세 사람의 실제 속마음을 아는 고모는 혼자서만 걱정했습니다.

가유카와가에서도 처음에는 소문을 상대도 하지 않았지만, 하지메가 죽었을 때 모친의 주의가 부족했다는 비난이 나온 것은 무슨 말을 들어도 오유 님의 잘못이었지요. 아이에 대한 사랑이 약해진 것은 아니었지만 평소 유모에게 맡기던 버릇이 있었으므로, 간병 중에 반나절 정도 틈을 내서 빠져나온 사이에 갑자기 병세기 나빠져 폐렴에 걸렸다고 합니다. 그래서 아이라는 존재 때문에 집안에서도 소중히 대접받는 사람이었습니다만, 아이가 사망하자 요즈음 좋지 않은 소문도 있고 중년이라고 하기에는 아직 젊은 나이이니, 또 좋지 않는 일이 일어나기 전에 친정으로 돌려보내는 것이 좋겠다는 말이 나왔습니다. 양가가 옥신각신 교섭을 벌인 끝에, 모두에게 상처가 되지 않도록 원만하게 친정으로 적을 옮기게 되었습니다.

 그러한 사정으로 오유 님은 친정으로 돌아왔습니다. 고소베가는 당시 오라버니가 상속했는데 그토록 부모가 사랑하던 자식이기도 하고, 가유카와가의 처사가 야박하다는 앙갚음의 마음도 있어 홀대는 하지 않았지만, 부모가 있던 때와 같을 수는 없으니 늘 불편한 심정이었겠지요. 게다가 고소베의 집이 불편하다면 우리 집에 오시라고 오시즈가 권했지만 나쁜 소문을 퍼뜨리는 사람이 있으니 당분간은 근신하는 게 좋겠다며 오라버니가 만류했습니다.

 오시즈의 말로는 "오라버니는 어쩌면 진실을 알고 있지 않았을까"라고 했는데 그런 것 같기도 한 것이, 그 후 1년 정도 지나 오라버니는 오유 님에게 재혼을 권했습니다. 상대는 미야즈현 후시미의 양조장 주인으로 나이가 꽤 연상이었습니다만, 가유카와 댁에 출입하고 있었기에 오유 님의 화려한 성품을 옛날부터 알고 있었습니다. 얼마 전 부인과 사별했다며 모쪼록 오유 님을 부인으로 맞이하고 싶다고 했습니다.

 "오유 님이 와준다면, 후시미의 가게에는 발을 들이지 않게 하고, 오구라 연못에 있는 별장을 증축하여 오유 님의 마음에 들도록 다실도 만들어 살게 하겠다. 매우 정중하게 가유카와에 있을 때보다 더 공주님처럼 살 수 있도록 해주겠다"라고 온통 좋은 말만 하기에 오라버니는 마음이 동해서 "역시 너는 복이 따라다니는구나. 그런 곳에 시집가서 시끄럽게 소문내는 놈들에게 복수하는 게 좋지 않겠냐"라고 설득했습니다. 그뿐 아니라 아버지와 오시즈를 불러서 세상의 소문을 없애기 위해서라도 두 사람이 잘 중재하여 결심하게 하라고, 피할 수도 없게 말했습니다.

아버지가 이때 만약 끝까지 사랑을 관철할 결심이었다면 동반자살을 하는 것 외에는 방법이 없었습니다. 실제로 그러한 결심을 한 적도 한두 번이 아니었다고 합니다만, 실행하지 못한 것은 오시즈가 있었기 때문입니다.

즉, 아버지의 마음속을 말씀드리자면 오시즈를 두고 가는 것은 의리가 아니며 그렇다고 해서 세 사람이 죽는 것은 싫었습니다. 오시즈도 혼자 남기를 무엇보다도 두려워했던 듯 "꼭 함께 데려가주세요. 지금 와서 따돌림을 당한다면 원통할 따름입니다"라고 말했습니다. 이전에도 이후에도 오시즈가 질투 같은 말을 한 것은 이때뿐이었다고 합니다.

또 하나, 그보다 더욱 아버지의 결심을 무뎌지게 한 것은 오유 님을 위한 마음이었습니다. 오유 님 같은 사람은 언제까지나 청순하고 천진난만하게 많은 하녀를 거느리고 영화를 누리며 사는 것이 가장 어울리기도 하고, 또 그것이 가능한 사람이기도 하므로 그런 사람을 죽게 하는 것은 딱하다는 생각, 이것이 무엇보다도 크게 작용했다고 합니다.

아버지는 그 생각을 털어놓고 "당신은 나의 길동무로 하기에 아까운 사람입니다. 보통 여자라면 사랑 때문에 죽는 것이 당연할지도 모르지만, 당신이라는 사람에게는 넘치는 복이 있고 덕이 있습니다. 그 복과 덕을 내버리면 당신의 가치는 사라지게 됩니다. 그러니 당신은 그 오구라 연못의 저택에 가서 휘황찬란한 장지문과 병풍이 있는 방에서 살아주세요. 당신이 그렇게 살아 계신다고 생각하면 저는 함께 죽는 것보다도 즐겁습니다. 이렇게 말했다고 해서 혹시나 내가 변심했다거나 죽음이 두렵기 때문이라고 생각하지는 않겠지요. 그렇게 옹졸한 생각은 전혀 없는 사람이니까 나도 안심하고 말할 수 있습니다. 당신은 나 같은 사람을 웃으며 버릴 수 있을 만큼 고상하게 태어난 사람입니다"라고 말했습니다.

그러자 오유 님은 아버지의 말을 가만히 듣고 있다가 똑하고 눈물 한 방울을 떨어뜨렸습니다만, 곧 환한 얼굴을 들어 "그도 그러니 당신 말대로 하죠"라고 말했을 뿐, 별로 풀이 죽은 모습도 없고 아무런 변명도 하지 않았습니다. 아버님은 그때만큼 오유 님이 기품 있게 보인 적이 없었다고 했습니다.

그런 사정으로 오유 님은 곧 후시미로 시집갔습니다만, 남편이라는 자는 꽤 바람둥이였다고 합니다. 애초 호기심으로 얻은 신부였기에 금세 싫증이 났는지 얼마 후부터는 좀처럼 오유 님의 별장에 오지 않았다고 합니다. 그럼에도 저 여자는 도코노마의 장식물처럼 장식해두는 거라며 돈을 많이 들인 생활을 유지해주었으므로, 오유 님은 변함없이 《겐지 모노가타리》 그림 속 같은 세계에서 살았습니다. 그러나 오사카의 고소베가와 제 아버지의 집은 그때부터 점점 가세가 기울어, 아까 말씀드렸듯이 어머니가 돌아가시기 전후에는 집이 몰락하여 골목 안의 판잣집에 살게 되었습니다.

그렇습니다. 어머니라고 하는 사람은 오시즈로, 저는 오시즈가 낳은 자식입니다. 아버지는 오유 님과 그런 식으로 헤어지고 나서 오랫동안의 고생을 생각하고 또 그 사람의 여동생이라는 데에 형언할 수 없는 애련도 솟아나 오시즈와 부부의 연을 맺었습니다.

이렇게 말하고 그 남자는 지친 듯이 말을 끊고 허리 사이에서 담뱃갑을 꺼냈다. 내가 말했다.

"아, 흥미로운 이야기를 들려주셔서 고맙습니다. 그래서 당신이 소년 시절 아버님을 따라와서 오구라 연못의 별장 앞을 헤매며 걸은 것은 알겠습니다만, 당신은 그 후로도 매년 그곳에 달구경을 갔다고 하셨죠? 실제로 오늘 밤도 가는 도중이라고 말씀하신 걸 기억하고 있습니다만……."

"그렇습니다. 오늘 밤도 지금부터 갈 생각입니다. 지금도 보름밤에 그 별장 뒤쪽으로 가서 울타리 사이를 들여다보면 오유 님이 고토를 켜며 하녀의 춤을 보고 있을 겁니다."

나는 좀 이상하다고 생각해 다시 물었다.

"하지만 오유 님은 이미 여든 살 가까운 노파 아닌가요?"

그러자 갑자기 강가에 가득 피어 있던 갈대도 사라지고

그 남자의 모습도 어느새 달빛에 녹아든 것처럼 사라져버렸다. 단지 스쳐 가는 바람에 풀잎이 살랑살랑 흔들리고 있었다.

슌킨
이야기

1

숙킨의 본명은 모즈야 고토인데, 오사카 도쇼마치의 한약방에서 태어나 메이지 19년* 10월 14일 사망했고, 무덤은 시내 시타데라마치의 정토종 소속 어느 절에 있다.

일전에 어떤 일로 지나가다가 묘를 찾아보고자 절에 들러 행자에게 안내를 청하자, "모즈야 씨의 묘는 이쪽입니다" 하고 본당 뒤쪽으로 데려갔다. 보니까 동백나무 숲 그늘에 모즈야 가문의 묘가 몇 개 나란히 있었는데 숙킨의 묘는 눈에 띄지 않았다.

옛날 모즈야가의 딸로 이러저러한 사람이 있을 터인데 그 사람의 묘는 어디 있냐고 묻자 잠시 생각하더니, "그렇다면 저기에 있는 것이 그건지도 모르겠군요" 하고 동쪽의 가파른 비탈길 계단 위로 데려갔다.

알다시피 시타데라마치의 동쪽 뒤쪽에는 이쿠타마 신사

---

* 1886년

가 있는 언덕이 우뚝 솟아 있으므로 지금 말한 가파른 언덕 길은 절의 경내에서 그 언덕으로 이어지는 비탈길이다. 그곳은 오사카에서는 보기 드물게 수목이 울창한 장소로 순킨의 묘는 비탈길의 중턱을 평평하게 만든 작은 공터에 있었다.

묘석의 앞면에는 '광예춘금혜조 선정니 光誉春琴恵照 禅定尼**'라는 법명이, 뒷면에는 '속명 모즈야 고토, 호 순킨, 메이지 19년 10월 14일 몰, 향년 58세', 그리고 옆면에는 '제자 누쿠이 사스케 건립'이라고 새겨져 있었다.

순킨은 평생 모즈야 성을 썼지만 제자 누쿠이 검교檢校**와는 사실상 부부 생활을 영위했기에 이렇게 모즈야가의 묘지와 떨어진 곳에 별도로 묘를 세운 것일까.

행자의 말로는 모즈야 가문은 오래전에 몰락하여 근년에는 어쩌다 가끔 친척이 참배하러 올 뿐이고, 게다가 순킨의 묘를 찾는 사람은 거의 없어서 그 묘가 모즈야가 사람의 묘라고는 생각하지 못했다고 한다.

그럼 여기는 무연고 묘가 된 거냐고 묻자, "무연고는 아닙니다. 하기노차야에 사시는 일흔 살가량의 노부인이 해마다 한두 번 참배하러 오십니다. 그분은 이 묘에 참배하시고,

---

* 광예, 혜조는 영예롭고 은혜롭다는 의미이고, 선정니는 재가의 상태로 불문에 들어가 삭발한 여성이다.
** 맹인에게 수여하던 최고 벼슬

그리고 저기, 저쪽에 작은 묘가 있죠?"하고 그 묘의 왼편에 있는 다른 묘를 가리키면서 말했다.

"늘 저 묘에도 향을 올리고 가십니다. 관리비도 그분이 내십니다."

행자가 가리킨 그 작은 묘의 앞으로 가보니 비석의 크기는 슌킨 묘의 반 정도였다.

앞면에 '진예금대정도신사眞譽琴台正道信士', 뒷면에는 '속명 누쿠이 사스케, 호 긴다이, 모즈야 슌킨의 제자, 메이지 40년* 10월 14일 몰, 향년 83세'라고 새겨져 있었다.

즉, 이것이 누쿠이 검교의 묘였다. 하기노차야의 노부인이라는 사람은 뒤에 나오므로 지금은 자세히 설명하지 않겠다. 다만 이 묘가 슌킨의 묘에 비해 작고, 또 묘석에 제자라고 기록한 데서 사후에도 사제의 예를 지키려고 한 검교의 의지가 엿보였다.

나는 때마침 석양이 묘석의 앞면을 밝게 비추는 언덕 위에 멈춰 서서 발밑에 펼쳐진 대大오사카시의 경관을 바라보았다. 아마 이 근처는 나니와즈라는 옛 지명 때부터 있던 구릉지로 서향의 언덕이 여기에서 텐노지 쪽으로 계속 이어졌다. 그리고 지금은 매연에 시달려 생기를 잃은 나뭇잎과 풀잎, 먼지를 뒤집어쓴 마른 거목이 살풍경한 느낌을 주

---

* 1907년

지만 이 묘들이 세워진 당시에는 더욱 울창했을 것이고, 지금도 시내의 묘지치고는 아마 이 근처가 제일 한적하고 전망이 좋은 장소가 아닌가 생각되었다.

기이한 인연으로 맺어진 두 명의 사제는 저녁 안개 속에 빌딩이 수없이 늘어선 동양 제일의 공업도시를 내려다보면서 이곳에 잠들어 있다. 오늘날 오사카는 검교 생전의 모습이 남아 있지 않을 정도로 변해버렸지만, 두 개의 묘석만은 지금도 깊은 사제의 인연을 말해주고 있는 듯했다.

원래 누쿠이 검교의 집은 일연종으로, 검교를 제외한 누쿠이 일가의 묘는 검교의 고향 고슈 히노초의 어느 절에 있다. 그런데 검교가 조상 대대의 종파를 버리고 정토종으로 바꾼 것은 죽어서도 슌킨의 곁을 떠나지 않겠다는 순정에서 나온 행동으로, 슌킨 생존 중에 일찌감치 사제의 법명, 두 묘석의 위치, 크기 등을 정했다고 한다. 눈대중으로 측정한 바로는 슌킨의 묘석은 높이 약 6자, 검교의 것은 4자가 좀 못 되는 듯했다. 두 묘석은 낮은 돌 단상 위에 나란히 서 있고 슌킨 묘의 오른쪽에 심긴 소나무 한 그루가 초록의 가지를 묘석 위에 지붕처럼 뻗치고 있는데, 그 가지 끝에서 왼쪽으로 두세 자 떨어진 곳에 검교의 묘가 황송하다는 듯 몸을 굽혀 슌킨을 모시고 있는 모습이었다. 그것을 보면 생전에 검교가 정성을 다해 스승을 섬겨 그림자처럼 따르던 모습이 떠올라, 마치 돌에 영혼이 있어 지금도 여전히 행복을 누리는 듯했다.

나는 슌킨의 묘 앞에 무릎을 꿇고 공손하게 절한 후 손으로 검교의 묘석을 쓰다듬고, 석양이 대도시의 저쪽으로 저물 때까지 언덕 위를 거닐며 생각에 잠겼다.

2

얼마 전에 나는 《모즈야 슌킨전》이라는 소책자를 입수했다. 이것이 내가 슌킨을 알게 된 단서인데, 화지和紙에 4호 활자로 인쇄한 30매 정도의 책자로, 추정컨대 슌킨의 3주기에 제자인 검교가 누군가에게 부탁해 스승의 전기를 만들어 배부한 듯 보였다.

내용은 문어체로 되어 있고 검교도 3인칭으로 적혀 있지만, 재료는 검교가 제공한 것이 틀림없으니 이 책의 실제 저자는 검교라고 보아도 무방할 것이다. 전기에는 이렇게 기록되어 있다.

슌킨의 집은 대대로 모즈야 야스자에몬이라 칭하고 오사카 도쇼마치에 살며 약종상을 하였다. 슌킨의 부친은 7대째이다. 모친 시게는 교토 후야마치의 아토베 씨의 딸로 야스자에몬에게 시집와서 2남 4녀를 낳았다. 슌킨은 둘째 딸로 분세이 12년* 5월 24일 출생하였다.

슌킨은 어려서부터 대단히 영리했을 뿐 아니라 단정하고 고아한 용모는 비할 바 없었다. 네 살 무렵부터 춤을 배웠는데 몸을 놀리는 법을 스스로 깨달아 내미는 손과 당기는 손의 아름다움은 무희도 미치지 못할 정도라 스승도 자주 혀를 내두르며 "아아, 이 아이는 재능으로 천하에 이름을 알리는 것을 기대할 수 있지만, 양가의 자녀로 태어난 것을 다행이라고 해야 하나 불행이라고 해야 하나"라고 말했다고 한다. 또한 어려서부터 읽고 쓰기를 배우는 데 속도가 매우 빨라 두 오라버니도 능가하였다.

　이러한 기록이 슌킨을 하늘처럼 우러러보았다는 검교에게서 나온 말이라면 얼마나 신뢰해야 좋을지 모르겠으나, 그녀의 타고난 용모가 '단정하고 고아'했다는 것은 여러 사실에서 입증된다.
　당시 여성의 키는 대개 작았는데, 그녀도 키가 5자에 이르지 못했고 얼굴과 손발이 매우 작고 극히 섬세했다고 한다. 오늘날 전해지는 슌킨 서른일곱 살 때의 사진을 보니, 윤곽이 반듯하고 갸름한 얼굴에 하나하나 아름다운 손가락으로 집어 올린 것처럼 아담하고 당장 사라져버릴 듯한 부드러운 눈과 코가 붙어 있다. 아무래도 메이지** 전후의

---

* 　1829년
** 　1868년

사진이므로 군데군데 반점이 생기고 먼 옛날의 기억처럼 희미해져서 그렇게 보일 수도 있겠지만, 희미한 사진에서는 오사카의 부유한 상인 집 여성다운 기품이 엿보이는 것 외에, 아름답지만 이렇다 할 반짝이는 개성은 보이지 않는 희박한 인상이다. 나이도 서른일곱이라고 하니 그렇게도 보이고 또 스물일고여덟 살처럼 보이기도 한다.

　이때의 슌킨은 이미 두 눈의 빛을 잃은 지 20여 년 후였지만 장님이라기보다는 그저 눈을 감고 있는 모습으로 보인다. 일찍이 소설가 사토 하루오는, 농인은 바보처럼 보여도 맹인은 현자처럼 보인다고 말했다. 왜냐하면 농인은 남이 말하는 것을 들으려고 눈썹을 찌푸리고 눈과 입을 열고 머리를 기울이거나 위로 향하므로 왠지 모르게 얼이 빠진 느낌이 있지만, 맹인은 조용히 단정하게 앉아 고개를 숙이고 명상에 빠진 모습이므로 자못 생각이 깊어 보인다는 말이다. 과연 일반적으로 들어맞는지는 모르겠으나 그 이유 중 하나는 보살의 눈, 자비의 눈으로 중생을 바라보는 눈은 반쯤 감은 눈이므로 그것에 익숙한 우리는 뜬 눈보다도 감은 눈에 자비나 감사를 느껴 경외를 품게 되는 게 아닐까. 그래서인지 슌킨의 감은 눈꺼풀에서도, 그것이 특히 부드러운 여인의 특성 때문인지 오래된 불화의 관세음보살에게 합장하는 듯한 은은한 자비가 느껴진다.

　들은 바에 따르면, 슌킨의 사진은 그 전후에도 이것 한 장밖에 없다고 한다. 그녀가 어릴 적에는 아직 사진술이 들어

오지 않았고, 또 이 사진을 찍은 그해에 불의의 재난이 일어난 후로는 결코 사진을 찍지 않았을 터이므로, 우리는 이 한 장의 희미한 사진에 의지하여 그녀의 풍모를 상상할 수밖에 없다.

독자는 위의 설명을 읽고 어떠한 용모를 떠올렸을까. 아마 어딘지 부족한 막연한 것을 마음에 그렸겠지만, 만약 실제 사진을 본다 해도 특별히 이 이상 분명하게 알 수는 없을 것 같다. 어쩌면 사진 쪽이 오히려 독자의 상상보다 더 희미하게 보일지도 모르겠다.

생각해보면 그녀가 이 사진을 찍은 해, 즉 슌킨 서른일곱 살 때에 겐교 또한 맹인이 되었으니, 겐교가 이 세상에서 마지막으로 본 그녀의 모습은 이 사진에 가까웠으리라 생각한다. 그렇다면 만년의 겐교가 기억 속에 간직한 슌킨의 모습도 이 정도로 희미한 것은 아니었을까. 그렇지 않으면 차츰 희미해져가는 기억을 상상으로 보완하는 가운데, 이것과는 전혀 다른 한 사람의 고귀한 여인을 만들어낸 것은 아니었을까.

3

슌킨전은 이어서 다음과 같이 전한다.

그리하여 부모도 슌킨을 손안의 옥구슬같이 대하여 다섯 자식 중에서도 슌킨을 가장 총애하였는데, 슌킨 아홉 살 때 불행하게도 안질에 걸려 결국 두 눈의 빛을 모두 잃고 말았으니 부모의 비탄은 이루 말할 수 없었다. 특히 모친은 자식의 가련한 운명에 하늘을 원망하고 세상을 미워하여 한때 마치 미친 사람 같았다. 슌킨은 이때부터 무용을 단념하고 오로지 고토와 샤미센 연습에 분발하여 음악의 길을 지향하기에 이르렀다.

슌킨의 안질이 무엇이었는지 분명하지 않고 전기에도 더는 기록이 없지만, 후에 겐교가 남들에게 이렇게 말했다고 한다.

"잘 자란 나무는 바람이 질투한다고 하더니, 스승님이야말로 미모와 예능이 누구보다 뛰어난 탓에 평생 두 번이나 남들의 시기를 받으셨다. 스승님의 불운은 오로지 이 두 번의 재난 탓이다."

전기의 내용과 이 말을 함께 생각해보면 무언가 그 안에 어떤 사정이 숨겨진 듯도 하다.

겐교는 또 스승님의 병은 풍안風眼*이었다고도 말했다. 슌킨은 애지중지 자란 탓에 교만한 면은 있었지만, 말과 행동

---

* 급성 결막염

이 애교 가득하고 아랫사람에게 배려가 깊을 뿐 아니라 화사하게 밝은 성격이었다. 붙임성도 좋고 형제 사이도 화목하여 가족 모두의 사랑을 받았다. 그러나 막내 여동생을 돌보던 유모는 슌킨에 대한 부모의 편애에 분개하여 은근히 슌킨을 미워했다고 한다.

풍안은 잘 알다시피 화류병*의 세균이 눈의 점막에 침투하여 발생하는 것이므로, 생각건대 검교의 말은 그 유모가 어떤 수단으로 실명시킨 것을 에둘러 드러낸 것이다. 그러나 확실한 근거가 있어 그렇게 생각했는지 검교만의 상상인지는 명료하지 않다. 그 후 슌킨의 격한 성격을 보면 어쩌면 그러한 사실이 성격에 영향을 미치지 않았을까도 추측할 수 있지만, 이 사건에 한하지 않더라도 검교의 말에는 슌킨의 불행을 슬퍼한 나머지 자신도 모르게 타인에게 상처를 주고 저주하는 경향이 있어 모두 그대로 믿을 수는 없다. 유모 건도 아마 어림짐작에 지나지 않을 것이다. 요컨대 여기에서는 굳이 원인을 따지지 않고 단지 아홉 살 때 맹인이 된 것을 적으면 충분하다.

그리고 '이때부터 무용을 단념하고 오로지 고토와 샤미센 연습에 분발하여 음악의 길을 지향하기에 이르렀다'고 했다. 즉, 슌킨이 음악에 뜻을 깊이 두게 된 것은 실명의 결

---

* 성병

과라는 말이다.

"나의 진정한 천분은 춤에 있었다. 나의 고토나 샤미센을 칭찬하는 사람이 있는 것은 진정한 나를 모르기 때문이지. 눈만 보였다면 나는 결코 음악 쪽으로 가지 않았을 거다."

그녀 자신도 늘 이렇게 검교에게 술회했다고 한다.

이 말은 한편으로 자신이 어쩔 수 없이 하게 된 음악조차 이렇게 잘할 수 있다는 식으로 들려 그녀의 교만한 면이 엿보이지만, 여기에도 다소 검교의 수식이 가해진 게 아닐까. 적어도 그녀가 한때의 감정에 휘둘려 내뱉은 말을 마음에 깊게 새기고 그녀를 치켜세우기 위해 중대한 의미를 부여한 경향이 있지는 않을까.

앞에서 말한 하기노차야에 사는 노부인은 시기사와 데루라고 하는데, 이쿠타류*의 구당勾當**으로 만년의 슌킨과 누쿠이 검교를 측근에서 모신 사람이다. 구당은 다음과 같이 말했다.

"스승님(슌킨)은 춤을 매우 잘 추셨다고 합니다만 고토와 샤미센도 대여섯 살 때부터 하루마쓰라는 검교의 제자가 되어 계속 열심히 배우고 연습하셨습니다. 그러므로 장님이 되고 나서 비로소 음악을 배우신 게 아닙니다. 양갓집

---

*   고토의 연주법 등의 차이에서 연주자의 이름을 딴 이쿠타류와 야마다류가 있다.
** 검교 아래 직위

따님들은 모두 일찍부터 기예를 배우는 것이 당시의 관습이었습니다. 스승님은 열 살의 나이에 그 어려운 〈잔월殘月〉이라는 곡을 듣고 외워 혼자서 샤미센을 연주했다고 합니다. 그런 것을 보면 음악에도 타고난 재능을 가지셨던 거지요. 범인은 좀체 흉내 낼 수도 없는 일입니다. 단지 장님이 된 후에는 달리 즐거움이 없으셨기에 더욱 깊게 이 길에 심혈을 기울이신 거라 생각합니다."

이 말이 더 설득력 있게 들리므로 아마도 그녀의 진정한 재능은 실은 처음부터 음악에 있었던 것 같다. 무용은 과연 어느 정도였는지 의심스럽다.

4

음악의 길에 심혈을 기울였다고는 하지만 생계를 걱정하는 신분은 아니었으므로 처음부터 음악을 직업으로 삼겠다는 생각은 없었을 것이다. 후에 그녀가 고토 선생님이 되어 제자를 키운 것은 별도의 사정 때문으로, 그렇게 된 후에도 그것으로 생계를 유지하지는 않았고 매달 도쇼마치의 본가에서 보내주는 돈이 비교할 수 없을 정도로 큰 액수였다. 하지만 그녀의 호사스러운 사치는 그 돈으로도 다 채울 수 없었다. 그래서 처음에는 특별히 미래에 대한 계산 없이 편한 마음으로 열심히 기예를 닦았을 테지만,

타고난 재능에 노력이 박차를 가했으므로 '열다섯 살경 슌킨의 기예가 크게 발전하여 동료들을 능가하니 동문 중에 슌킨과 실력을 겨룰 자 아무도 없었다'는 말은 아마 사실일 것이다.

데루는 이렇게 말했다.

"스승님이 늘 자랑하시기를 '하루마쓰 검교는 교습 시에 엄격한 분이었지만, 나는 크게 꾸지람을 들은 적이 없었고 칭찬을 받은 적이 많았다. 내가 가면 스승님은 언제나 몸소 가르쳐주시는데 참으로 자상하게 가르쳐주시므로 남들이 스승님을 왜 무서워하는지 알 수 없었다'고 말씀하셨습니다. 그러니 수행의 고통이라는 것을 알지 못하고 그렇게까지 되신 것은 천부적인 재능이 있었기 때문이겠지요."

생각건대, 슌킨은 모즈야가의 아가씨이므로 아무리 엄격한 스승이라도 기생이 될 아이를 가르치는 정도의 혹독한 대우를 할 수 없어 어느 정도 편의를 봐준 것이리라. 또한 거기에는 큰 부잣집에서 태어났지만 불행히도 맹인이 된 가련한 소녀를 감싸는 감정도 있었을 것이다. 그러나 무엇보다도 스승은 그녀의 재능을 사랑하고 그것에 크게 매료되었다.

그는 자기 자식 이상으로 슌킨의 몸을 걱정하여 때때로 결석이라도 하면 즉시 도쇼마치로 사람을 보내 안부를 묻거나 몸소 지팡이를 짚고 문병을 갔다. 슌킨이 제자라는 사실을 기쁘게 생각해 제자들이 여럿 모여 있는 곳에서 늘 이렇게 자랑했다.

"너희는 모즈야 따님의 솜씨를 본받아라. 조만간에 기예 하나로 먹고살아야 하는 너희가 취미로 배우는 부잣집 따님보다 못해서야 되겠느냐."

또 슌킨을 너무 편애한다는 비난에는 이렇게 말했다.

"무슨 말 하는 거냐! 스승이 가르칠 때 엄격한 것이야말로 친절한 거다. 내가 저 아이를 꾸짖지 않는 것은 그만큼 배려가 부족한 거다. 저 아이는 천성적으로 기예가 뛰어나고 깨달음이 빠르니 그냥 놔둬도 갈 데까지 간다. 정말 열심히 가르친다면 더욱 굉장한 사람이 되어, 직업으로 하는 너희가 곤란해질 것이다. 양갓집에 태어나 세상살이에 걱정 없는 따님은 적당히 가르치고 둔한 너희를 어엿한 예인으로 만드는 데 진력하고 있는데, 무슨 당치도 않은 말이냐!"

5

하루마쓰 검교의 집은 우쓰보에 있어 도쇼마치의 모즈야 상점에서 1킬로미터 정도의 거리였지만, 슌킨은 매일 점원의 손에 이끌려 검교 집에 다녔다. 그 점원이 당시 사스케라는 소년으로 후의 누쿠이 검교인데, 슌킨과는 그런 인연이었다.

사스케는 앞에서 말한 것처럼 고슈 히노초 출신으로 본가 또한 약방을 운영했는데, 그의 부친과 조부도 어릴 때 오사카로 와서 모즈야에서 점원을 하며 일을 배웠다고 하니 모즈야는 실로 사스케에게 대대로 섬겨온 주인댁이었다.

순킨보다 네 살 위로 열세 살 때 처음 상점에 왔으니 순킨이 아홉 살, 즉 실명한 나이에 해당하는데 그가 왔을 때는 이미 순킨의 아름다운 눈동자가 영구히 닫힌 후였다. 사스케는 순킨의 눈빛을 한 번도 보지 못한 것을 훗날에 이르기까지 아쉬워하지 않고 오히려 행복하다고 말했다. 만약 실명 이전을 알고 있었다면 실명 후의 얼굴이 불완전하게 보였겠지만, 다행히 그는 그녀의 용모에 아무런 부족함을 느끼지 않았다. 처음 봤을 때부터 모든 것을 다 갖춘 얼굴로 보였다.

오늘날 오사카의 상류 가정은 앞다퉈 저택을 교외로 옮기고 그 집의 딸들도 스포츠를 즐기며 야외의 공기와 햇빛을 접하므로 예전처럼 집 안에 틀어박혀 고이 자란 규수 같은 소녀는 없어졌지만, 현재도 시내에 사는 아이들은 대개 체격이 허약하고 안색도 창백하여 시골 아이들과는 얼굴빛도 달라, 좋게 말해 때를 벗었다고 할 수 있지만 나쁘게 말하자면 병적이다. 이것은 오사카만이 아닌 도시의 공통적 특성인데, 에도에서는 여자라도 거무스름한 피부를 자랑할 정도라 흰 피부는 교토나 오사카에 미치지 못한다. 오사카의 양갓집 도련님조차 시바이*에 나오는 연약하고 날씬한 도련님 모습 그대로이고, 서른 살 전후에 이르러 비로소 얼굴이 불그스레해지고 기름기가 흐르고 몸도 갑자기 불어나 신사다운 관록을 갖추게 되며 그때까지는 마치 부녀자처럼 흰 얼굴에 의복 취향도 꽤 유약하다. 하물며 바쿠후 시대의 윤택한 상인 집에서 태어나 비위생적인 안채 구석방에 틀어박혀 자란 소녀들의 투명한 창백함과 섬세함은 어느 정도였을까. 시골 소년 사스케의 눈에 그것이 얼마나 요염하게 비쳤겠는가.

이때 슌킨의 언니가 열두 살, 바로 아래 여동생이 여섯 살로, 도시에 갓 올라온 사스케에게는 모두 시골에서는 보기 드문 소녀로 보였다. 특히 맹인인 슌킨의 묘하게 고상한 기품에 가슴이 설렜다고 한다. 슌킨의 닫힌 눈이 자매들의 뜬 눈보다 밝고 아름답다고 생각해서, 이 얼굴은 이 상태 그대로여야 하고 이 모습이 본래 모습이라는 느낌이 들었다.

네 자매 중에서 슌킨이 가장 미인이라는 평판이 높았던 것은, 설령 그게 사실이라 해도 어느 정도 그녀의 불구를 가련히 여기고 아쉬워하는 감정이 작용했을 테지만 사스케는 그렇지 않았다. 후일 사스케는 슌킨을 향한 자신의 사랑이 동정과 연민에서 생겼다는 식의 말을 듣는 것을 무엇보

---

* 전통 연극

다도 싫어해, 그런 말을 하는 사람이 있으면 전혀 당치 않다고 하며 이렇게 말했다.

"나는 스승님의 얼굴을 보고 불쌍하다든가 안타깝다고 생각한 적이 한 번도 없다. 스승님에게 비하면 눈 밝은 사람이 더 비참하다. 그 기품과 미모를 갖춘 스승님이 어찌 남들의 동정을 받을 필요가 있겠는가. 오히려 나를 불쌍하다고 동정해야 할 것이다. 나와 너희는 눈과 코가 갖춰졌을 뿐, 다른 것은 무엇 하나 스승님에게 미치지 못하니 우리가 더 불구가 아니겠는가."

다만 이것은 훗날의 이야기로, 처음에 사스케는 타오르는 듯한 숭배의 마음을 가슴속 깊이 간직한 채 성의를 다해 모셨던 것이리라. 아직 사랑이라는 자각은 없었고, 있다 해도 상대는 아직 어린 소녀인 데다 대대로 섬겨온 주인댁의 아가씨다. 사스케로서는 수행의 역할을 받들고 매일 함께 길을 걸을 수 있는 것이 최대의 기쁨이었을 것이다. 신참 소년이 고귀한 아가씨의 수행을 명받았다는 것은 이상한 듯하지만, 처음에는 사스케만 한 것이 아니라 하녀가 따라간 적도 있고 다른 소년 점원이나 젊은 점원이 수행한 적도 있었다. 어느 때 슌킨이 "사스케가 했으면 좋겠다"고 말하기에 그 후로는 사스케가 전적으로 맡게 되었다. 사스케가 열네 살이 됐을 때부터였다.

그는 무한한 영광에 감격하여 항상 자신의 손안에 슌킨의 작은 손을 품고 1킬로미터의 길을 걸어가 하루마쓰 검교

집에서 교습이 끝나기를 기다린 후 다시 데리고 돌아왔다.
도중에 슌킨은 거의 입을 연 적이 없고 사스케도 아가씨가
말을 걸지 않으면 묵묵히 단지 실수가 없도록 주의했다.

"어째서 아가씨는 사스케가 하는 게 좋다고 하셨습니까?"

누가 슌킨에게 물어보자 이렇게 대답했다.

"누구보다 차분하고 쓸데없는 말을 하지 않아서야."

앞에서 말한 대로 원래 그녀는 애교가 많고 붙임성이 좋
았지만, 실명 이후로 성격이 까다롭고 음울해져 명랑한 소
리나 웃음이 적어지고 입도 무거워졌다. 그래서 사스케가
쓸데없는 말을 하지 않고 역할만 충실히 수행하여 방해되
지 않는 점이 마음에 들었는지도 모른다. (사스케는 그녀의 웃
는 얼굴을 보기 싫었다고 한다. 대개 맹인은 웃을 때 얼이 빠진 듯 불쌍하
게 보인다. 사스케는 그 점이 견딜 수 없었을 것이다.)

6

말이 많지 않으니 방해되지 않는다는 것이 과연 슌킨의
진의였을까. 자신을 동경하는 사스케의 마음이 어슴푸레하
게 통하여, 어린 마음에도 그것을 기쁘게 생각한 건 아니었
을까. 열 살 소녀에게 그런 마음은 있을 수 없다고 생각할
수 있지만, 원래 예민하고 조숙한 데다가 맹인이 된 결과로
육감의 신경이 더욱 예민해진 것을 생각하면 반드시 엉뚱

한 상상이라고는 할 수 없다. 자존심 센 슌킨은 후에 연애를 의식한 뒤로도 쉽사리 마음속을 털어놓지 않고 오랫동안 사스케를 받아들이지 않았다. 그렇다면 약간의 의문은 있지만 어쨌든 처음에 사스케라는 존재는 거의 슌킨의 머릿속에 없었던 것 같다. 적어도 사스케에게는 그렇게 보였다.

손을 잡고 길잡이를 할 때 사스케는 왼손을 슌킨의 어깨 높이로 올리고 손바닥을 뉘어 그녀의 오른쪽 손바닥을 받았는데, 슌킨에게는 사스케라는 존재가 하나의 손바닥에 불과한 듯했다. 어쩌다 용무를 시킬 때도 몸짓으로 나타내거나 얼굴을 찡그리거나 수수께끼 같은 혼잣말을 하며, 어떻게 하라는 확실한 의사를 표현하지도 않고 그것을 눈치 채지 못하면 불쾌한 표정을 지었다. 사스케는 끊임없이 슌킨의 표정과 동작을 놓치지 않으려고 긴장하고 있어야 하니, 마치 주의의 깊이를 시험받고 있는 듯했다. 원래 고집 센 양갓집 아가씨로 자란 데다가 맹인 특유의 심술도 더해져 잠깐이라도 사스케가 방심할 틈을 주지 않았다.

어느 때 하루마쓰 검교의 집에서 교습 차례가 돌아오기를 기다리는 동안 문득 슌킨의 모습이 보이지 않아 사스케가 놀라 주위를 찾자, 슌킨은 어느새 뒷간에 가 있었다. 늘 뒷간에 갈 때는 슌킨이 아무 말 없이 나가면 사스케가 그것을 알아채고 뒤따라가서 문 입구까지 손을 끌어 데려다주고 그곳에서 기다리고 있다가 손 씻을 물을 끼얹어주는데, 그날은 사스케가 방심하고 있었으므로 슌킨은 그냥 혼자 손으로 더듬어 갔다. 슌킨이 뒷간에서 나와 손 씻을 물을 떠놓은 푼주의 바가지를 잡으려고 손을 뻗는데, 사스케가 뛰어와 떨리는 목소리로 말했다.

"아가씨, 죄송합니다."

"됐어!"

슌킨은 고개를 흔들었다. 그러나 이런 경우 "됐어"라고 말해도 "그렇습니까" 하고 물러나면 나중에 무슨 말을 들을지 모르므로 무리를 해서라도 바가지를 빼앗아 물을 끼얹어주는 것이 수행자의 요령이었다.

또 어느 여름날 오후에 차례를 기다리고 있을 때, 사스케가 뒤에서 가만히 대기하고 있었다. "더워"라고 슌킨이 혼잣말을 했다. "더우시죠?" 사스케가 붙임성 있게 말해보았지만 슌킨은 아무런 대답도 하지 않고 잠시 후에 또 "더워"라고 했다. 사스케가 눈치를 채고 마침 그 자리에 있던 부채를 들고 등 쪽에서 부쳐주자 그제야 가만있었는데, 조금이라도 부치는 것을 방심하면 곧바로 "더워"를 반복했다.

슌킨의 고집과 심술은 이러했지만, 유독 사스케를 대할 때 그랬고 모든 고용인에게 그렇지는 않았다. 원래 그러한 소질이 있었는데 사스케가 뭐든 기꺼이 받아주니 그에게만 극단적으로 그런 모습을 보인 것 같다. 그녀가 사스케를 가장 편안하게 생각한 이유도 여기에 있었는데, 사스케 또한 그것을 고역이라고 느끼지 않고 오히려 기뻐했다. 그녀의 특이한 심술을 오히려 응석처럼 생각해 일종의 은총처럼 받아들였다.

7

하루마쓰 검교가 제자를 가르치는 방은 안쪽의 중이층*에 있었으므로 사스케는 차례가 돌아오면 슌킨을 이끌고 계단을 올라가 검교의 맞은편 자리에 앉히고, 고토나 샤미센을 그 앞에 놓았다. 일단 대기실로 내려가 교습이 끝나기를 기다리고 다시 데리러 가곤 했는데, 기다리는 동안에도 이제 끝날 때가 되지 않았을까 주의 깊게 귀를 기울이고 있다가, 끝나면 부르기도 전에 곧바로 일어나 갔다. 그러니 슌킨이 배우는 음곡이 자연히 귀에 익숙해지는 것도 당연했다. 사스케의 음악 취미는 이렇게 길러졌다.

후에 일류 대가가 된 사람이므로 천부적 재능도 있었겠지만, 만약 슌킨을 모시는 기회가 주어지지 않고 또 언제나 그녀와 농화하려는 열렬한 애정이 없었다면, 아마 사스케는 모즈야의 분점을 경영하는 일개 약종상으로 평범한 일생을 마쳤을 것이다. 훗날 장님이 되어 검교의 지위에 오른 후로도 항상 "나의 기예는 슌킨 스승님에게는 한참 미치지

---

* 보통의 2층보다 낮은 2층

못한다. 오로지 스승님의 가르침으로 여기까지 왔다"고 말했다. 슌킨을 하늘 높이 받들며 거듭 자신을 낮추던 사스케이므로 이 말을 그대로 받아들일 수는 없지만, 기예의 우열은 어쨌든 간에 슌킨이 더욱 천재적이었고 사스케는 각고의 노력가였던 점만은 틀림없다.

그가 남몰래 샤미센 하나를 사려고 생각해 때때로 지급받는 수당이나 심부름 간 곳에서 받은 용돈을 저금하기 시작한 것은 열네 살이 된 해의 연말부터다. 이듬해 여름에 값싼 연습용 샤미센을 손에 넣었는데, 지배인에게 들키지 않으려고 샤미센의 몸통과 목을 따로따로 분리해 천장 아래의 다락방에 갖다 놓고 밤마다 점원들이 모두 잠들 때를 기다려 혼자 연습했다.

그러나 애초에 가문의 업을 이으려는 목적에서 수습생으로 들어온지라 장래 직업으로 하려는 생각이나 자신감이 있지는 않았다. 단지 슌킨에게 충실한 나머지 그녀가 좋아하는 것을 자신도 좋아하게 되어 그것이 깊어진 결과일 뿐이었다. 슌킨에게도 애써 비밀로 한 것 하나만 보아도 음악을 수단으로 그녀의 사랑을 얻겠다거나 하는 마음은 전혀 없었던 게 분명하다.

대여섯 명의 정식 점원과 수습생은 일어서면 머리가 닿을 정도로 낮고 좁은 방에서 함께 자서, 사스케는 그들에게 잠을 방해하지 않는 조건으로 모쪼록 비밀로 해달라고 부탁했다. 아무리 자도 잠이 부족한 나이 때의 점원들은 모두

자리에 누우면 금세 곯아떨어졌기 때문에 불평하는 사람은 없었지만 사스케는 모두가 잠에 깊이 빠져들 때까지 기다렸다가 혼자 일어나 이불을 꺼낸 벽장으로 들어가 연습했다. 그렇지 않아도 천장 밑의 다락방은 찌는 듯이 더운 데다가 여름밤 벽장 안의 더위는 틀림없이 심할 테지만, 이렇게 하면 소리가 밖으로 새는 것을 막을 수 있고 코 고는 소리나 잠꼬대 등 외부의 음향을 차단하기에도 좋았다. 물론 손가락으로만 켜고 술대*는 사용할 수 없었다. 불빛이 없는 새카만 어둠 속에서 손대중으로 연주했다.

그러나 사스케는 그 어둠을 전혀 불편하게 느끼지 않았다. '맹인은 항상 이런 어둠 속에 있구나. 아가씨도 이런 어둠 속에서 샤미센을 연주하시는구나'라고 생각하면, 자신도 같은 암흑세계에 몸을 두는 것이 더할 나위 없이 즐거웠다. 나중에 공개적으로 연습을 허가받은 다음에도 아가씨와 똑같이 해야 한다며 악기를 잡으면 눈을 감는 게 버릇이 되었다. 즉, 앞을 볼 수 있으면서도 맹인 슌킨과 같은 고난을 겪고자 했고 맹인의 부자유스러운 처지를 되도록 체험하려 했으며 때로는 맹인을 부러워하는 것 같았다. 그가 후일 실제로 맹인이 된 것은 실로 소년 시절부터 가진 그러한 마음이 영향을 미친 것으로, 생각건대 우연은 아닐 것이다.

---

* 악기를 켜는 막대

8

　어느 악기든 고도의 경지에 이르는 어려움은 마찬가지겠지만, 바이올린과 샤미센은 손가락을 대는 곳의 표지도 없고 또 연주할 때마다 조율해야 해서 웬만큼 연주할 정도의 수준에 이르는 게 쉽지 않아 독습이 적합하지 않다. 하물며 악보가 없던 시대에는 스승에게 배워도 통상 고토는 3개월, 샤미센은 3년 걸렸다고 한다.

　사스케는 고토 같은 고가의 악기를 살 돈도 없을뿐더러 무엇보다도 그렇게 부피가 큰 것을 들고 들어갈 수도 없어서 샤미센부터 시작했는데, 조율은 처음부터 할 수 있었다고 한다. 그것은 음을 구분할 수 있는 천부의 청각이 적어도 남들 이상이었음을 보여주는 동시에, 평소 슌킨을 수행하여 검교 집에서 대기하는 동안 얼마나 주의 깊게 남들의 교습을 들었는지를 충분히 증명해주었다. 곡조의 구분, 곡의 가사, 음의 고저와 강약 그 모두를 오로지 귀의 기억에 의지했다. 그 외에 의지할 것은 아무것도 없었다.

　이렇게 하여 열다섯 살의 여름부터 약 반년 동안은 다행히 같은 방 동료 외에 아무도 몰랐으나 그해 겨울에 이르러 하나의 사건이 일어났다.

　어느 날 새벽, 하지만 겨울 새벽 네 시경이라 아직도 깜깜한 한밤중과도 같은 시각에 모즈야의 마님, 즉 슌킨의 모친인 시게가 뒷간에 갔다가 문득 어디선가 희미하게 들려오는 〈눈雪〉이라는 곡을 들었다.

옛날에는 추위 연습이라고 하여 추운 밤 희뿌옇게 밝아 오는 새벽에 바람을 맞으면서 연습하는 관습이 있었는데, 도쇼마치는 많은 약방이 모여 있는 동네로 기예 선생이나 예인의 집이 있는 곳도 아니며 그와 비슷한 종류의 집은 한 채도 없었다. 게다가 싸늘한 깊은 밤, 추위 연습이라고 해도 시각이 너무 엉뚱하고, 추위 연습이라면 열심히 술대 소리 높게 연주할 텐데 손톱으로 작게 연주하고 있었다. 그럼에도 한 부분을 이해가 될 때까지 반복해 연습하는 듯, 꽤 열심인 것 같았다.

모즈야의 마님은 의아해하면서도 그때는 별로 개의치 않고 다시 잠자리에 들었는데, 그 후 두세 번이나 한밤중에 나갈 때마다 소리가 들려왔다.

"그렇게 말씀하시니 저도 들었던 것 같습니다. 어디서 연주하고 있을까요? 너구리가 배를 두드리는 소리는 아닌 것 같습니다."

이렇게 말하는 하녀도 나오면서 점원들이 알지 못하는 사이에 안채에서는 문제가 커지고 있었다.

사스케가 여름 이후 계속 벽장 안에서 연습했다면 문제 없었겠지만 아무도 눈치채지 못하는 듯하자 다소 대담해졌다. 게다가 아무래도 힘든 가게 일을 하고 남는 시간에 잠을 아껴 연습하니 점차 수면이 부족해져 따뜻한 곳에서는 무심코 잠에 빠져들곤 했기에, 가을 말경부터는 밤마다 몰래 빨래 건조대로 나와 연습했다. 항상 오후 열 시에 점원들과 함께 잠자리에 들었다가 오전 세 시경에 눈을 떠 샤미센을 들고 빨래 건조대로 나와 차가운 밤공기를 맞으면서 독습을 계속하고, 동쪽이 희미하게 밝아오는 시각에 이르러 다시 침상으로 돌아갔다. 그것을 새벽 네 시에 슌킨의 어머니가 들은 것이다. 사스케가 몰래 나온 빨래 건조대는 아마도 점포의 옥상에 있어서 바로 밑에서 자는 점원들보다도 안뜰 건너편 안채에서 복도의 덧문을 열었을 때 소리가 더 잘 들렸던 것 같다.

마님의 지시로 점원들을 조사하자 결국 사스케의 행동이라는 사실이 밝혀졌다. 곧바로 지배인에게 불려가 크게 혼이 났을 뿐 아니라 앞으로는 결코 안 된다며 샤미센을 몰수당한 것은 당연한 결과였다. 이때 뜻밖의 인물이 사스케에게 도움의 손길을 내밀었다. 그럼 어쨌든 어느 정도나 잘하는지 들어보자는 의견이 안채에서 나온 것이다. 게다가 그런 주장을 한 사람은 슌킨이었다.

사스케는 '이 일을 슌킨이 알게 되면 틀림없이 기분이 상할 것이다. 단지 주어진 길잡이 일만 하면 될 걸 수습생 주제에 건방진 행동을 한다고 동정을 받거나 비웃음을 사서 어차피 좋은 일은 없으리라'고 두려움을 품고 있었던 만큼, "들어보자"는 말을 듣자 오히려 위축되었다. 자신의 성의가 하늘에 통해 아가씨의 마음이 움직였다면 다행이지만, 그보다는 자신을 한바탕 웃음거리로 만들려는 반장난이라고

만 생각되었다. 게다가 남에게 들려줄 만큼 자신도 없었다.

그러나 들어보자고 말을 꺼낸 이상 아무리 사양해도 슌킨이 허락할 리가 없는 데다가, 모친과 자매들도 호기심에 가득 차 꼭 들어보기를 원하므로 마침내 안채로 불려가 독습의 결과를 선보였다.

그에게는 실로 경사스러운 첫 무대의 순간이었다. 당시 사스케는 대여섯 개의 곡을 그럭저럭 완벽히 연주할 정도까지 실력을 닦았으므로, 알고 있는 것을 모두 해보라는 분부에 따라 각오를 다지고 최선을 다해 연주했다. 〈흑발黑髮〉같이 쉬운 곡과 〈다음두茶音頭〉*같이 어려운 곡 등, 애초 아무 순서도 모르고 귀동냥으로 배워서 여러 곡을 뒤죽박죽 기억하고 있었다.

모즈야 가족은 사스케의 추측처럼 그를 웃음거리로 만들려는 생각이었는지도 모르지만, 짧은 기간 독습한 솜씨치고는 줄을 짚는 위치도 바르고 곡조도 제법인지라 연주를 듣고 모두 감탄했다.

---

* 다도 관련 도구 등을 열거하며 남녀의 인연을 노래한 곡

9

슌킨전에서는 이렇게 전한다.

　그때 슌킨은 사스케의 뜻을 갸륵히 여겨 "네 열성이 가상하니 앞으로는 내가 가르쳐주마. 시간 날 때 항상 나를 스승으로 삼아 연습에 힘쓰도록 해라"라고 말하고 슌킨의 부친 야스자에몬도 마침내 이를 허락하니, 사스케는 하늘에라도 오를 듯한 심정으로 가게 일을 하는 한편 매일 일정한 시간에 지도를 받았다. 이렇게 열한 살 소녀와 열다섯 살 소년은 주종 관계 위에 다시 사제의 연까지 맺었으니 참으로 경사롭도다.

　까다로운 성격의 슌킨이 사스케에게 돌연 이러한 온정을 드러낸 것은 어떤 이유에서였을까. 실은 슌킨의 제안이 아니라 주위 사람들이 그렇게 유도했다는 말도 있다.

　생각건대 행복한 가정이라고 해도 맹인 소녀는 걸핏하면 고독에 빠져 우울해지기 십상이므로 부모는 물론 아랫사람들까지 모두 그녀를 보살피는 것이 힘들어서, 어떻게든 마음을 위로하고 기분을 풀어줄 도리가 없을까 고심하던 차에 마침 사스케가 그녀와 취미가 같다는 사실을 알게 된 것이다. 아마 아가씨의 고집불통에 애를 먹고 있던 안채의 하녀들은 사스케에게 상대역을 떠넘겨 조금이라도 자신들의 짐을 가볍게 하려는 생각이었을 것이다.

"참으로 사스케는 기특하옵니다. 아가씨가 몸소 사스케를 가르쳐주시는 게 어떻습니까. 틀림없이 본인도 분에 넘치게 기뻐할 겁니다."

이런 식의 말을 하며 은근히 유도한 게 아니었을까. 다만 어설픈 유도에는 오히려 심술을 부려 비뚤어져버리는 슌킨이므로 주위의 유도에 그냥 넘어갔다고는 할 수 없을 것 같다. 고집스러운 그녀도 이때에 이르러 비로소 사스케에게 호감을 느끼고 마음속 깊은 곳의 얼음이 녹아버렸는지도 모른다.

어쨌든 그녀가 사스케를 제자로 삼겠다고 말을 꺼낸 것은 가족이나 고용인 모두에게 고마운 일이었다. 아무리 천재 소녀라고 해도 열한 살의 여스승이 과연 남을 가르칠 수 있을지는 중요한 문제가 아니었다. 단지 그런 식으로라도 따분함을 달랜다면 주위 사람들이 편해질 테니 소위 '학교 놀이' 같은 유희를 마련해 사스케에게 상대역을 명한 것이다. 그러므로 사스케를 위해서라기보다는 슌킨을 위한 조치였지만 결과적으로는 사스케가 훨씬 더 많은 혜택을 받았다.

슌킨전에는 "가게 일을 하는 한편 매일 일정한 시간에"라고 했지만, 그때까지 매일 길잡이 일로 하루 몇 시간을 아가씨 시중을 들고 있던 데다가 이제 아가씨의 방에 불려가 음악 수업까지 받았다면 가게 일을 돌볼 틈은 없었을 것이다. 야스자에몬은 상인으로 키울 목적으로 맡은 아이를 딸

의 지킴이로 만들자니 아이의 고향 부모에게 미안한 마음
도 있었지만 수습생 한 사람의 장래보다는 슌킨의 비위를
맞추는 것이 중요하고, 사스케 자신도 그것을 바라니 '뭐
당분간 그렇게 놔둬도'라는 암묵적 허락의 형태가 되었으
리라 생각한다.

　사스케가 슌킨을 '스승님'이라고 부르기 시작한 것은 이
때부터로, 평소에는 아가씨라고 불러도 좋지만 수업 때는
반드시 그렇게 부르라고 슌킨이 명했다. 그리고 슌킨도 '사
스케야'라고 부르지 않고 '사스케'라고 부르며, 모든 것을
하루마쓰 검교가 제자를 대하는 모습을 따라 해 엄중히 사
제의 예를 취하고자 했다.

　이렇게 하여 어른들이 의도한 대로 아이들의 '학교 놀이'
가 계속되어 슌킨도 거기에 몰두하느라 고독을 잊고 있었
지만, 두 사람은 그 후 달을 거듭하고 해가 지나도 이 유희
를 중지하려는 모습이 전혀 보이지 않았다. 오히려 2~3년
후에는 가르치는 쪽도 배우는 쪽도 점차 유희의 영역을 벗
어나 자세가 진지했다.

　슌킨의 일과는 이러했다. 오후 두 시경 우쓰보의 검교 집
에 가서 30분에서 한 시간 정도 지도를 받고 귀가한 뒤, 날
이 저물 때까지 배운 것을 복습했다. 그리고 저녁 식사를
마치고 나서 때때로 기분이 내킬 때 사스케를 불러 2층의
거실에서 가르쳤다. 그러던 것이 나중에는 매일 빠뜨리지
않고 가르쳐서 어떤 때는 아홉 시, 열 시가 되어도 끝나지

않았다.

"사스케, 내가 그렇게 가르쳤냐?"

"아니다, 틀렸다. 될 때까지 밤새도록 해라!"

이렇게 심하게 질타하는 소리가 종종 아래층의 고용인 모두를 놀라게 했다.

"이 바보야, 왜 못 외우지?"

어린 여스승이 때로는 이렇게 욕하면서 술대로 머리를 때리니 제자가 훌쩍훌쩍 울어대는 경우도 적지 않았다.

10

옛날에는 기예를 가르칠 때 맹렬하고 엄격하게 지도하여 때때로 제자에게 체벌을 가하는 일도 있었다는 것은 다들 잘 아는 바와 같다.

올해(쇼와 8년)* 2월 12일 〈오사카 아사히신문〉 일요일판에 '닌교조루리**의 피투성이 수업'이라는 제목으로 오구라 게이지가 쓴 기사를 보면, 명인 셋쓰다이조 사망 후 3대 명인이 된 고시지 대부***의 미간에는 초승달 모양의 커다란

---

*   1933년
**   전통 인형극
*** 해당 분야의 최고위

흉터가 남아 있는데 "아직도 못 외우냐!"라며 스승에게 술
대로 맞아 생긴 거라고 한다.

또한 닌교조루리 전용 극장 분라쿠자의 인형사 요시다
다마지로의 뒷머리에도 비슷한 상흔이 있다. 그가 젊었을
때 스승인 명인 요시다 다마조가 〈아와 해협阿波の鳴門〉이라
는 작품의 범인을 잡는 장면에서 무사 주로베 인형을 부렸
는데, 다마지로가 인형의 다리를 맡았다. 그때 제대로 자세
를 잡아야 할 주로베의 다리가 아무래도 스승 다마조의 마
음에 들 정도로 움직이지 않았다. 다마지로는 "바보야!" 하
는 말과 함께 전투 장면에 사용하던 진짜 칼로 느닷없이 뒷
머리를 찔렀다. 그 흉터가 지금도 남아 있는 것이다.

게다가 다마지로를 때린 다마조 역시 과거에 스승이 주
로베 인형으로 머리를 때려 머리에서 흐른 피로 인형이 새
빨갛게 물들었다고 한다. 그는 스승에게 청해 피투성이가
되어 깨진 인형의 다리를 넘겨받아 명주솜으로 싸서 삼나
무 상자에 넣고, 가끔 꺼내서는 모친 영전에 이마를 조아리
듯 공손히 절했다. 그는 때때로 울면서 남들에게 이렇게 말
했다.

"이 인형의 꾸짖음이 없었다면 나는 평생 평범한 예인으
로 끝났을지도 모른다."

선대 오스미 대부는 수업 시절에는 동작이 둔하여 '굼벵
이'라고 불렸다. 그의 스승은 유명한 도요자와 단페이로 흔
히 '대大단페이'라고 불리는 근대 샤미센의 거장이었다.

어느 날 찌는 듯이 더운 한여름 밤에 오스미가 스승 집에서 어느 작품의 한 장면을 연습하고 있었는데, 한 대목이 아무리 해도 잘되지 않았다. 스승 단폐이는 모기장 안에서 듣고 있었는데 오스미가 몇 번을 반복해도 "이제 됐다"라는 말을 해주지 않았다.

　오스미가 모기에 피를 빨리며 100번, 200번, 300번 한없이 반복하는 사이에 여름밤이 뿌옇게 밝아질 무렵이 되자 스승도 어느새 지쳤는지 잠이 든 것 같았다. 그렇지만 "됐다"라는 말을 듣지 못했으므로 '굼벵이'의 장기를 발휘하여 언제까지나 열심히 끈기 있게 거듭 읊고 있자, 마침내 "됐다" 하고 모기장 안에서 단폐이의 소리가 들렸다. 잠든 것처럼 보였던 스승은 전혀 잠들지 않고 듣고 있었다.

　이런 일화는 헤아릴 수 없이 많아서 결코 인형극의 대부나 인형사에 한하지 않는다. 이쿠타류의 고토나 샤미센의 전수에서도 마찬가지였다. 게다가 이 분야의 스승은 대개 맹인 검교였고 불구자가 일반적으로 그러하듯 옹고집인 사람이 많은지라 매우 가혹한 경향이 있었을 것이다.

　슌킨의 스승 하루마쓰 검교의 교수법도 엄격했다는 것은 앞에서 말한 바와 같아, 걸핏하면 욕설이나 손이 날아왔다. 가르치는 쪽이 맹인이라면 배우는 쪽도 맹인인 경우가 많았기 때문에, 스승에게 혼나거나 맞거나 할 때마다 조금씩 뒷걸음치다가 마침내 샤미센을 껴안은 채로 계단에서 굴러떨어지는 소동도 일어났다.

훗날 순킨이 고토 교습소 간판을 달고 제자를 받은 후 준엄한 교수법으로 명성을 떨쳤는데, 이 역시 스승의 방식을 그대로 따른 것으로 사스케를 가르치던 시절부터 이미 싹트고 있었다. 즉, 어린 여스승의 놀이에서 시작하여 점차 진정한 교습으로 진화했다.

혹은 이렇게도 말할 수 있다. 남자 스승이 제자를 엄하게 꾸짖은 예는 많이 있지만 순킨처럼 여자 스승이 남자 제자를 때리거나 했다는 사례는 매우 드물었다. 이것으로 미루어보건대 잔학성의 경향이 다소 있었던 게 아닐까. 교습을 핑계 삼아 일종의 변태성욕적 쾌락을 즐긴 것은 아닐까.

과연 그러했는지는 오늘날 단정을 내리기 어렵다. 단지 한 가지 명백한 사실은 아이가 소꿉놀이할 때는 늘 어른 흉내를 낸다는 점이다. 자신은 검교의 사랑을 받고 있었기에 혼난 적이 없지만, 평소 스승의 행동을 알고 어린 마음에 스승이라는 자는 저렇게 하는 게 정상이라고 생각하여 놀이 때에 이미 검교의 흉내를 낸 것이리라. 이는 자연의 이치이며 그것이 심해져서 습성이 되었을 것이다.

11

사스케는 울보였는지 순킨에게 맞을 때마다 울었다고 한다. 그럴 때면 실로 기개 없이 힝힝 소리까지 내므로 주위 사람들은 "또 아가씨의 매질이 시작되었구나" 하고 눈썹을 찌푸렸다. 처음에는 아가씨에게 놀이를 마련해준다고 생각했던 어른들도 상황이 여기에 이르자 몹시 당황했다. 매일 밤늦게까지 고토나 샤미센의 소리가 들리는 것도 시끄러운데 간간이 슌킨이 격한 말투로 야단치는 소리가 더해지고, 게다가 사스케의 우는 소리가 밤이 깊어질 때까지 귓전을 맴돌았다.

이래서는 사스케도 불쌍하고 무엇보다도 아가씨에게 좋지 않다고 하여 어느 하녀가 보다 못해 교습 현장에 들어가 말리려고 했다.

"아가씨, 대체 무슨 일이신가요? 아가씨답지 않게 사내아이를 때리다니요."

그러면 슌킨은 오히려 숙연하게 옷깃을 여미며 서슬 퍼렇게 말했다.

"너희가 뭘 안다고 그래? 놔둬!"

"나는 진짜로 가르치는 거지 노는 게 아니야. 사스케를 위해 열심히 하는 거야. 아무리 화를 내고 괴롭혀도 가르치는 거라고! 너희는 그걸 모르냐?"

이에 관해 슌킨전에는 이렇게 말했다고 적혀 있다.

너희는 내가 어리다고 깔보고 신성한 예도를 욕보이는구나. 아무리 어리다고 해도 적어도 남을 가르치는 이상, 스승에게는 스승의 길이 있다. 내가 사스케에게 기예를 가르치는 것은 한때의 아이들 장난이 아니야. 사스케는 본래부터 음악을 좋아하지만 수습생의 몸으로 훌륭한 검교님에게 배울 수 없어 독학하는 것이 불쌍해서 미숙하지만 내가 대신 스승이 되어 어떻게 해서든 그가 소망을 이루도록 하려는 거야. 너희가 알 바 아니니 어서 이 자리에서 꺼져라.

이렇게 의연하게 말하니, 듣는 자는 그 위용에 눌리고 말솜씨에 놀라 기다시피 하며 물러났다고 한다. 이로 미루어 슌킨의 서슬 퍼런 얼굴을 상상할 수 있을 것이다.

사스케도 울기는 했지만 그러한 말을 듣고서는 무한한 감사를 드렸다. 그가 우는 것은 단지 괴로움의 눈물은 아니었다. 모시는 아가씨이자 스승으로도 의지하는 소녀의 격려에 대한 고마움의 눈물도 포함되었기에 아무리 혼나도 피하지 않았다. 울면서도 끝까지 인내하며 "됐다"라는 말이 나올 때까지 연습했다.

슌킨은 그날그날 기분이 좋을 때와 나쁠 때가 있어서 심하게 꾸짖는 것은 그래도 나은 편으로, 입을 다물고 눈썹을 찌푸린 채로 샤미센의 줄을 띵 하고 세게 울리거나, 사스케 혼자 샤미센을 켜게 하고 그것을 좋다고도 싫다고도 하지 않고 가만히 듣고 있었다. 그런 때에 사스케는 가장 많이 울었다.

어느 밤, 〈다음두〉의 간주 부분을 연습하는데 사스케가 좀처럼 익히지 못했다. 몇 번을 거듭해도 매번 틀리자 슌킨은 화가 치밀어 언제나 그렇듯 자신의 샤미센을 아래에 놓고 "자, 찌리찌리강, 찌리찌리강, 찌리강찌리강찌리가아치 뎅, 도츤도츤른, 자, 루루톤" 하고 오른손으로 세게 무릎을 치면서 입소리로 샤미센을 가르치다가, 마침내 입을 닫고 가만히 있었다.

사스케는 어찌할 바를 몰랐지만 그렇다고 해서 멈출 수도 없어서 이렇게 해야 하나 저렇게 해야 하나 혼자 생각하며 연주하는데, 아무리 시간이 지나도 이제 됐다는 말이 나오지 않았다. 그러자 더욱 당황하여 실수를 거듭했다. 온몸에 식은땀이 흘렀다. 뭐가 뭔지 몰라 엉터리로 연주할 뿐이었다. 게다가 슌킨은 숙연하게 더욱 입술을 꼭 다물고 미간에 깊이 새겨진 주름을 꿈틀거리지도 않았다. 이와 같은 자세로 두 시간 이상 지났을 때 모친 시게가 참다못해 잠옷차림으로 올라왔다.

"열심히 하는 데도 정도가 있다. 도가 지나치면 몸에 좋지 않아."

이렇게 달래고 두 사람을 갈라놓았다.

다음 날 부모는 슌킨에게 이렇게 말했다.

"네가 사스케를 가르쳐주는 친절한 마음은 가상하지만 제자를 욕하거나 때리는 건 남들도 허락하고 우리도 허락한 검교님이나 할 수 있는 거다. 네가 아무리 잘한다고 해도 아직 스승님의 가르침을 받고 있는데 지금부터 그런 흉내를 내면 반드시 자만심의 씨앗이 될 게야. 모름지기 기예는 자만하면 실력이 늘지 않는다. 게다가 여자의 몸으로 사내를 붙잡고 바보라는 둥 상스러운 말을 하는 것은 듣기 괴롭구나. 그것만은 부디 삼가도록 해라. 이제부터는 시간을 정해 밤이 깊어지기 전에 마치도록 해라. 사스케가 잉잉거리며 우는 소리가 들려와 모두가 잠들지 못해 불편하구나."

이제껏 한 번도 꾸짖은 적이 없는 부친과 모친이 이렇게 부드럽게 훈계하니 슌킨도 대답할 말이 없어 순순히 복종하는 모습이었으나, 겉으로만 그랬지 실제로는 별로 효과가 없었다. 슌킨은 오히려 사스케에게 이렇게 말하며 불쾌함을 감추지 않았다.

"사스케, 너는 얼마나 한심한 놈이냐. 사내 주제에 사소한 것도 참지 못하고 소리 높이 울어대니 그 소리가 들린 탓에 내가 꾸중을 들었구나. 예도에 정진하고자 한다면 아무리 고통스럽더라도 이를 꽉 물고 견뎌야지. 그걸 할 수 없으면 나도 스승을 그만두겠다."

이후로 사스케는 아무리 괴로워도 결코 소리를 내지 않았다.

12

모즈야 부부는 딸 슌킨이 실명한 이후 점점 심술쟁이가 되어가는 데다가 교습을 시작하고 나서는 거친 행동까지

하는 것을 적잖이 염려한 듯하다. 딸이 사스케라는 상대를 얻어서 좋기도 했지만 나쁘기도 했다. 사스케가 딸의 비위를 맞춰주어서 고맙지만 무슨 일이건 고분고분하게 받아들이는 바람에 결과적으로 슌킨이 점점 오만해져서 장차 몹시 비뚤어진 여자가 될지도 모른다고 은근히 걱정했다.

그 때문인지 사스케는 열여덟 살 겨울에 주인어른의 조치로 하루마쓰 검교의 제자로 들어갔다. 즉, 슌킨이 직접 가르치지 못하도록 막아버렸다. 부모 생각에는 딸이 스승의 흉내를 내는 것이 좋지 않고 무엇보다도 딸의 품성에 나쁜 영향을 준다고 보았기 때문인데, 동시에 사스케의 운명도 이때 결정되었다.

이후로 사스케는 수습생의 임무에서 완전히 벗어나 명실공히 슌킨의 길잡이로서, 또 동문 제자로서 검교의 집에 다니게 되었다. 본인이 바란 것은 말할 것도 없고 야스자에몬도 고향에 있는 사스케의 부모를 설득하여 양해를 얻으려고 노력했다. 상인이 된다는 목적을 포기하는 대신, 장래는 반드시 보증하겠다는 약속을 한 것으로 추측된다.

생각건대 야스자에몬 부부의 마음속에는 슌킨의 장래를 생각해 사스케를 사위로 삼고자 하는 생각이 있었을 것이다. 불구인 딸이니 대등한 결혼은 어렵고 사스케라면 더 바랄 나위 없는 좋은 인연이라는 생각도 무리는 아니었다.

그리하여 그로부터 2년 뒤, 즉 슌킨 열여섯 살, 사스케 스무 살 때 비로소 부모들은 결혼 얘기를 넌지시 꺼내봤으나 뜻밖에도 슌킨이 딱 잘라 거절했다. 자신은 평생 남편을 가질 마음이 없다, 특히 사스케 따위는 생각할 수도 없다며 매우 불쾌해했다.

그런데 도대체 이게 무슨 일인가. 그로부터 1년 뒤 슌킨의 몸이 심상치 않은 것을 모친이 눈치챘다. 설마라고 생각했지만 은밀히 주의하여 살펴보니 아무래도 이상했다. 고용인들 눈에 띄면 구설에 시달릴 테니, 지금이라면 어떻게든 좋은 방법이 있으리라 생각해 부친에게도 알리지 않고 슬며시 당사자에게 물어보니, 그런 기억은 전혀 없다고 했다. 더 깊이 추궁하기도 어려워 의아해하면서도 한 달 정도 놔두는 사이에 이미 사실을 숨길 수 없는 지경까지 이르렀다. 슌킨은 그제야 솔직하게 임신을 인정했지만 아무리 물어봐도 상대를 말하지 않았다. 더 집요하게 물어보자, 서로 이름을 말하지 않겠다고 약속했다는 것이다. "사스케냐?"라고 물어보니 "어째서 그런 수습생 따위에게"라며 펄쩍 뛰었다.

누구나 일단 사스케를 의심했지만 부모도 슌킨이 작년에 한 말이 있었으므로 설마라고 생각했다. 게다가 그런 관계가 있으면 좀처럼 남에게 숨길 수 없고, 경험이 적은 소녀와 소년이 아무리 태연함을 가장해도 냄새가 나지 않을 수 없을 터였다. 그런데 사스케가 동문의 후배가 된 후로는 이전처럼 깊은 밤까지 마주 앉아 있을 기회도 없이 때때로 선후배의 격식으로 복습을 지도하는 정도였고, 그 외에는 어디까지나 자존심 높은 아가씨로 일관하여 사스케를 대하는 데 길잡이 이상의 대우는 하지 않는 것 같았다. 그러므로 고용인들도 두 사람 사이에 실수가 있었으리라고는 생각하지 않았다. 오히려 주종의 구별이 너무 심해 인정이 부족해 보일 정도였다. 그러나 사스케에게 물으면 알게 되리라고, 상대는 반드시 검교의 문하생일 거라고 짐작했지만 사스케도 시종일관 아무것도 모른다고 하며, 자신의 기억에 없는 것은 물론 누구인지 짐작도 가지 않는다고 말했다.

그러나 이때 마님 앞에 불려나간 사스케의 태도가 벌벌 떨며 어딘가 수상쩍었다. 이에 의심이 더해져 강하게 캐묻자, 앞뒤 말이 맞지 않는 것이 드러났다.

"실은 그것을 말하면 아가씨에게 혼나니까요."

마침내 이렇게 고백하고 사스케는 울음을 터뜨렸다.

"아니다. 아가씨를 감싸는 것도 좋지만 왜 주인의 명령을 듣지 않는 게냐. 숨기면 오히려 아가씨에게 도움이 되지 않는다. 부디 상대의 이름을 말해보거라."

입에 신물이 나도록 타일렀지만 사스케는 끝내 말하지 않았다. 그럼에도 상대는 역시 사스케 본인이란 것을 말하지 않아도 알 수 있었다. 절대 자백하지 않겠다고 아가씨와 약속했으니 그게 두려워 확실히 말하지 못하지만 이를 헤아려주었으면 한다는 말이었다.

모즈야 부부는 이미 저질러진 일은 어쩔 수 없고 어쨌든 상대가 사스케여서 다행이라고 여겼다. 그렇다면 작년에 결혼을 권했을 때 어째서 그처럼 마음에도 없는 말을 했는지 여자의 마음은 참으로 알 수 없다고, 근심 속에서도 안도의 한숨을 내쉬었다. 이제는 사람들 입에 오르지 않도록 어서 부부가 되면 좋겠다고 재차 슌킨에 권하자, 슌킨은 안색을 바꾸며 이렇게 대답했다.

"그런 말은 다시는 듣기 싫습니다. 작년에도 말씀드렸듯이 사스케 따위는 생각도 하지 않습니다. 저를 불쌍하게 여겨주시는 것은 황송합니다만, 아무리 부자유스러운 몸이지만 고용인을 남편으로 맞을 생각은 없습니다. 배 안의 아기 아버지에게도 죄송스러운 일입니다."

"그럼 아기 아버지는 누구란 말이냐?"

"그것만은 묻지 말아주세요. 어차피 그 사람과 결혼할 생각은 없습니다."

이렇게 되자 또 사스케의 말이 알쏭달쏭하게 생각되어 어느 쪽의 말이 사실인지 전혀 알 수 없으니 참으로 난감했다. 그러나 사스케 이외에 상대가 있으리라고는 생각할 수 없어, 이제 와서 창피해 일부러 반대로 말을 하는 것이니 조만간에 본심을 털어놓겠거니 여겼다. 심문은 이제 그만두고 우선 해산할 때까지 아리마 온천에 요양을 보내기로 했다.

그때가 슌킨이 열일곱 살이던 해 5월로, 사스케는 오사카에 남고 하녀 두 명과 10월까지 아리마에 머물며 무사히 사내아이를 낳았다.

갓난아기의 얼굴이 사스케를 빼다 박아 겨우 수수께끼가

풀린 듯했지만, 그럼에도 슌킨은 결혼 권유에 귀를 기울이지 않았을 뿐 아니라 여전히 사스케가 갓난아기의 아버지라는 사실을 부정했다. 할 수 없이 두 사람을 대면시키자, 슌킨은 불끈 화를 내며 말했다.

"사스케야, 어째서 의심받을 말을 하는 거냐. 내가 곤란하잖아. 네 기억에 없는 건 없다고 분명히 결백을 밝혀줘야지!"

이렇게 못을 박으니, 사스케는 더욱 위축되어 말했다.

"설마, 주인집 아가씨에게, 당치도 않습니다. 어릴 때부터 커다란 은혜를 받으면서 그런 분수 모르는 생각은 한 적도 없습니다. 생각할 수도 없는 누명입니다."

이번에는 슌킨과 입을 맞춰 철두철미하게 부인하니 끝내 사정은 밝혀지지 않았다.

"태어난 아기가 불쌍하지도 않느냐. 네가 그렇게 고집을 부린다면 아비 없는 아이를 키울 수는 없다. 그렇게 결혼이 싫다고 하면, 불쌍하지만 아기는 어디에라도 양자로 보낼 수밖에 없다."

아이를 족쇄로 하여 이렇게 힐문하자, 슌킨은 싸늘한 표정으로 대답했다.

"모쪼록 어디에라도 보내주시기 바랍니다. 평생 혼자 살 저에게 짐이 될 뿐입니다."

13

이때 슌킨이 낳은 아이는 남에게 입양되었다. 고카 2년*
생이므로 지금 살아 있지는 않겠지만 입양된 곳도 알려지
지 않았다. 어쨌든 양친이 적절히 처리했을 것이다.

그리하여 끝내 슌킨은 자신의 고집을 관철하여 임신 사건
을 흐지부지 묻어버리고는 또 어느새 태연한 얼굴로 사스
케의 손에 이끌려 교습을 다녔다. 이미 그때, 그녀와 사스케
의 관계는 거의 공공연한 비밀이 된 듯하다. 그것을 정식으
로 만들려고 하면 당사자들이 끝까지 부인하므로 딸의 성
격을 잘 아는 부모가 할 수 없이 묵인의 형태로 허락한 듯
했다.

이렇게 주종인지 동문인지 연인인지 모를 애매한 상태가
2~3년 계속된 후, 슌킨 스무 살 때 하루마쓰 검교가 사망했
다. 이를 계기로 슌킨은 친가를 나와 요도야바시 대로에 집
한 채를 마련하고 자신의 교습소 간판을 달았다. 당연히 사
스케도 따라갔다.

아마 슌킨은 검교의 생전에 일찌감치 실력을 인정받아 언
제 독립해도 지장이 없도록 허가를 받은 것 같다. 검교는
자신의 이름 하루마쓰春松의 한 글자를 따서 그녀에게 슌

---

* 1845년

킨春琴이라는 이름을 지어주고, 연주회 때 자주 그녀와 합주하거나 고음 부분을 노래하도록 하며 항상 앞에 내세웠다. 그러므로 검교 사망 후에 독립하여 일가를 이룬 것은 당연했다.

그러나 그녀의 나이나 처지를 감안하면 갑자기 독립할 필요가 있었다고는 생각되지 않는다. 아마 사스케와의 관계를 배려한 듯하다. 이미 공공연한 비밀이 된 두 사람을 언제까지나 애매한 상태로 놔두어서는 고용인들에게 모범이 되지 못할 뿐 아니라, 그저 한 집에서 동거한다는 방법을 취했으므로 슌킨도 그 정도는 굳이 불복하지 않았기 때문이리라.

물론 사스케는 요도야바시에 가서도 전과 다른 대우를 조금도 받지 못했다. 여전히 어디까지나 길잡이였다. 게다가 검교가 죽었으므로 다시 슌킨을 사사하게 되어 이제는 누구에게도 거리낌 없이 '스승님'이라고 부르고 '사스케'라고 불렸다.

슌킨은 사스케와 부부처럼 보이는 것을 매우 싫어해 주종의 예의, 사제의 차별을 엄격히 하고 세세한 말씨까지 까다롭게 규정했다. 혹시라도 그것에 어긋난 일이 있으면 엎드려 사과해도 쉽게 용서하지 않고 집요하게 무례를 꾸짖었다. 따라서 사정을 모르는 신참 제자는 두 사람의 사이를 의심할 까닭이 없었다고 한다.

또 모즈야의 고용인들은 저러면서 과연 아가씨는 어떤

얼굴을 하고 사스케에게 구애할지 몰래 들어보고 싶다고 수군거렸다고 한다. 어째서 슌킨은 사스케를 이같이 대했던가. 오사카에서는 오늘날에도 도쿄보다 더 혼례에 가문이나 자산, 격식 등을 따진다. 게다가 원래 교양 높은 상인이 많은 지역이라 봉건 시대의 풍습이 남아 있었으리라 추측된다. 따라서 전통 있는 가문의 규수로서 긍지를 버리지 않은 슌킨 같은 아가씨가 대대로 부하 가문에 속하는 사스케를 괄시한 것은 상상 이상이었을 것이다. 또 비뚤어진 맹인의 심리도 작용하여 남에게 약점을 보이거나 무시당하지 않으려는 오기도 있었을 것이다. 그렇다면 사스케를 남편으로 맞이하는 것은 완전히 자신을 모욕하는 일이라고 생각했을지도 모른다. 이러한 사정을 잘 헤아려야 한다.

즉, 아랫사람과 육체의 연을 맺은 것을 부끄러워하는 마음이 있어 반대로 냉정하게 대한 것이리라. 그렇다면 슌킨은 사스케를 생리적 필요 이상으로는 여기지 않은 것인가. 아마 의식적으로는 그랬으리라 생각한다.

14

슌킨전에서는 또 이렇게 전한다.

슌킨은 평소 결벽증이 있어 조금이라도 때 묻은 옷은 입지 않았다. 속옷은 매일 갈아입고 세탁을 명했다. 또 아침저녁으로 방 청소를 극히 깔끔하게 시키고, 앉을 때마다 일일이 손가락 끝으로 방석과 방바닥 위를 만져보는 등 미세한 먼지도 싫어했다. 과거 제자 중에 위병이 있는 자가 있어 입에서 악취가 나는 것을 깨닫지 못하고 스승 앞에 나와서 교습을 받았는데, 슌킨은 여느 때처럼 세 번째 줄을 띵 울리고 그대로 샤미센을 놓은 채 얼굴을 찡그리고 한마디도 하지 않았다. 제자가 어찌할 바를 모르고 두려워하며 이유를 거듭 묻자 이렇게 말했다.

"나는 장님이지만 코는 문제없다. 어서 나가 양치질을 하고 오거라!"

맹인이라서 이런 결벽이 있었겠지만, 또 이런 사람이 맹인이었으니 그녀를 돌보는 사람의 고통은 짐작하고도 남는다. 길잡이라는 역할은 손을 이끌고 가는 것만이 전부가 아니다. 식사, 기상과 취침, 목욕, 뒷간 등 세세한 일상생활을 모두 돌봐야 한다. 사스케는 슌킨이 어릴 때부터 이러한 임무를 담당하여 슌킨의 성격과 버릇을 잘 알고 있었으므로, 그가 아니면 도저히 슌킨을 만족시킬 수 없었다. 사스케는 오히려 이런 의미에서 슌킨에게 없어서는 안 될 존재였다. 게다가 도쇼마치에 살 때는 아직 부모와 형제들에게 거리낌이 있었지만, 일가의 주인이 되고 나서는 결벽과 고집이 점점 심해져 사스케의 일이 더욱더 많아졌다.

다음은 역시 전기에는 나오지 않지만 시기사와 데루 여

인의 말이다.

"스승님은 뒷간에서 나오셔도 손을 씻은 적이 없었습니다. 용무를 마치는 데 자신의 손은 한 번도 사용하지 않았기 때문입니다. 하나에서 열까지 사스케 씨가 해드렸습니다. 목욕 때도 그랬습니다. 고귀한 부인은 태연스레 온몸을 남에게 씻기면서도 수치라는 것을 모른다고 하는데, 사스케 씨에게 스승님은 고귀한 부인과 다를 바가 없었습니다."

이는 맹인인 탓도 있겠지만, 어릴 때부터 그러한 습관에 익숙해서 새삼스레 어떤 감정이 일어나지 않은 건지도 모른다.

그녀는 또 매우 멋을 부렸다. 실명한 이후 거울을 들여다본 적은 없어도 자신의 용모가 보통이 아니라는 자신감이 있어, 옷이나 머리 장신구의 치장 등에 눈 뜬 사람과 똑같이 신경을 썼다.

생각건대 기억력이 좋은 그녀는 아홉 살 때 자기 얼굴 생김새를 오래 기억하고 있었을 것이다. 게다가 세상의 평판이나 사람들의 칭찬이 늘 귀에 들려왔으므로 자신의 뛰어난 미모는 잘 알고 있었을 것이다.

화장에 들이는 정성은 대충 하는 정도에 그치지 않았다. 늘 기르는 꾀꼬리의 똥을 쌀겨에 섞어 사용했고 수세미 물을 소중하게 얼굴과 손발에 발라 반들거리게 하지 않으면 언짢아했으며 살결이 거칠어지는 것을 몹시 싫어했다.

또 현악기를 연주하는 사람은 줄을 짚어야 해서 왼손 손톱의 길이에 신경을 쓰는데 슌킨은 반드시 사흘마다 손톱을 깎고 줄로 다듬었다. 왼손만이 아니라 오른손과 양발까지 그렇게 했는데, 깎는다고 해도 거의 눈에 보이지 않을 정도로 불과 몇 밀리미터에 지나지 않는 것을 언제나 같은 모양으로 정확하게 깎도록 명했다. 그러고는 깎은 부분을 일일이 손으로 더듬어보고 조금이라도 차이가 나면 용서하지 않았다.

사스케는 실로 이러한 모든 일을 혼자 맡아서 돌보는 동시에 교습 시간에는 스승님 대신에 제자들을 가르치기도 했다.

15

육체관계에도 다양한 형태가 있다. 사스케의 경우 슌킨의 몸 구석구석을 속속들이 알기에 이르렀기에, 평범한 부부 관계나 연애 관계에서는 꿈꿀 수 없는 밀접한 인연을 맺었다. 훗날 그 역시 맹인이 되었는데도 슌킨의 몸을 실수 없이 잘 돌볼 수 있었던 것은 우연이 아니었다.

사스케는 일생 아내나 첩을 얻지 않았고 수습생 시절부터 여든셋의 노후까지 슌킨 이외에 단 한 사람의 이성도 알지 못했기에 다른 여자에 비해 이러저러하다고 말할 자격은 없었다. 하지만 만년에 홀로된 후로도 늘 슌킨의 살결이 참으로 매끈하고 몸이 부드러웠다고 남들에게 자랑해마지 않았고, 그것만이 노후에 늘 되뇌는 말이었다.

때때로 손바닥을 펴서 스승님의 발은 정확히 이 손 위에 얹을 크기였다고 말하고, 또 자신의 뺨을 어루만지면서 스승님 발뒤꿈치 살은 나의 여기보다 매끈하고 부드러웠다고 말했다.

슌킨이 작은 체구였다는 것은 앞에 썼지만 옷을 입은 몸은 말라 보였어도 벗은 몸은 의외로 살집이 풍만했고 탈색된 듯 하얀 피부는 나이를 먹어도 촉촉한 윤기가 있었다. 평소 생선과 새 요리를 좋아했는데 특히 도미회를 좋아해 당시 여자로서는 놀랄 정도의 미식가였으며, 술도 다소 즐겨 저녁 반주로 한 홉은 늘 마셨다고 하니 그런 것이 관계있는지도 모른다.

맹인이 음식을 먹을 때는 답답하게 보여 안쓰러운 느낌이 든다. 하물며 한창나이의 맹인 여자가 그러한데, 슌킨은 그것을 알았는지 몰랐는지 사스케 이외의 사람에게 식사하는 모습을 보이기를 꺼렸다. 손님으로 초대받았을 때는 매우 형식적으로 젓가락을 들 뿐이라 극히 고상하게 보였지만, 혼자 먹을 때는 음식에 온갖 사치를 부렸다. 대식가라 할 정도는 아니지만 밥 두 공기는 가볍게 비우고 반찬은 한 젓가락씩 여러 접시에 손을 대므로 가짓수가 많아져 밥상을 차리는 데 손이 무척 많이 갔다. 마치 사스케를 고생시키는 게 목적이 아닌가 하는 생각이 들 정도였다. 사스케는 도미찜의 살을 발라내는 것, 게와 새우의 껍질을 벗기는 것에 능숙해졌고 은어는 형체를 흐트러뜨리지 않고 꼬리부터 뼈를 깔끔하게 발라냈다.

또 슌킨은 머리숱이 많고 순면처럼 부드럽고 풍성했다. 손은 갸름하고 부드럽게 휘었으며 악기의 줄을 다룬 탓인지 손가락 끝에 힘이 있어 손바닥으로 뺨을 맞으면 상당히 아팠다. 아주 흥분을 잘하면서도 또 대단히 냉한 체질로 한여름에도 피부는 땀이 나지 않고 발은 얼음처럼 찼다. 사철 내내 두꺼운 솜을 넣은 순백색 비단 겹옷이나 지지미 비단 통소매 옷을 잠옷으로 입고 옷자락을 길게 늘어뜨려 양발을 감싸고 잤는데, 그럼에도 자는 모습은 조금도 흐트러지지 않았다.

얼굴이 붉어지는 것을 두려워하여 되도록 화로나 탕파를 이용하지 않고 아주 차가워지면 사스케가 양발을 품에 안고 데웠으나, 그래도 쉽사리 따뜻해지지 않고 오히려 가슴이 차가워지기도 했다. 목욕 때는 욕실에 수증기가 가득 차지 않도록 겨울에도 창을 열어놓고 미온의 탕에 1~2분씩 몇 차례 몸을 담갔다. 장시간 몸을 담그면 곧 가슴이 두근거리며 빈혈이 올 수 있으므로 되도록 단시간에 몸을 데우고 서둘러 몸을 씻어야 했다.

이러한 사실을 알면 알수록 사스케의 노고가 실로 대단했다는 점을 수긍하지 않을 수 없다. 게다가 물질적 보상은 매우 적어 급료도 가끔 주는 수고비 정도여서 담뱃값도 궁할 때가 있었고, 의복은 당시의 관례로 추석과 연말에 주인이 해주는 옷뿐이었다. 스승을 대신해서 교습하지만 특별한 지위를 인정하지 않아 제자나 하녀에게 모두 그를 그냥 '사스케'라고 부르도록 명령했고, 출장 교습에 동행할 때는 현관 앞에서 끝나기를 기다리게 했다.

어느 때 사스케가 충치 때문에 오른쪽 뺨이 크게 부어올라 밤이 되어도 고통을 참기 어려울 정도였는데, 억지로 견디며 겉으로 드러내지 않고 때때로 몰래 입을 헹구며 숨이 닿지 않도록 주의하면서 시중을 들었다. 이윽고 슌킨이 침상에 들어가서는 어깨와 허리를 주무르라고 하여 한동안 안마를 하고 있자, 이제 됐으니 발을 덥히라고 했다. 공손하게 옷자락 밑에 모로 누워 품을 열고 그녀의 발바닥을 자신의 가슴 위에 얹었는데, 가슴이 얼음처럼 차가워지는 데 반해 얼굴은 침상의 열기 때문에 후끈후끈 달아올라 치통이 더욱 심해졌다. 그래서 가슴 대신에 부어오른 뺨을 대고 간신히 견디고 있었는데 느닷없이 슌킨이 뺨을 세게 걷어차는 바람에 사스케는 무의식중에 "앗!" 소리를 지르고 튀어 일어났다. 그러자 슌킨은 이렇게 말했다.

"이제 덥히지 않아도 좋아. 가슴으로 덥히라고 말했지 얼굴로 덥히라고 하지 않았다. 발바닥에 눈이 없는 건 눈 뜬 사람도 장님도 다르지 않은데 왜 사람을 속이려고 하느냐. 네가 이가 아픈 건 낮의 모습에서 얼추 짐작했다. 게다가 오른뺨과 왼뺨이 열도 다르고 부푼 정도도 다른 건 발바닥

272

으로도 잘 안다. 그렇게 아프면 솔직하게 말하면 되지 않느냐. 나도 아랫사람 보살피는 법을 모르지 않아. 그런데도 마치 충성을 가장하면서 주인의 몸으로 이를 식히려 하다니 참으로 뻔뻔스러운 놈이로구나. 그 심보가 고약하구나."

슌킨은 대체로 이런 식으로 사스케를 대했다. 특히 그가 젊은 여제자를 친절하게 대하거나 가르치는 것을 싫어해 어쩌다 그런 의심이 들면 질투를 노골적으로 드러내지 않을 뿐, 한층 더 심술궂게 행동했다. 그럴 때 사스케는 가장 심한 괴롭힘을 당했다.

16

여자의 몸으로 장님이며 독신이라면 사치를 부려도 한도가 있어 좋은 옷과 맛있는 음식을 마음껏 즐겨도 대단할 것은 없다. 그러나 슌킨의 집에는 주인 한 명에 하인이 대여섯 명이나 있었다. 매달의 생활비도 적은 금액이 아니었다. 그렇게 돈과 일손이 들었던 첫 번째 원인은 새를 키우는 취미 때문이었다. 그중에서도 그녀는 꾀꼬리를 사랑했다.

오늘날 우는 소리가 아름다운 꾀꼬리는 한 마리에 1만 엔이나 하기도 하는데 옛날에도 사정은 비슷했을 것이다. 요즘과 옛날은 우는 소리의 기호나 감상법이 약간 다른 것 같다. 우선 요즘의 예로 말하자면 "호오호꾀꼴" 하는 보통 소리 외에 "꾀꼴, 꾀꼴, 꾀꾀꼴" 하고 우는 이른바 '산골짜기' 소리, "호오키이베카꼴" 하고 우는 이른바 '고음高音'의 두 종류가 비싸다.

야생 꾀꼬리는 이렇게 울지 않는다. 때때로 울어도 "호오키이베카꼴" 하고 울지 않고 "호오키이베차" 하고 울어서 아름답지 않다. "베카꼴"의 "꼬올" 하는 금속성의 아름다운 여운이 이어지게 하려면 어떤 인위적인 수단으로 키워야 한다. 야생 꾀꼬리의 새끼를 아직 꼬리가 나지 않은 때에 생포하여 다른 스승 꾀꼬리 옆에서 키우며 연습시켜야 한다. 꼬리가 난 후에는 어미의 소리를 익혀버리므로 이미 교정할 수 없다.

스승 꾀꼬리도 원래 그런 식으로 인위적으로 키운 꾀꼬리인데, 유명한 것은 '봉황'이라든가 '천년의 벗'이라든가 하는 각각의 이름이 있었다. 그래서 어디의 누구 집에 이러저러한 명조가 있다는 소문이 나면 꾀꼬리를 키우는 사람은 자기 꾀꼬리를 위해 먼 길을 마다하지 않고 명조가 있는 집을 방문해 우는 법을 배우게 했다. 이런 것을 '소리 붙이러 간다'고 하는데, 대부분 새벽부터 나가서 며칠이나 계속되기도 한다. 때로 스승 꾀꼬리가 일정한 장소로 출장을 가면 제자 꾀꼬리들이 그 주위에 모여들어 마치 노래 교실 같은 광경이 펼쳐진다. 물론 꾀꼬리에 따라 소질의 우열, 소리의 미추가 있어, 같은 '산골짜기'나 '고음'에도 가락의 우열, 여운의 장단 등이 다양하므로 좋은 꾀꼬리를 얻기가 쉽지 않다. 얻기만 하면 수업료를 벌 수 있으므로 값이 비싼 것은 당연하다.

순킨은 집에서 기르는 가장 우수한 꾀꼬리에게 '천고天鼓'*라는 이름을 붙여 아침저녁으로 그 소리를 즐겨 들었다. 천고가 우는 소리는 실로 아름다웠다. 고음의 "꼬올" 하는 소리의 맑은 여운은 인공의 극치를 다한 악기와 같아 새소리라는 생각이 들지 않았다. 게다가 소리가 길고 활기와 요염함도 있었다. 그러니 천고를 소중하게 대접하고 모이 같은 것에도 세심한 주의를 기울였다. 보통 꾀꼬리의 모이를 만들려면 콩과 현미를 볶아서 만든 가루에 쌀겨를 섞어 흰가루로 만들고, 별도로 말린 붕어나 피라미를 가루로 만든 '붕어 가루'라는 것을 준비해 이 두 가지를 반반씩 섞어 무이파리를 간 즙에 녹이므로 아주 손이 많이 간다. 그 외에 소리를 아름답게 만들기 위해 까마귀머루라는 덩굴의 줄기 안에 서식하는 곤충을 잡아 와서 하루에 한 마리 혹은 두 마리씩 준다. 이런 수고를 들이는 새를 대여섯 마리나 사육하고 있으니 하인 한두 명은 늘 이 일에 붙어 있어야 했다.

또 꾀꼬리는 사람이 보는 앞에서는 울지 않는다. 새장을 모이통飼桶이라는 오동나무 상자 안에 넣고 장지문을 끼워 밀폐한 뒤 장지문을 통해 빛이 희미하게 비치게 한다. 이

---

* 하늘이 내린 북이라는 뜻

장지문에는 자단, 흑단 등을 이용해 정교한 조각을 하거나 자개를 박고 금가루로 무늬를 넣는 등 온갖 멋을 부리는데, 그중에는 골동품도 있어 요즘도 100엔, 200엔, 500엔 하는 고가품이 드물지 않다. 천고의 모이통에는 중국에서 수입한 명품 장지문이 끼워져 있었다. 장지문의 뼈대는 자단으로 만들었고 아래는 비취색 판이 붙어 있었으며 거기에 섬세하게 산수누각山水樓閣이 부조되어 있었다. 참으로 고아했다.

순킨은 항상 거실의 창에 이 상자를 두고 귀를 기울여 천고가 아름답게 지저귀는 소리를 들으면 기분이 좋아졌다. 따라서 하인들은 물까지 끼었으며 열심히 새를 울렸다. 대개 쾌청한 날에 잘 우니 날씨가 나쁜 날에는 순킨도 성질이 까다로워졌다. 천고는 늦겨울에서 봄에 걸친 시기에 가장 자주 울고 여름철이 되면 차차 우는 횟수가 적어져 순킨도 울적해지는 날이 많았다.

꾀꼬리는 잘 보살피면 수명이 길지만 거기에는 세심한 주의가 필요하여 경험 없는 사람에게 맡기면 곧 죽어버린다. 죽으면 또 다른 꾀꼬리를 사는 순킨의 집에서도 초대 천고가 여덟 살 때 죽고 그 후 한동안 2대를 이을 명조를 얻지 못했으나, 수년이 지나 간신히 선대에 부끄럽지 않은 꾀꼬리를 키워 다시 천고라고 이름 붙이고 애지중지했다.

순킨전에는 이렇게 전한다.

제2대 천고 또한 그 소리 영묘하여 가릉빈가迦陵頻迦*를 무색게 하였다. 슌킨은 밤낮으로 새장을 옆에 두고 지극히 총애하여, 항상 제자들에게 이 새의 우는 소리에 귀를 기울이게 한 후 꾸짖으며 말했다.

"너희는 천고가 노래하는 것을 들어보아라. 원래 이름도 없는 어린 새였지만 어려서부터 연마한 공이 헛되지 않아 그 아름다운 소리는 야생 꾀꼬리와는 전혀 다르다. 사람들은 혹 말할지 모른다. '이것은 인공의 아름다움이지 천연의 아름다움이 아니다. 깊은 계곡의 산길에서 봄을 찾고 꽃을 찾아 걸을 때 개울 건너 안개 속에서 문득 들려오는 야생 꾀꼬리 소리의 정취에 미치지 못한다'고. 하지만 나는 그렇게 생각지 않는다. 야생 꾀꼬리는 때와 장소 때문에 아취 있게 들리는 것이다. 그 소리를 말하자면 아직 아름답다고 할 수 없다. 이에 반해 천고 같은 명조의 지저귐을 들으면 앉아 있어도 그윽하고 한적한 산골짜기의 풍취를 떠올릴 수 있고, 계곡물이 졸졸 흐르는 소리도, 산꼭대기 활짝 핀 벚꽃도 모두 마음의 눈과 귀에 떠오른다. 꽃도 안개도 그 소리 속에 있어 몸은 속세의 흙먼지 속에 있는 것을 잊는다. 이러한 솜씨로써 자연의 풍경과 그 덕을 겨루는 것이다. 음악의 비결도 여기에 있다."

또한 둔한 제자를 이렇게 질타하여 부끄럽게 만드는 일이 자

---

* 극락정토에 산다는 상상의 새. 여자의 얼굴을 하고 있으며 목소리가 곱다.

주 있었다.

"작은 새도 이렇게 예도의 비결을 알지 않느냐. 너는 사람으로 태어나 새보다도 못하구나."

과연 말 그대로이지만, 매번 꾀꼬리와 비교되니 사스케를 비롯한 제자들은 참으로 견디기 힘들었을 것이다.

17

꾀꼬리에 이어 사랑한 것은 종달새였다. 이 새는 하늘을 향해 날아오르려는 습성이 있어 새장 안에서도 항상 높이 날아오르므로, 새장의 형태도 세로로 길게 만들어 석 자, 넉 자 혹은 다섯 자의 높이에 달한다.

하지만 종달새의 소리를 본격적으로 감상하려면 새장에서 풀어놓아 그 모습이 보이지 않을 때까지 하늘로 날아오르게 하여 구름 속 깊이 헤치고 들어가면서 우는 소리를 지상에서 들어야 한다. 즉, 구름을 가르는 솜씨를 즐긴다. 대개 새는 일정 시간 공중에 머문 후에 다시 원래의 새장으로 돌아온다. 공중에 머무는 시간은 10분에서 30분 정도로 오래 머물수록 우수한 종달새라고 한다. 그래서 종달새 경기 대회 때는 새장을 일렬로 늘어놓고 동시에 문을 열어 하늘로 날려 보낸 뒤 마지막으로 돌아온 새가 우승을 차지한다.

열등한 종달새는 돌아올 때 잘못하여 옆의 새장으로 들어가거나 심하게는 100미터나 200미터 떨어진 곳으로 내려오기도 하지만, 대부분은 제대로 자기 새장을 알아챈다. 보통 종달새는 수직으로 날아올라 공중의 한곳에 머물다가 다시 수직으로 강하한다. 그러니 자연히 원래의 새장으로 돌아오게 된다. 구름을 가른다고 말하지만 구름을 가르고 옆으로 나는 것은 아니다. 구름을 가르는 것처럼 보이는 것은 구름이 종달새를 스쳐 지나가기 때문이다.

요도야바시 대로에 있는 슌킨 집의 이웃들은 화창한 봄날에 맹인 여스승이 빨래 건조대로 나와 종달새를 하늘로 날리는 모습을 적잖이 보았다. 그녀의 옆에서는 언제나 사스케가 시중을 들고 있었고, 그 외에 새장을 돌보는 하녀가 한 사람 붙어 있었다. 여스승이 명하면 하녀가 새장 문을 열었다. 종달새는 기뻐하며 "쫑쫑" 울면서 높이 날아가 봄 안개 속으로 모습을 감췄다. 여스승은 보이지 않는 눈을 들고 새의 자취를 좇다가 이윽고 구름 사이에서 울어대는 소리를 넋을 잃고 들었다. 때로는 같은 취미를 가진 사람들이 제각기 자랑하는 종달새를 가져와서 경기에 열을 올리기도 했다.

그럴 때 이웃 사람들도 자기 집의 빨래 건조대에 올라가 종달새 소리를 들었는데, 그중에는 종달새보다는 예쁜 여스승의 얼굴을 보려는 자들도 있었다. 동네 젊은이들은 자주 봤을 터이지만 호기심 많은 치한은 예나 지금이나 끊이지 않는 법이라, 종달새 소리가 들리면 "아, 여스승을 보겠구나" 하고 서둘러 지붕으로 올라갔다. 그들이 그렇게 소란을 피우는 것은 장님이라는 점에 특별한 매력과 깊이를 느껴 호기심이 동했기 때문일 것이다. 평소 사스케의 손에 이끌려 출장 교습을 갈 때는 묵묵히 굳은 표정을 하고 있는데, 종달새를 날릴 때는 환하게 미소 짓거나 말을 하는 모습이므로 미모가 생생하게 돋보였던 것일까.

또 이 새들 말고도 울새, 앵무새, 동박새, 멧새 등을 기른 적이 있고 때로는 여러 종류의 새를 대여섯 마리나 길렀다. 그러한 비용은 결코 만만치 않았다.

18

그녀가 집안사람을 대하는 태도는 엄격했지만 밖으로 나오면 의외로 붙임성이 좋고 손님으로 초대받았을 때는 말과 행동이 지극히 정숙하고 교태가 있었다. 집에서 사스케를 괴롭히거나 제자를 때리거나 욕하는 여자로는 보이지 않았다.

또한 교제를 위해 외모를 꾸미고 호사스러운 행동을 즐겨 했고, 경조사나 명절 때의 선물은 모즈야 가문 아씨로서 격식을 갖춰 큰 선심을 보여 하인과 가마꾼, 인력거꾼 등에게 명절 선물치고는 큰 금액을 호기롭게 건넸다.

그럼 아무런 대책 없이 낭비만 했는가 하면 결코 그렇지는 않은 듯하다. 예전에 나는 〈내가 본 오사카 및 오사카인〉이라는 제목의 글에서 오사카인의 검소한 생활을 논하며, 도쿄인의 사치는 겉과 속이 다르지 않지만 오사카인은 매우 사치를 즐기는 듯 보여도 반드시 남들이 눈치채지 못하는 곳에서 절제하고 검약한다고 썼다. 슌킨도 도쇼마치의 상인 집안 출생이니 어찌 그런 부분에 허술함이 있었겠는가.

슌킨은 극단적으로 사치를 즐기는 한편, 극단적으로 인색하고 욕심쟁이였다. 원래 호사를 경쟁하는 것은 지기 싫어하는 천성에서 나왔으므로 그 목적에 맞지 않으면 함부로 낭비하지 않았다. 이른바 '헛돈'은 쓰지 않았다. 기분 좋다고 돈을 마구 뿌리는 게 아니라 용도를 생각하고 효과를 노렸다. 그 점은 이성적이고 타산적이었다.

그런데 어느 때는 지기 싫어하는 성격이 오히려 탐욕으로 변하기도 했다. 제자에게 받는 월사금이나 입문료는 여자 몸으로서 대략 다른 스승들과 균형도 맞춰야 하는데, 슌킨은 자부심이 매우 높아 일류 검교와 동등한 금액을 요구하고 결코 깎아주지 않았다.

그 정도는 아직 괜찮다고 할 수 있다. 심지어는 제자들이 들고 오는 명절 선물에까지 간섭하고 조금이라도 많은 것을 원해 암암리에 집요하게 그 뜻을 비쳤다. 어느 때 맹인 제자가 집이 가난하여 매달 수업료도 자주 밀릴 정도였는데, 명절 선물을 마련할 수 없어 그저 마음뿐인 양갱 한 상자를 가져와 사스케에게 호소했다.

"부디 저의 가난을 불쌍히 여겨 스승님께 모쪼록 잘 말씀
드려 너그러이 봐주시길 부탁합니다."

사스케도 불쌍하게 생각해 조심스레 그 말을 전하자, 슌
킨은 갑자기 안색을 바꾸고 이렇게 말했다.

"월사금이나 선물을 까다롭게 요구하는 것을 욕심부린다
고 생각할지 모르지만 그런 게 아니다. 금전은 아무래도 좋
지만 대략의 기준을 정해두지 않으면 사제의 예의가 성립
되지 않는다. 그 아이는 매달 월사금도 밀리더니 이제는 겨
우 양갱 한 상자를 명절 선물이랍시고 가져오다니 무례하
기 이를 데 없구나. 스승을 무시한다는 말을 들어도 당연하
다. 안됐지만 그렇게 가난하면 예도의 숙달도 어려울 게야.
물론 사정에 따라서는 무보수로 가르쳐줄 수도 있지만 장
래의 가능성이 있어 만인이 재능을 아쉬워하는 기린아에
한할 뿐. 가난을 이겨내고 어엿한 명인이 될 정도의 사람은
천성부터 다를 터다. 끈기 있게 열심히 한다고 해서 다 되는
게 아니다. 그 아이는 뻔뻔하기만 하지 재주는 그리 가망이
있다고는 생각하지 않는데, 가난을 불쌍히 여겨달라는 말
따위는 건방지기 그지없구나. 괜히 남에게 폐를 끼치고 치
부를 드러내기보다 차라리 이 길을 과감히 포기하는 게 좋
을 게야. 그래도 정 배우고 싶다면 오사카에는 좋은 스승이
얼마든지 있다. 어디라도 마음대로 제자로 들어가라 해라.
내 집은 오늘부로 그만두었으면 한다. 내가 거절하마."

이런 말을 꺼낸 후로는 아무리 사죄해도 듣지 않더니 끝내 정말로 그 제자를 잘라버렸다.

또 어느 제자가 매우 비싼 선물을 들고 가면 그렇게도 엄중하게 가르치는 그녀도 그날 하루만큼은 안색을 부드럽게 하고 마음에도 없는 칭찬을 했다. 듣는 쪽이 거북해질 정도라 스승의 칭찬은 오히려 두려울 뿐이었다.

그런 형편이었으니 여기저기에서 들어온 선물은 하나하나 직접 살펴보았다. 과자 상자까지 직접 열어볼 정도였으며, 매달의 수입과 지출도 사스케에게 주판을 놓게 하여 결산을 명확하게 했다. 그녀는 숫자에 매우 밝고 암산이 능숙하여 한번 들은 숫자는 쉽게 잊지 않았다. 쌀집에 준 돈이 얼마이고 술집에 준 돈이 얼마였다는 등 두세 달 전 것까지 정확하게 기억했다.

어쨌든 그녀의 사치는 심히 이기적이어서, 자신이 돈을 쓰면 어디에서든 그 구멍을 메우려고 했다. 결국 그것은 하인들의 몫으로 돌아왔다. 그녀의 집에서는 그녀 혼자 영주님 같은 생활을 하고 사스케를 비롯한 하인들은 극도의 절약을 강요당해 초 대신 손톱에 불을 붙여야 할 정도로 궁핍하게 살았다. 그날그날 밥의 양까지 많으니 적으니 하며 참견하므로 밥조차 제대로 먹을 수 없었다.

하인들은 뒤에서 이렇게 수군거렸다.

"스승님은 꾀꼬리나 종달새가 우리보다 충성스럽다고 말씀하시는데 충성스러운 것도 당연하지. 우리보다 새들이 훨씬 잘 먹고 있으니까."

19

부친 야스자에몬의 생전에는 모즈야가에서 매달 슌킨이 말하는 대로 돈을 보내주었지만, 부친이 사망하고 오라버니가 가업을 이어받은 후에는 그렇게 말 대로는 되지 않았다.

오늘날에는 유한부인의 사치가 그리 드물지 않은데 옛날에는 남자라도 그렇게는 하지 않았다. 유복한 집이라고 해도 명문가일수록 의식주의 사치를 자제하여 분수에 넘친다는 비난을 받지 않도록 했고 졸부 취급받는 것을 꺼렸다. 슌킨에게 사치를 허락한 것은 달리 즐거움이 없는 불구의 몸을 불쌍히 여긴 부모의 마음에서 비롯했지만, 오라버니의 대가 되자 이런저런 비난이 나와 매월 얼마라는 한도를 정해 그 이상의 청구에는 응해주지 않았다. 그녀의 인색함도 그러한 이유가 적잖이 관련된 것 같다.

그래도 생활을 지탱하고도 남는 금액이었기 때문에 고토 교습으로 버는 돈에 개의치 않아 제자를 함부로 대했다. 실제로 슌킨 집의 문을 두드리는 사람은 손꼽을 수 있을 정도로 몇 명 되지 않아 집은 적막했다. 그러하니 새를 키우는 도락에 빠질 여유가 있었다. 다만 슌킨이 이쿠타류의 고토도 샤미센도 당시 오사카 일류의 명수였던 것은 결코 그녀의 자부만이 아니라 공평한 자는 모두 인정하는 바였다. 슌킨의 오만을 아니꼽게 보는 사람도 마음속으로는 그 솜씨를 시기하거나 두려워했다.

내가 아는 어떤 노 예인은 청년 때 그녀의 샤미센을 자주 들었다고 했다. 그는 인형극의 샤미센 연주자인데 유파는 다르지만 근년에 지우타地唄 샤미센*으로 슌킨처럼 미묘하게 음을 놀리는 자를 달리 본 적이 없다고 한다. 또 단페이는 젊었을 때 슌킨의 연주를 듣고 아쉬움에 이런 말을 남겼다고 한다.

"아아, 이 사람이 남자로 태어나 후토자오太棹 샤미센**을 켰다면 훌륭한 명인이 되었을 것이다."

단페이가 말하는 후토자오는 샤미센 예술의 극치이고 더구나 남자가 아니면 끝내 그 극치에 이르기 어려운데, 우연히 들은 슌킨의 샤미센 소리를 듣고 여자로 태어난 것을 아쉬워한 걸까. 혹은 슌킨의 샤미센 연주가 남성적인 것을 느낀 걸까.

앞에서 말한 노 예인의 이야기로는, 슌킨의 샤미센을 보이지 않는 곳에서 듣고 있으면 소리가 극히 맑아 마치 남자가 연주하는 듯했고, 음색도 단지 아름다운 데 그치지 않고 변화가 풍부해 때로는 가슴 저리는 깊은 소리를 냈다고 한

---

* 섬세하고 차분한 음색이 특징인 샤미센
** 켜는 자루가 굵고 큰 샤미센

다. 과연 여자 중에는 보기 드문 고수였던 것 같다.

만약 슌킨이 좀 더 겸손하게 남에게 몸을 낮추었더라면 그 이름이 크게 알려졌을 텐데, 부귀하게 자라 생계의 고난을 모르고 제멋대로 행동했기 때문에 세상의 미움을 샀다. 그 재능 때문에 오히려 사방에 적을 만들어 허무하게도 빛을 보지 못하고 생을 마감한 것은 자업자득이지만 참으로 불행하다고 말할 수밖에 없다.

그리하여 슌킨의 제자가 되려는 사람은 일찍이 그녀의 실력에 감복하여 이 사람 외에는 스승으로 섬길 사람이 없다고 굳게 생각하고, 수업을 위해서는 기꺼이 가르침의 채찍도 욕도 구타도 달게 받겠다는 각오를 하고 왔다. 그럼에도 오랫동안 참고 견디는 이가 적어서 대개 한 달을 넘기지 못하고 그만두었다.

생각건대 슌킨의 교습법이 '가르침의 채찍' 수준을 넘어 자주 심술궂은 괴롭힘으로 발전하여 가학적 색채마저 띠기에 이른 것은 얼마쯤 명인 의식도 있었기 때문이리라. 즉, 그것을 세상이 허용하고 제자도 각오하고 있으므로 그렇게 하면 할수록 명인이 된 듯한 생각이 드니, 점점 심해져 마침내 자신을 억제할 수 없게 된 것이다.

20

시기사와 데루 부인은 이렇게 말했다.

"제자들은 아주 적었습니다만 그중에는 스승님의 미모를 보려는 목적에서 배우러 오는 사람도 있었습니다. 초심자는 그런 사람이 많았던 것 같습니다."

미인이고 미혼인 데다가 부잣집 아씨였으므로 그랬을 거라고 생각한다. 그녀가 제자를 까다롭게 대한 것은 그처럼 반쯤 눈요기 때문에 찾아온 늑대들을 격퇴하는 수단이었다고도 하는데, 아이러니하게도 그것이 오히려 더욱 인기를 끈 것도 같다. 추측건대 착실한 오랜 제자 중에도 눈먼 미녀의 매질에 묘한 쾌감을 맛보면서 기예 수업보다 그쪽에 매혹된 사람이 없지는 않았을 것이다. 장 자크 루소 같은 사람이 몇 명쯤은 있었으리라.*

지금 슌킨의 몸에 닥친 제2의 재난을 서술할 때, 전기에도 명료한 서술을 피하고 있으므로 그 원인이나 가해자를 확실히 지적할 수 없어 유감이지만, 아마 위와 같은 사정으로 제자 중 누군가에게 심각한 원한을 사서 복수를 당했다고 보는 것이 가장 정확할 듯하다.

여기에서 추측할 수 있는 사실이 하나 있다. 도사보리에

---

* 장 자크 루소는 마조히즘적 성향이 있었다고 한다.

있는 잡곡상 미노야 규베라는 이에게 리타로라는 아들이 있었다. 대단한 방탕아로 예전부터 자신의 재주를 자랑했는데, 언제부터인가 슌킨의 제자가 되어 고토와 샤미센을 배웠다. 이 사람은 부친의 재산 덕분에 어디를 가도 도련님으로 통하는 것을 뽐내는 버릇이 있어 동문 제자들을 가게의 종업원 정도로 업신여겼다. 슌킨도 내심 불쾌했지만 위에서 말한 선물로 충분히 약을 쳐두어 거절하지도 못하고 나름대로 잘 대해주었다.

그런데 리타로가 대단한 스승님도 나에게 관심이 있다고 떠벌리고, 특히 사스케를 경멸하여 그가 스승 대신 가르치는 것을 싫어해 스승의 가르침이 아니면 받지 않으려 하는 등 점점 무례해지는 모습에 슌킨도 짜증이 나기 시작하던 참이었다. 부친 규베가 노후 준비로 덴가차야의 한적한 장소를 골라 별장을 짓고 여남은 그루의 매화 고목을 정원에 옮겨 심었는데, 어느 해 음력 2월에 여기서 꽃놀이 연회를 열고 슌킨을 초대한 적이 있었다.

총대장은 도련님 리타로이고 거기에 호칸과 게이샤들이 부하로 있었다. 사스케가 슌킨을 따라간 것은 말할 것도 없었다. 사스케는 그날 리타로를 비롯한 부하들에게 계속 술을 권유받아 매우 당혹했다. 최근 스승의 저녁 반주를 상대하여 조금 술이 늘었지만 주량은 세지 않았고 밖에 나가서는 스승의 허락 없이는 한 방울도 마시지 않았다. 취하면 중요한 길잡이 역을 소홀히 하게 되므로 마시는 흉내를 내며 속이고 있는데 리타로가 눈치채고 슌킨에게 이렇게 말했다.

"스승님, 스승님의 허락이 없으면 사스케는 못 마시네요. 오늘은 꽃놀이니까 하루쯤 놀게 하시죠. 사스케가 쓰러지면 길잡이가 되고자 하는 자가 여기 두세 명이나 있으니까요."

굵고 거친 목소리로 집요하게 청하므로 슌킨은 쓴웃음을 지으면서 말했다.

"뭐 조금은 괜찮겠지. 너무 취하지 않도록 해주게."

"야, 허락하셨다!"

리타로의 말이 끝나자마자 여기저기서 사스케에게 술을 권했다. 그래도 사스케는 긴장을 늦추지 않고 7할 정도는 잔 씻는 그릇에 버리며 마셨다.

그날 동석한 호칸도 게이샤도 예전부터 명성을 들었던 유명한 여스승을 눈앞에서 보고, 소문과 다르지 않은 중년 여성의 요염한 자태와 기품에 놀라며 모두 칭찬을 아끼지 않았다고 한다. 리타로의 심중을 헤아려 환심을 사려는 아첨이기도 했을 것이다. 당시 서른일곱 살의 슌킨은 실제보다 분명 10년은 젊게 보이고 피부는 매우 희어 목 언저리 같은 곳은 보는 사람이 오싹한 한기를 느꼈다. 윤기 있는 작은 손을 조신하게 무릎 위에 놓고 약간 고개를 숙인 요염한 얼굴은 동석자들의 눈을 모두 끌어당겨 황홀하게 만들었다.

모두 정원에 나와 거닐 때, 사스케는 슌킨을 매화꽃 사이로 안내하면서 "아, 여기에도 매화가 있습니다" 하고 일일이 노목 앞에 멈춰 서서 손을 잡아 줄기를 어루만지게 했다. 대개의 맹인은 촉각으로 물체의 존재를 확인해야 알게 되므로 꽃나무의 아름다움을 감상하는 것도 그런 식으로 하는 습관이 있었다. 그런데 우스꽝스럽게도 슌킨의 섬세한 손이 구불구불한 매화나무 줄기를 계속 어루만지는 모습을 보고 어느 호칸이 소리를 질렀다.

"아, 매화나무가 부럽구나."

그러자 또 다른 호칸이 슌킨의 앞을 막아서며 말했다.

"내가 매화나무요!"

그러면서 익살스럽게 매화나무의 자세를 취하니 일동은 크게 웃음을 터뜨렸다.

이러한 행동은 일종의 애교로 슌킨을 칭찬하는 의미이지 놀리는 마음은 아니었지만 화류계 놀이에 익숙하지 않은 슌킨은 별로 좋은 기분이 아니었다. 언제나 보통 사람과 동등하게 대우받기를 바라고 차별을 싫어했으므로 이러한 농담은 아무래도 신경에 거슬렸다.

이윽고 밤이 되어 장소를 바꿔 다시 연회가 시작되었을 때 리타로는 사스케에게 말했다.

"사스케, 자네도 피곤하지? 스승님은 내가 맡을 테니 저쪽에 준비한 식사를 하고 술도 한잔 마시고 오게."

그 말대로 술을 받기 전에 밥을 든든히 먹어두자는 생각에 사스케는 별실로 물러나서 먼저 저녁밥을 먹었는데, 주걱을 든 늙은 게이샤가 바싹 달라붙어 한 공기 더, 한 공기 더 하고 계속 권하는 바람에 뜻밖에 꽤 시간이 흘렀다. 그러나 식사를 마치고도 한동안 호출이 없어 그곳에 대기하고 있었다.

잠시 후 거실 쪽에서 무슨 일이 있었는지, "사스케를 불러줘" 하는 말을 리타로가 무리하게 가로막고 "뒷간이라면 제가 따라가죠" 하고 복도로 데리고 나와 손을 잡은 모양이었다. "아니다. 사스케를 불러줘" 하고 슌킨은 세차게 손을 뿌리치고 그대로 우뚝 서 있었다. 사스케가 달려와 슌킨의 안색을 보고 상황을 파악했다.

이런 일도 있어 앞으로는 출입하지 않았으면 좋겠다고 생각했는데, 호색남은 거부당하면 오히려 더 오기가 생기는 걸까. 또 다음 날부터 뻔뻔스럽게도 태연히 교습받으러 왔으므로, 슌킨은 그렇다면 '진짜로 심하게 대해주마, 진검의 수업을 견딜 수 있다면 견뎌보라지' 하며 갑자기 태도를 바꿔 호되게 가르쳤다.

그러자 리타로는 당황하여 매일 서 말의 땀을 흘리며 헉헉거렸다. 애초에 자기도취에 불과한 솜씨로, 치켜세워주는 동안에는 좋았지만 심술궂게 지적을 하자면 흠투성이였다. 그 흠을 거침없이 꾸짖는 소리가 날아오므로 교습을 핑계 삼아 틈을 노리는 해이한 마음으로는 견딜 수 없었다. 리타로는 점점 태만해져서 아무리 열심히 가르쳐도 일부러 엉뚱한 연주를 했다.

마침내 슌킨이 "바보야!" 하며 술대로 때리는 바람에 미간의 살이 찢어져 리타로는 "앗!" 하고 비명을 질렀다. 이마에서 뚝뚝 떨어지는 피를 닦으며 "두고 봐라"라는 말을 남기고 분연히 자리에서 일어나 그 뒤로 모습을 보이지 않았다.

21

일설에 따르면, 슌킨에게 위해를 가한 자는 북쪽의 신치에 사는 모 소녀의 부친일 거라고 한다. 이 소녀는 장차 게이샤가 될 예정이었다. 제대로 기예를 익히려고 괴로움을 참으면서 슌킨의 집을 다니고 있었는데, 어느 날 술대로 머리를 얻어맞고 울면서 집으로 돌아갔다. 이마에 상처 자국이 생겨서 당사자보다 부친이 크게 화를 내며 항의했다. 아마 양아버지가 아닌 친아버지였을 것이다.

"아무리 수련이라고 해도 아직 어린 여자아이를 꾸짖어도 정도가 있지. 게이샤로 나설 아이의 얼굴에 상처를 만들어놨으니 이대로는 놔둘 수 없다. 어떻게 해줄 거냐?"

이런 과격한 말을 들은 슌킨은 타고난 지기 싫어하는 성격을 드러내며 반박했다.

"여기는 교육이 엄격한 곳인 줄 알고 보낸 게 아니냐? 그것도 참지 못할 정도라면 왜 보냈느냐?"

그러자 부친도 지지 않고 말했다.

"때리는 것은 괜찮지만 눈이 보이지 않는 사람이 그러면 위험하다. 어디에 어떤 부상을 입힐지도 모르는 맹인은 맹인답게 조심해야지!"

자칫하면 폭력이라도 쓸 기세인지라 사스케가 끼어들어 잘 마무리하여 돌려보냈다. 슌킨은 창백한 얼굴로 부들부들 떨며 입을 다물었지만 끝내 사과의 말을 하지 않았다. 자기 딸의 미모가 상하자, 부친이 보복으로 슌킨의 용모에 못된 장난을 가했다는 이야기다.

하지만 이마의 상처라고 해도 이마 언저리나 귀 뒤 어딘가에 약간의 흔적이 남은 정도에 원한을 품고 평생 생김새가 변할 정도의 처참한 위해를 가한 것은 자식 사랑에 흥분한 부모 마음이라고 해도 복수가 너무도 집요하다.

우선 상대는 맹인이므로 미모를 보기 흉하게 만든다 해도 당사자는 큰 타격을 받지 않는다. 만약 슌킨만을 목적으로 한다면 그 밖에도 더욱 통쾌한 방법이 있을 것이다. 추측건대, 복수자의 의도는 슌킨을 괴롭히는 데 머물지 않고 슌킨 이상으로 사스케를 비탄에 빠뜨리려고 한 게 아닐까. 이는 또 결과적으로 슌킨을 가장 괴롭히게 되는 것이다.

이렇게 생각하면 소녀의 부친보다 리타로를 의심하는 쪽이 합리적이지 않을까. 리타로의 짝사랑이 어느 정도로 열의가 있었는지 알 수 없지만 청년 때는 누구나 연하보다 연상의 여자를 동경한다. 아마 거듭된 방탕의 시행착오 끝에 맹인 미녀에게 매혹되었을 것이다. 처음에는 일시적인 호기심으로 손을 내밀었다고 해도 여자에게 퇴짜를 맞은 데다가 남자의 미간까지 찢어졌으니, 꽤 악질적인 보복을 할 수도 있다.

하지만 그렇지 않아도 꽤 적이 많은 순킨이었으므로 이밖에도 어떤 인간이 어떤 이유로 원한을 품고 있었을지 모르니 리타로라고 단정하기도 어렵다. 또 치정 사건이 아니었을지도 모른다. 금전상의 문제로도 앞에 말한 가난한 맹인 제자 같은 잔혹한 일을 겪은 자가 한두 명이 아니었다고 한다.

또 리타로만큼 뻔뻔스럽지는 않았지만 사스케를 질투한 자는 몇 명이나 있었다고 한다. 사스케는 기묘한 위치의 '길잡이'였고 이 사실은 오랫동안 숨길 수 없어 제자들 사이에도 널리 알려졌기 때문에, 순킨을 짝사랑하는 자는 은밀히 사스케의 행복을 부러워했고 그가 충실하게 섬기는 모습에 반감을 품기도 했다.

정식 남편이었다면, 혹은 적어도 정부로서 대우를 받았다면 불평이 나올 구석이 없었겠지만, 표면적으로는 어디까지나 길잡이이고 고용인이며 안마부터 때밀이까지 순킨의 신변잡사를 도맡아 오로지 충실한 하인처럼 행동하는 것을 보고, 뒷면의 두 사람 관계를 아는 사람은 배가 아팠을 것이다. 저런 길잡이라면 웬만한 괴로움이 있더라도 나도 하겠다, 기특할 것도 없다고 비웃는 자도 적지 않았다.

그렇다면 사스케에게 증오를 품어, '순킨의 미모가 하루

아침에 싹 바뀐다면 저놈은 어떤 얼굴을 할까. 그럼에도 순순히 고달픈 시중을 다 할 수 있을까. 그걸 보고 싶다'는 의도에서 결행했다고도 할 수 있다.

요컨대 가설이 분분하여 모든 진상을 판정하기 어렵지만 여기에 전혀 뜻밖의 방면에 혐의를 두는 유력한 일설이 있어 이야기한다.

아마 가해자는 제자가 아니라 슌킨의 사업상 경쟁자인 모 검교나 모 여스승일 거라고 한다. 달리 증거는 없지만 어쩌면 이게 가장 정확한 관찰인 듯하다. 슌킨이 평소 오만하여 스스로 예도의 일인자를 자임하고 세상도 이를 인정하는 경향이 있었는데, 아마도 이게 동업자들의 자존심에 상처를 주고 때로는 위협도 되었을 것이다.

검교라고 하면 옛날에는 맹인 남자에게 하사하는 높은 품계로, 특별한 의복과 가마가 허용되어 보통 예인들과는 세상의 대우도 달랐다. 그런 사람이 솜씨가 슌킨보다 못하다는 소문이 났다면 맹인인지라 더욱 뿌리 깊은 원한을 품기도 했을 테고, 어떻게 해서든 그녀의 솜씨와 평판을 실추시킬 음험한 수단도 생각했을 것이다.

흔히 기예를 질투하여 수은을 먹였다는 사례도 있는데, 슌킨의 경우는 성악과 기악 양쪽 모두였기 때문에 두 번 다시 대중 앞에서 허영과 미모를 자랑하지 못하도록 얼굴에 해을 가했다는 것이다.

만약 가해자가 모 검교가 아니라 모 여스승이었다고 한

다면, 미모까지 얄미웠을 게 분명하므로 그녀의 미모를 파괴하는 것에 더욱 쾌감을 느꼈을 것이다.

이렇게 여러모로 의심할 만한 원인을 살펴보면 조만간에 반드시 누군가가 슌킨에게 손을 댈 수밖에 없는 상태에 있었다고 헤아릴 수 있으니, 그녀는 자신도 모르는 사이에 재난의 씨를 사방에 뿌리고 있었던 셈이다.

22

앞에서 말한 덴가차야의 매화 꽃놀이 후 한 달 반쯤 지난 3월 그믐날 밤 오전 세 시경이었다. 전기의 내용은 이러하다.

사스케는 슌킨이 신음하는 소리에 놀라 눈을 뜨고 옆방으로 달려가 서둘러 불을 켰다. 누군가 덧문을 열고 슌킨의 침실에 잠입하였다가 사스케가 재빨리 일어나는 기색을 알아채고 물건 하나 들지 않고 도망친 듯, 이미 사방에 사람의 그림자도 없었다.

이때 도둑은 당황한 나머지 근처에 있던 쇠주전자를 슌킨의 머리 위로 내던지고 도망쳤는데, 눈처럼 하얗고 통통한 볼에 뜨거운 물이 튀어서 안타깝게도 한 점의 화상 자국을 남겼다. 원래 흰 피부에 작은 상처에 불과하여 옛날부터의 미모는 여전히 변함이 없었지만, 그 후로 슌킨은 자기 얼굴의 사소한 상처를 매우 수치스럽게 생각하여 항상 비단 두건으로 얼굴을 가리고 종일 방 안에 처박혀 남 앞에 나오지 않았다. 가까운 친족과 제자 누구도 그 얼굴을 보기 어려워 그 때문에 많은 풍문과 억측을 낳기에 이르렀다.

전기는 계속해서 다음과 같이 전한다.

부상은 경미하여 천품의 미모를 거의 해치지 않았다. 남을 만나기를 꺼린 것은 그녀의 결벽 때문으로, 대단치도 않은 상처를 치욕으로 생각한 것은 맹인의 과민함 때문이라고 할 수 있으리라.

그런데 어떠한 운명인지 그로부터 수십 일 후에 사스케 또한 백내장을 앓아 곧 두 눈이 암흑이 되었다. 사스케는 자기 눈앞이 희미해져 사물의 형태가 차츰 보이지 않게 되었을 때, 급작스레 눈이 머는 괴상한 상황에 슌킨의 앞으로 가서 미친 듯이 기뻐하며 외쳤다.

"스승님, 저는 실명하였습니다. 이제 평생 스승님 얼굴의 상처를 볼 수 없게 되었습니다. 참으로 적당한 때에 장님이 되었습니다. 이것은 필시 하늘의 뜻입니다"

슌킨은 이 말을 듣고 한동안 말을 잊었다.

사스케의 충정을 생각하면 사건의 진상을 차마 밝히기 어렵지만, 이 전후의 서술은 고의로 왜곡한 듯 보인다. 그가 우연히 백내장에 걸렸다는 것도 이해가 가지 않으며, 또 슌킨이 아무리 결벽증이 있고 과민한 맹인이라 해도 천품의 미모를 해치지 않을 정도의 화상이었다면 어째서 두건으로 얼굴을 감싸거나 남을 만나기를 꺼렸겠는가. 사실은 얼굴에 끔찍한 변화가 생긴 것이다.

데루를 비롯한 두세 명의 말에 따르면, 괴한은 미리 부엌에 몰래 들어가 불을 지펴 물을 끓인 후, 그 쇠주전자를 들고 침실에 침입해 주전자의 주둥이를 슌킨의 머리 위로 기울여 정면으로 뜨거운 물을 부었을 거라고 한다. 애초 그게 목적이지 보통의 도둑도 아니고 당황해서 나온 행위도 아니다.

그날 밤 슌킨은 완전히 기절하여 이튿날 아침에야 정신을 차렸지만, 화상으로 짓무른 피부가 완전히 아무는 데 두 달 이상이나 걸린 심각한 중상이었다.

용모의 참혹한 변화를 두고 여러 기괴한 소문이 났는데, 그렇다면 모발이 벗겨져 왼쪽 반이 대머리가 되었다는 풍문도 근거 없는 억측이라고 배제할 수는 없다. 사스케는 그 이후로 실명했으므로 볼 수 없었겠지만, '가까운 친족과 제자 누구도 그 얼굴을 보기 어려웠다'는 것은 무슨 말일까. 아무에게도 절대 안 보여주기는 불가능했을 테고 실제로 데루 같은 사람도 보지 못했을 리가 없다.

다만 데루도 사스케의 뜻을 존중해 슌킨의 용모의 비밀을 결코 남에게 말하지 않았다. 나도 일단 물어보기는 했지만 자세하게는 알려주지 않고 이렇게만 대답했다.

"사스케 씨는 언제나 스승님이 아름다운 용모를 가진 분이라고 굳게 믿고 있었으므로, 저도 그렇게 생각하고자 했습니다."

23

사스케는 슌킨 사후 10여 년 후에 그가 실명했을 때의 경위를 측근에게 말한 적이 있는데 그 말에 따라 당시의 상세한 사정이 점차 명백하게 드러났다.

즉, 슌킨이 괴한의 습격을 받은 밤에 사스케는 여느 때처럼 슌킨의 옆방에서 자고 있었는데, 소리가 나서 눈을 뜨자 머리맡 등불이 꺼져 컴컴한 어둠 속에서 신음 소리가 들렸다. 사스케는 놀라서 벌떡 일어나 등불을 켜고 그 등을 든 채로 병풍 건너편에 있는 슌킨의 침상 쪽으로 갔다. 그리고 등불의 희미한 불빛이 병풍의 금색 바탕에 반사되는 희미한 빛 속에서 방의 상태를 둘러보았지만 흐트러진 흔적은 전혀 없었다. 단지 슌킨의 머리맡에 쇠주전자가 버려져 있고, 슌킨도 잠자리에 반듯이 누워 있었으나 무슨 일인지 음음 신음 소리를 내고 있었다.

사스케는 처음에는 슌킨이 무서운 꿈에 시달린다고 생각해 "스승님, 왜 그러십니까? 스승님" 하고 머리맡으로 다가

가 흔들어 일으키려 했다. 그러다 자기도 모르게 "앗!" 하고 외치며 두 눈을 가렸다.

"사스케, 사스케. 나는 흉한 모습이 되어버렸다. 내 얼굴을 보지 마라."

슌킨은 괴로운 숨을 몰아쉬며 말하고 몸부림치면서 계속 양손으로 얼굴을 가리려고 했다.

"안심하십시오. 얼굴을 보지 않겠습니다. 이대로 눈을 감고 있겠습니다."

사스케가 등불을 멀리 치우자, 그 말을 듣고 긴장이 풀렸는지 슌킨은 그대로 인사불성이 되었다.

그 후로도 계속 비몽사몽간에 헛소리를 했다.

"아무에게도 내 얼굴을 보여서는 안 된다. 반드시 이 일은 비밀로 해라."

"어찌 그걸 걱정하십니까. 물집의 흔적이 사라지면 다시 원래의 모습으로 돌아옵니다."

사스케는 이렇게 위로했다.

"이 정도의 큰 화상에 얼굴이 달라지지 않을 리 있겠느냐. 그런 위로의 말은 듣고 싶지 않다. 그보다 얼굴을 보지 않도록 해라."

슌킨은 의식이 회복되면서 더욱 강하게 말했다. 의사 외에는 사스케에게도 상처의 상태를 보이기 싫어해 고약과 붕대를 바꿔 감을 때는 모두 병실에서 쫓겨났다.

그래서 사스케는 그날 밤 머리맡으로 달려간 순간, 화상에 짓무른 얼굴을 한 번 보기는 했지만 똑바로 바라볼 수가 없어 순간적으로 얼굴을 돌렸으므로 흔들리는 등불 아래 무언가 괴상한 환영을 본 것 같은 인상만 남아 있었고, 그 후로는 항상 붕대 속에서 콧구멍과 입만 드러내고 있는 모습을 보았을 뿐이라고 한다.

생각건대 슌킨이 남들에게 보이길 두려워한 것처럼 사스케도 보기를 두려워한 것이리라. 그는 병상에 다가갈 때마다 애써 눈을 감거나 시선을 딴 데로 돌렸기 때문에 슌킨의 용모가 어떻게 변화했는지 실제로 몰랐고 또 알 기회를 스스로 피했다.

그런데 요양의 효과가 있어 상처도 차차 나아갈 무렵, 하루는 병실에 사스케가 혼자 앉아 있자 슌킨이 문득 생각난 것처럼 말했다.

"사스케, 너는 이 얼굴을 보았을 것이다."

"아뇨, 아닙니다. 보지 말라고 하셨는데 어찌 말을 거역하겠습니까."

"이제 가까운 시일 내에 상처가 나으면 붕대를 풀어야 하고 의사 선생님도 오지 않게 된다. 그러면 다른 사람은 몰라도 너에게만은 이 얼굴을 보여야 하는구나."

오만한 슌킨도 마음이 약해졌는지 여태 한 번도 보이지 않았던 눈물을 흘리며 붕대 위로 계속 두 눈의 눈물을 닦아내니 사스케도 깊은 슬픔에 할 말을 잊고 함께 오열할 뿐이었다. 잠시 후 사스케는 무언가 결심한 듯이 말했다.

"잘 알겠습니다. 반드시 얼굴을 보지 않겠습니다. 안심하십시오."

며칠이 지나 슌킨이 자리에서 일어나고 언제 붕대를 풀어도 지장 없는 상태까지 치유되었을 때, 어느 이른 아침 사스케는 하녀 방에서 경대와 바늘을 몰래 가져와 침상 위에 단정히 앉아 거울을 보면서 자기 눈을 바늘로 찔렀다.

바늘로 찌르면 눈이 안 보이게 된다는 지식이 있었던 것은 아니다. 되도록 고통이 적은 간편한 방법으로 장님이 되려고 생각해 시험 삼아 바늘로 왼쪽 눈동자를 찔러봤다. 눈동자를 겨냥하고 찔러 넣는 것은 어려울 것 같지만, 흰자위 부분은 딱딱해서 바늘이 들어가지 않는 데 비해 눈동자는 부드럽다. 두세 번 찌르고 나서 용케 두 치 정도 들어갔다고 생각하자, 금세 안구 전체가 뿌예지며 시력이 사라지는 것이 느껴졌다. 출혈이나 발열도 없었다. 아픔도 거의 느끼지 않았다. 수정체의 조직을 찢어 외상성 백내장에 걸린 것으로 보인다. 사스케는 같은 방법으로 오른쪽 눈도 찔러 순간적으로 두 눈을 멀게 했다. 물론 직후에는 아직 흐릿하게 물체의 형태가 보였으나 열흘 정도 지나자 완전히 보이지 않았다고 한다.

얼마 후 슌킨이 일어났을 무렵 사스케는 손으로 더듬으며 안방으로 갔다.

"스승님, 저는 장님이 되었습니다. 이제 일평생 스승님 얼굴을 볼 수가 없습니다."

사스케는 그녀 앞에 머리를 조아리며 말했다.

"사스케, 그게 정말이냐?"

순킨은 이 한마디를 내뱉고 오랫동안 묵묵히 생각에 잠겼다. 세상에 태어난 이후 사스케는 그전에도 이후에도 이 침묵의 몇 분간만큼 기뻤던 적이 없었다.

옛날 가게키요라는 무사는 요리토모*의 인품에 감복하여 복수를 단념하고 이제 다시는 이 사람의 모습을 보지 않겠다고 맹세하며 두 눈을 도려냈다고 한다. 동기는 다르지만 그 비장한 뜻은 같다. 그렇다 해도 순킨이 요구한 게 이런 거였던가. 지난날 그녀가 눈물을 흘리며 호소한 것은 내가 이런 재난을 당했으니 이제 너도 장님이 되었으면 좋겠다는 뜻이었을까. 그것까지는 추측하기 어렵지만 "사스케, 그게 정말이냐?"라는 짧은 한마디가 사스케의 귀에는 기쁨으로 떨리는 것처럼 들렸다.

그리고 무언으로 마주하고 있는 동안, 맹인만이 가진 육감의 기능이 사스케의 관능에도 싹트기 시작해 오로지 감사의 일념 외에 아무것도 없는 순킨의 마음속을 서절로 터득할 수 있었다.

지금까지 육체의 교섭은 있었지만 사제의 차별로 가로막혔던 마음과 마음이 비로소 서로 꼭 껴안고 하나로 흘러

---

* 源頼朝, 1147~1199. 가마쿠라 바쿠후 초대 쇼군

가는 것을 느꼈다. 소년 때 벽장 안의 암흑세계에서 샤미센 연습을 할 때의 기억이 떠올랐으나, 그것과는 마음 상태가 전혀 달랐다.

대개의 맹인은 빛의 방향감만은 있어서 맹인의 시야는 어스름 밝은 것이지 암흑세계는 아니다. 사스케는 이제야 말로 외계의 눈을 잃은 대신 내계의 눈이 열린 것을 깨달아 '아, 이것이 실로 스승님이 사는 세계로구나. 이제 마침내 스승님과 같은 세계에 살게 되었구나!'라고 생각했다.

이미 쇠약해진 그의 시력으로는 방의 모습도 슌킨의 모습도 분명히 분별할 수 없었지만, 붕대로 감싼 얼굴의 존재만이 희끄무레하게 망막에 비쳤다. 그는 그게 붕대라는 생각이 들지 않았다. 바로 두 달 전까지 보던 스승님의 하얗고 아름다운 얼굴이 희미한 등불 속에서 부처님 얼굴처럼 떠올랐다.

24

"사스케, 아프지는 않더냐?"

슌킨이 묻자 사스케가 대답했다.

"아뇨, 아프지 않았습니다. 스승님의 대재난에 비하면 이 따위는 아무것도 아닙니다. 그날 밤 숨어든 괴한에게 변을 당하시는지도 모르고 잔 것은 아무리 생각해도 제 잘못입니다. 매일 밤 옆방에 자게 하신 것은 이런 때를 대비한 건데도 이런 큰일을 일으켜 스승님을 괴롭혀놓고 저만 무사해서는 아무래도 제 마음이 편치 않았습니다. 벌받아 마땅하다고 생각해 '부디 저에게도 재난을 내려주시길, 이 상태로는 면목이 서지 않습니다'라고 아침저녁으로 신께 기원한 보람이 있어, 감사하게도 소망이 이루어져 오늘 아침 일어나자 이렇게 두 눈이 멀었습니다. 필시 신도 제 뜻을 가상히 여겨 소원을 들어주신 거겠지요. 스승님, 저는 스승님의 변한 모습을 볼 수 없습니다. 지금도 보이는 것은 30년 동안 눈 속에 스민 그리운 얼굴뿐입니다. 부디 예전처럼 안심하시고 옆에 두어주십시오. 갑작스레 장님이 되어 행동도 서툴러 하명을 수행할 때 더듬거리겠지만, 적어도 신변의 보살핌만은 남의 손을 빌리지 않아도 됩니다."

이렇게 말하며 슌킨의 얼굴이 있다고 생각되는 희끄무레한 후광이 비쳐오는 곳으로 보이지 않는 눈을 향했다.

"잘도 결심해주었다. 고맙구나. 나는 누구의 원한을 사서 이러한 경우를 당했는지 모르지만 내 솔직한 마음을 털어놓자면 지금의 모습을 다른 사람에게는 보일 수 있어도 너에게만은 보이고 싶지 않다. 그것을 잘도 헤아려주었구나."

"아아, 고맙습니다. 그 말씀을 들은 기쁨에 비하면 두 눈을 잃은 정도는 아무것도 아닙니다. 스승님과 저를 비탄에 빠뜨리고 불행한 운명을 맞게 한 놈이 어디의 누구인지는 알 수 없으나, 스승님의 얼굴을 바꾸어 저를 곤란하게 만들고 싶었다면 저는 그것을 보지 않을 뿐입니다. 저까지 장님이 되면 스승님의 재난은 없었던 것과도 같아 모처럼의 음모도 물거품이 되니 필시 그놈은 기대한 바를 이루지 못했겠지요. 참으로 저는 불행은커녕 더할 나위 없이 행복합니다. 비겁한 놈의 뒤통수를 치고 코를 납작하게 만들었다고 생각하면 가슴이 시원합니다."

"사스케! 그만해라. 더는 아무 말도 하지 마라."

두 맹인, 스승과 제자는 서로 껴안고 울었다.

25

그 후 전화위복이 된 두 사람의 삶의 모습을 가장 잘 알고 있는 생존자는 시기사와 데루뿐이다. 올해 일흔한 살로 메이지 7년* 열두 살 때 슌킨 집에 입주 제자로 들어왔다.

데루는 사스케에게 음악을 배우는 한편, 두 맹인 사이에서 길잡이는 아니지만 일종의 연락 임무를 맡았다. 한 명은 졸지에 장님이 되었고, 한 명은 어려서부터 장님이었지만 젓가락을 들고 내리는 것도 자신의 손을 쓰지 않고 사치에 익숙한 여성이므로, 아무래도 그런 역할을 맡을 제삼자

---

* 1874년

의 개입이 필요했다. 되도록 부담감 없는 소녀를 고용하기로 했는데, 데루를 채용하고 나서는 정직하고 성실한 점이 두 사람의 신임을 얻어 그대로 오랫동안 섬기게 되었다. 슌킨 사후에는 사스케를 섬겨 그가 검교의 작위를 얻은 메이지 23년*까지 측근으로 있었다고 한다.

데루가 메이지 7년에 처음 슌킨의 집에 왔을 때, 슌킨은 이미 마흔여섯 살로 재난 후 9년의 세월이 지나 이미 상당한 노부인이었다. 얼굴은 사정이 있어 남에게는 보이지 않고 또 봐서도 안 된다고 들었다. 슌킨은 순백색 비단 두루마기를 입고 두툼한 방석 위에 앉아 옥색 비단 두건으로 코의 일부만 보일 정도로 얼굴을 감싸고 두건의 끝자락이 눈꺼풀 위까지 내려오도록 하여 뺨과 입술 등도 보이지 않도록 했다.

사스케가 눈을 찌른 때가 마흔한 살이니 초로의 실명은 아무래도 불편했으리라. 그래도 세세한 곳까지 슌킨을 돌보고 조금이라도 불편한 생각이 들지 않도록 노력하는 모습은 옆에서 보기에도 애처로웠다. 슌킨 또한 다른 사람의 시중은 마음에 차지 않고 자기 신변의 일은 눈 뜬 사람도 할 수 없는 오랜 세월의 습관이므로 사스케가 제일 잘 알고 있다고 말하며 옷을 입는 것도 입욕도 안마도 뒷간도 여전

---

* 1890년

히 그의 시중을 받았다.

그래서 데루의 역할은 슌킨보다 오히려 사스케의 신변을 돌보는 것이 주가 되어 직접 슌킨의 몸에 손을 댄 적은 거의 없었다. 식사 시중만은 그녀가 없으면 어쩔 도리가 없었지만 그 외에는 단지 필요한 물건을 운반해 간접적으로 사스케의 시중을 도왔다. 예를 들어 입욕 때에 욕실 입구까지 두 사람을 따라간 후, 그곳에서 물러나 있다가 손뼉 소리가 나서 맞이하러 가면 벌써 슌킨은 탕에서 나와 유카타를 입고 두건을 쓴 상태였다. 그 사이의 용무는 사스케가 혼자 처리했다.

맹인의 몸을 맹인이 씻겨주는 것은 어떤 식으로 할까. 과거 슌킨이 손가락 끝으로 매화나무의 줄기를 어루만진 것처럼 했겠지만, 말할 것도 없이 꽤 힘들었을 것이다. 만사가 그런 식이므로 매우 번거로워 남들은 '참으로 안타깝구나. 잘도 저렇게 하는구나'라고 생각했지만 당사자들은 그런 번거로움을 즐기는 것처럼 무언중에 섬세한 애정을 나누었다.

생각건대 시각을 잃은 서로 사랑하는 남녀가 촉각의 세계를 즐기는 정도는 도저히 우리가 상상할 수 없는 점이 있을 것이다. 그러니 사스케가 헌신적으로 슌킨의 시중을 들고 슌킨이 또 즐겨 그 봉사를 요구하여 서로 싫증을 내지 않은 것도 이상하지 않다.

게다가 사스케는 슌킨의 상대를 하는 중에 시간을 내서

많은 제자를 가르쳤다. 당시 슌킨은 한 방에만 틀어박혀 생활해서 사스케에게 긴다이라는 호를 지어주고 제자의 교습을 전부 인계했다. 집 앞의 간판에도 모즈야 슌킨의 이름 옆에 작게 누쿠이 긴다이의 이름을 내걸었는데, 사스케의 충의와 온순함은 일찍이 주변의 동정을 받아 슌킨 시절보다 오히려 제자가 많았다.

우습게도 사스케가 제자를 가르치는 동안 슌킨은 혼자 안방에서 꾀꼬리 우는 소리에 심취해 있었는데, 가끔 사스케의 손을 빌려야 하는 용무가 생기면 교습 중간에라도 "사스케, 사스케" 하고 불렀다. 그러면 사스케는 만사를 제쳐두고 곧바로 안방으로 갔다. 그러하니 항상 슌킨의 신변을 염려해 출장 교습은 가지 않고 집에서만 제자를 받았다.

여기서 한마디 해둘 것이 있다. 그 무렵 도쇼마치에 있는 슌킨의 본가 모즈야의 가게는 점차 가운이 기울어 다달이 보내주는 돈도 자주 끊어졌다. 만약 그런 사정이 없었다면 왜 굳이 사스케가 음악을 가르쳤겠는가. 사스케는 바쁜 가운데 짬짬이 틈을 내어 슌킨에게 갔다. 그는 교습을 하면서도 늘 슌킨이 걱정스러웠을 것이고, 슌킨 역시 같은 생각에 괴로웠을 것이다.

　스승의 일을 양도받아 연약한 힘이나마 일가의 생계를 지탱해간 사스케는 왜 정식으로 그녀와 결혼하지 않았을까. 슌킨의 자존심이 여전히 거절했을까.

　데루가 사스케에게 직접 들은 말로는, 슌킨은 꽤 기가 꺾인 듯했으나 사스케는 그런 슌킨을 보는 것이 슬펐다. 가련한 여자, 불쌍한 여자로서 슌킨을 생각할 수 없었다고 한다. 필시 장님 사스케는 현실에 눈을 감고 영원불변한 관념의 세계로 들어갔으리라. 그의 시야에는 과거 기억의 세계만이 있었다. 만약 슌킨이 재앙 때문에 성격이 바뀌었다고 한다면 그런 사람은 더는 슌킨이 아니었다. 그는 어디까지나 과거의 교만한 슌킨을 생각했다. 그렇지 않으면 지금 그가 보고 있는 미모의 슌킨은 파괴된다. 그렇다면 결혼을 바라지 않은 이유는 슌킨보다 사스케에게 있었다고 생각할 수 있다.

　사스케는 현실의 슌킨을 관념의 슌킨을 불러일으키는 매개로 삼았으므로 대등한 관계를 피해 주종의 예의를 지켰다. 그뿐 아니라 전보다도 한층 자신을 낮춰 봉공에 정성을 다해 조금이라도 빨리 슌킨이 불행을 잊어버리고 옛날의 자신감을 회복할 수 있도록 애썼다. 옛날처럼 박봉을 감수하고 하인과 같은 허름한 옷을 입고 검소한 식사를 했으며 수입의 전액을 슌킨에게 바쳤다. 그 밖에도 경비를 아끼기 위해 하인의 수를 줄이는 등 여러모로 절약했지만, 그녀에게 위안이 되는 것에는 무엇 하나 부족함이 없도록 했기 때문에 장님이 된 후의 그의 고생은 이전보다 배가되었다.

데루의 말에 따르면, 당시 제자들은 사스케의 옷차림이 초라한 것을 안타깝게 생각하여 좀 더 외관을 꾸미라고 넌지시 말하는 사람도 있었지만 사스케는 전혀 귀를 기울이지 않았다. 그리고 그때까지도 여전히 제자들이 그를 "스승님"이라고 부르지 못하게 하고 "사스케 씨"라고 부르게 해서, 모두가 난처하여 될 수 있으면 호칭을 부르지 않도록 주의했다. 그러나 데루만은 역할의 형편상 그럴 수가 없어 항상 슌킨을 "스승님"이라고 부르고 사스케를 "사스케 씨"라고 부르는 데 익숙해졌다.

슌킨의 사후 사스케가 데루를 유일한 대화 상대로 여겨 기회가 있을 때마다 별세한 스승의 추억에 빠진 것도 그런 관계였기 때문이다. 훗날 그는 검교가 되어 모두에게 거리낌 없이 스승님이라 불리고 긴다이 선생님이라고 불리는 신분이 되었지만, 데루가 '사스케 씨'라고 부르는 것을 기뻐하여 경칭을 쓰는 것을 허락하지 않았다. 예전에 그는 데루에게 이렇게 말했다.

"누구나 눈이 머는 것을 불행이라고 생각할 테지만 나는 장님이 되고 나서 그런 감정을 맛본 적이 없다. 오히려 반대로 이 세상이 극락정토가 된 것 같아 스승님과 단둘이 연꽃 궁전에 사는 기분이다. 눈이 멀면 눈 뜬 때에 보이지 않던 많은 게 보인다. 스승님 얼굴의 아름다움이 절실하게 보이기 시작한 것도 장님이 된 후다. 그 밖에 부드러운 손발, 촉촉한 피부, 아름다운 목소리도 진실로 알게 되어, 눈이 보일 때는 왜 이렇게까지 느끼지 못했을까 하고 의아한 생각이 들었다. 특히, 나는 스승님이 연주하는 샤미센의 묘한 소리를 실명 후에 비로소 듣게 되었다. 항상 스승님은 기예의 천재라고 입으로는 말하고 있었지만, 비로소 그 진가를 알고 내 미숙한 기량과 비교할 때 너무나도 현격한 차이에 놀라 지금까지 그것을 깨닫지 못한 게 얼마나 한심했는지 나의 어리석음을 돌아보게 되었다. 그러므로 나는 신이 눈을 뜨게 해주겠다고 해도 거절했을 것이다. 스승님도 나도 장님이기 때문에 눈 뜬 사람이 모르는 행복을 맛보았다."

사스케의 말은 그의 주관적 설명에 불과하여 어디까지 객관적 사실과 일치할지는 의문이다. 그러나 다른 것은 차치하더라도 슌킨의 기예는 그녀의 재난을 하나의 전기로 현저히 진보한 경지에 오른 게 아닐까. 아무리 슌킨이 음악의 재능을 타고났어도 인생의 쓴맛을 맛보지 않았다면 예도의 진수를 깨치는 것은 어렵다. 그녀는 줄곧 고이 자라온 몸이었다. 타인에게는 가혹했지만 자신은 고생도 굴욕도 몰랐다. 아무도 그녀의 오만한 코를 꺾을 자가 없었다. 그런데 하늘은 통렬한 시련을 내려 생사의 절벽에서 방황하게 하여 오만함을 깨버렸다.

생각건대 그녀의 용모를 습격한 재앙은 여러 의미에서

좋은 약이 되어, 연애에서도 예술에서도 과거에 꿈도 꾸지 못한 심오한 경지를 가르쳐주었을 것이다.

데루는 자주 슌킨이 무료함을 달래기 위해 혼자 연주하는 것을 들었다. 또 그 옆에서 사스케가 황홀하게 고개를 숙이고 골똘히 귀를 기울이는 광경을 보았다. 그리고 많은 제자가 안방에서 들려오는 정묘한 소리에 고개를 갸웃거리며 "저 샤미센에는 무슨 장치가 되어 있는 게 아닐까"라고 중얼거렸다고 한다.

당시 슌킨은 연주의 기교뿐 아니라 작곡 방면에도 열중하여 한밤중에 몰래 이건가 저건가 하며 손끝으로 줄을 튕기며 곡을 만들었다. 데루가 기억하기로는 〈춘앵전春鶯囀〉*과 〈눈꽃〉이라는 두 곡이 있었다. 요전에 그녀가 내게 들려주었는데 독창성이 풍부해 작곡가의 천성을 엿보기에 충분했다.

27

슌킨은 메이지 19년 6월 초순 병에 걸렸는데, 그 며칠 전 사스케와 둘이서 뜰에 내려와 키우던 종달새의 새장을 열

---

* 봄에 우는 꾀꼬리 소리

고 하늘로 날려 보냈다.

데루가 보니 장님 사제가 손을 마주 잡고 하늘을 우러르며 멀리 종달새 소리가 잦아드는 것을 듣고 있었다. 종달새는 계속 울면서 높디높게 구름 사이로 들어가 아무리 시간이 흘러도 내려오지 않았다. 너무 오랜 시간이라 두 사람 모두 애태우며 한 시간 넘게 기다려보았지만 새는 끝내 새장으로 돌아오지 않았다.

슌킨은 이때부터 마음이 우울해져 머지않아 각기병에 걸리고, 가을이 되자 중태에 빠져 10월 14일 심장마비로 세상을 떠났다.

종달새 외에도 제3대 천고를 길렀는데 슌킨의 사후에도 살아 있었다. 사스케는 오랫동안 슬픔을 잊지 못해 천고가 우는 소리를 들을 때마다 슌킨의 영전에 향을 올리고 때로는 고토를, 때로는 샤미센을 들고 〈춘앵전〉을 연주했다.

"아름답게 지저귀는 저 꾀꼬리 언덕 위에 앉으니……"라는 가사로 시작하는 이 곡은 슌킨의 대표작인데 그녀가 심혈을 기울여 만든 것 같다. 가사는 짧지만 매우 복잡한 간주가 붙어 있다. 슌킨은 천고가 우는 소리를 들으면서 이 곡을 구상했다. 반주의 선율은 '꾀꼬리의 얼어붙은 눈물 지금은 녹았겠지' 하는 옛 시가처럼 초봄의 깊은 산속, 눈이 녹아 불어난 계곡물이 흐르는 소리, 봄바람이 소나무를 스치는 소리, 산과 들의 안개, 매화의 향기, 꽃구름 등 다양한 경치가 사람을 유혹하는데, 골짜기 사이로 나뭇가지 사이로 날아다니며 우는 새의 마음을 은연히 전해준다.

생전 그녀가 이 곡을 연주하면 천고도 기쁘게 목을 울려 소리를 내며 현의 음색과 솜씨를 겨루었다. 천고는 이 곡을 들으며 자신이 태어난 고향의 계곡을 생각하고 넓디넓은 천지의 햇빛을 그리워했을 것이나, 사스케는 〈춘앵전〉을 켜면서 어디로 영혼이 날아갔을까. 촉각의 세계를 매개로 관념의 슌킨을 바라보는 데 길들여진 그는 청각으로 그 결핍을 채웠을까. 사람은 기억을 잃지 않는 한 고인을 꿈에서 볼 수 있지만, 살아 있는 상대를 꿈에서만 보았던 사스케는 언제 사별했다고 확실하게 때를 꼽을 수 없었을 것이다.

덧붙여 말하자면, 슌킨과 사스케 사이에는 앞에서 말한 자식 외에 2남 1녀가 있어 딸은 출산 후에 죽고 아들 둘은 모두 갓난아이 때 가와치의 농가에 양자로 보냈다. 사스케는 슌킨의 사후에도 아이들에게 미련이 없었던 듯 되찾으려고 하지 않았고, 아이들도 맹인 친부에게 돌아오려 하지 않았다.

이리하여 사스케는 만년에 이르러 자식도 처첩도 없이 제자들의 간호를 받다가 메이지 40년 10월 14일 슌킨의 기일에 여든셋이라는 고령에 죽었다. 짐작건대 21년이나 고독하게 살아가는 동안, 생전의 슌킨과는 완전히 다른 슌킨을 선명하게 만들어내 그 모습을 보고 있었을 것이다.

사스케가 스스로 눈을 찌른 이야기를 덴류지天龍寺의 가

잔* 주지가 듣고 이렇게 말했다.

"눈 깜짝할 사이에 내외의 번뇌를 끊고 추를 미로 승화시킨 선禪적 행위는 가히 달인의 경지에 가깝도다."

독자 여러분은 이 말에 수긍할 수 있을 것인가……?

---

* 莪山, 1853~1900

다니자키의 작품은 구체적인 일본 역사와 지리, 문화에 대한 묘사가 가득하다. 문체까지 일본적이라, 작품에 따라 문장에 마침표가 없거나 문단이 구분되지 않거나 가타가나로만 이어지기도 하고 사투리나 고어도 적지 않다. 의도적으로 시도한 문체라고 하는데, 이 점은 다니자키의 작품이 그동안 국내에 일부만 소개된 이유이기도 하다. 따라서 본서는 가급적 세계문학의 관점에서 작품을 선정했고, 선정된 작품도 되도록 주석을 줄이고 가독성을 높이는 데 중점을 두고 번역했다.

어느 마조히스트 예술가의 일생

작품 해설을 위해 작가의 일생을 살펴보는 것은 당연한

작업이지만, 특히 다니자키의 작품을 이해하기 위해서는 작가의 삶을 들여다볼 필요가 있다. 많은 부분, 다니자키의 삶이 작품에 그대로 나타나고, 작품의 내용이 다시 실제 삶에 그대로 반영되어 다니자키의 삶 자체가 소설보다 더 소설적이라고 할 수 있다. 작품과 연관된 다니자키의 개인적 삶을 먼저 살펴보겠다.

1930년 8월, 다니자키는 부인 지요와 이혼하고 친구 사토 하루오(시인, 소설가)에게 재가시킨다는 소식을 3인이 연명한 인사장을 통해 지인들에게 알렸다. 그것이 신문에 보도되어 세상을 떠들썩하게 했다. 소위 '아내 양도 사건'이라고 한다. 이것은 다시 9년 전의 사건으로 거슬러 올라간다. 1921년 사토는 다니자키에게 절교장을 보냈는데, 그 이유는 다니자키가 자기 아내를 사토에게 양도하겠다는 약속을 뒤집었기 때문이다. 속사정은 다음과 같다.

다니자키는 1915년 스물아홉 살 때 지요와 결혼했으나, 곧 함께 살게 된 열다섯 살의 처제 세이코에게 이끌렸다. 세이코는 장편 《치인의 사랑》의 여주인공 나오미의 모델이며 본서의 〈문신〉〈소년〉에 등장하는 소녀의 이미지와 흡사하다. 순종적이고 정숙한 성격의 아내와 달리, 모던한 매력을 가진 강한 성격의 세이코에게 다니자키는 매혹되었다. 당연히 부부의 불화는 피할 수 없었다. 1920년에 발표한 〈길 위에서〉는 다른 여자와 결혼하기 위해 아내를 은밀히 죽음으로 유도하는 남편의 이야기다. 이것은 한때의 공상이 글로 옮겨진 것으로 보인다.

남편 다니자키의 학대를 받는 지요에게 사토는 동정을 품었고 점차 연정으로 변해갔다. 그러자 다니자키는 마침 잘됐다는 듯, 처제와 결혼하겠다는 속셈으로 사토에게 지요를 양도하겠다고 약속했다. 그러나 얼마 후 막상 처제에게 거절당하자 사토와 한 약속을 뒤집었다. 여기에는 다른 설도 있다. 사토와의 사랑에 눈뜨 달라진 지요의 모습에 새로운 매력을 느꼈다는 설, 어린 딸도 있어 아무래도 차마 그럴 수 없었다는 설도 있다. 어쨌든 이것은 당시 살던 가나가와현의 동네 이름을 따서 '오다와라 사건'이라고 한다.

1923년 관동대지진을 겪은 후 다니자키는 지진에 대한 공포 때문에 관서 지방 고베로 이주했다. 1926년에 사토와는 화해했다. 1927년 오사카에서 열린 문학 강연회 참석차 아쿠타가와 류노스케와 동행한 다니자키는 오사카의 큰 포목상인 네즈와 그 부인을 처음 만났다. 네즈의 부인 마쓰코는 당시 스물네 살로 아쿠타가와의 팬이었다. 귀한 집안 출신으로 거상의 부인이며 고상한 이미지를 지닌 그녀에게 다니자키는 매혹되었다. 다니자키의 모친도 상인 가문의 규수였고 우키요에의 모델도 한 적 있는 대단한 미인이었다. 다니자키는 마쓰코에게서 그리운 모친을 발견했다. 두 사람은 이때부터 서신을 주고받기 시작했다.

1930년 다니자키는 상술한 '아내 양도 사건'으로 지요와 이혼하고 1931년 마흔여섯 살 때 스물여섯 살의 잡지사 기자 후루카와 도미코와 재혼했다. 도미코는 장편 〈만(卍)〉을 집필할 때 오사카 사투리에 대한 조언을 받았던 여성의 동창으로 얼마 후 그 친구의 뒤를 이어 비서 역할을 맡았다. 오사카여자전문대학을 나온 소위 커리어 우먼이자 모던한 미인이었는데, 속사정은 잘 모르지만 여전히 다니자키의 마음속에는 마쓰코가 깊게 자리 잡고 있었던 것 같다.

여기서 참으로 놀라운 장면이 하나 있다. 다니자키는 도미코와 신혼여행을 겸해 1931년 4월 하순 친구 사토 부부, 친구 세노 부부, 마쓰코(총 7명)와 함께 와카야마로 벚꽃놀이 여행을 떠났는데, 어느 절에 묵었을 때 한밤중에 마쓰코와 몰래 방을 빠져나와 포옹과 키스를 했다는 것이다. 이는 마쓰코가 다니자키 사망 2년 후 발표한 글에 나온 내용이다. 여행의 기획자는 당연히 다니자키였다. 전 부인(사토의 부인), 현 부인, 미래의 부인, 이렇게 세 명의 여인과 같은 시공간에 있었다니 세상에 이런 장면이 어디 또 있을까.

1929년 2월, 마쓰코가 다니자키와 연애편지를 주고받는 것에 대한 복수였는지 남편은 마쓰코의 막내 여동생과 사랑의 도피를 했다. 1932년, 다니자키는 별거 중인 마쓰코의 집 바로 이웃으로 이사했다. 어느 날 다니자키는 마쓰코를 집으로 불러 무릎을 꿇고 사랑을 고백했다. 본격적인 불륜이 시작되었다. 그해 11월 다니자키는 〈갈대 베는 남자〉를 발표하며 주인공 오유를 통해 마쓰코에 대한 애정을 드러냈다.

1932년 12월 도미코와 별거에 들어가 1933년 5월에 이혼했다. 마침내 다니자키는 1934년 3월 마쓰코와 동거를 시작했다. 1935년 마흔아홉의 다니자키는 서른둘의 마쓰코와 정식으로 결혼했다. 다니자키가 마쓰코를 대하는 태도는 〈슌킨 이야기〉에서 사스케가 슌킨을 대하는 것과 비슷했다고 주위 사람들은 증언했다. 결혼할 때 다니자키가 건넨 서약서에는 '영구히 충복으로 봉공하는 것은 물론 모든 수입도 마쓰코의 몫으로 한다'는 내용이 적혀 있었다.

예술과 외설의 경계

문학文學의 문文은 원래 무늬 문紋이었다고 한다. 즉, 쌍둥이조차 서로 다른 지문, 이 세상에 똑같은 것 없이 무수히 다른 사람의 결, 또 사람들 사이에 복잡하게 얽힌 관계의 무늬를 묘사하고 읽는 것이 문학이다. 그렇다면 문학은 사회의 윤리, 규범의 틀을 훨씬 넘어선 것으로 세상의 모든 사람, 사람의 모든 행동, 생각, 모습이 대상이 된다. 거기에는 당연히 범죄나 성욕도 포함되는데, 그것에 대한 깊이와 넓이를 개인적 영역을 넘어 남들이 읽는 작품으로써 얼마나 드러낼 수 있는지는 그 사회의 수용 능력에 따라 달라진다. 서양에서는 다니자키를 '일본의 D. H. 로런스'로 바라보고 있는데, 로런스의《채털리 부인의 사랑》은 1928년 출간 당시에는 금서였지만 1960년 재판에서 승소했다.

선진국을 정의할 때 당연히 정치와 경제의 선진화가 전제가 되겠지만, 문화가 선진화되지 않으면 진정한 선진국이라 할 수 없다. 그런데 문화 선진국은 고급의 문화와 함께 말초적인 포르노도 아우른다. 선진국이 매춘이나 포르노를 허용하는 것은 개인 존중의 자유민주주의 사회인 이상, 되도록 많은 개인의 본능적 욕망을 충족하되 그것이 전체 사회의 기반을 해칠 정도가 아니라고 판단하기 때문이다. 교양 중산층이 탄탄하게 자리 잡으면 소수 개인의 행동은 사회의 건전성에 큰 해를 끼치지 못한다. 긴말 필요 없이 그저 주위의 문화 선진국을 살펴보면 안다. 문화는 한 방향이 아니라 상하좌우로 동시에 확장된다. 문화적 외형의 크기와 다양성은 국가의 힘으로 작용한다. 무엇이든 부작용은 발생한다. 어느 사회가 그런 부작용을 견뎌낼 힘이 없다면 규제가 작용해 문화는 위축될 수밖에 없다.

독자에 따라 다르겠지만 《치인의 사랑》을 읽고 무슨 이런 변태성욕적인 소설이 있는가, 무슨 이런 한심한 남자가 있는가 생각할 수 있다. 사디즘과 마조히즘, 또 〈만〉에서 다룬 레즈비언의 동성애, 노인이 소녀의 발바닥 밑에서 죽는다는 〈후미코의 발〉과 〈문신〉에서도 등장한 풋foot 페티시즘 등 모든 것이 낯설 수 있다.

과거에는 개인보다는 사회가 우선인 분위기에서 여성이나 소수의 인권에 대한 배려가 부족했고 개인의 성도 사회

윤리에 강하게 통제받았다. 화가 나혜석의 "정조는 취미"라는 말이 당시에는 비난을 받았지만 지금은 그렇지만은 않다. 권장한다는 의미가 아니라 천성적으로 타고난 혹은 출생 후 어떤 환경의 영향으로 형성된 소수 개인의 성향을 인간적인 면에서 바라볼 수 있도록 시야를 넓힐 필요가 있다. 이해가 되지 않으면 증오와 배척의 대상이 된다. 인간에 대한 이해에는 문학이 큰 역할을 한다.

탐미 문학의 절정, 〈슌킨 이야기〉

자유민주주의 사회일수록 일부 지배층을 벗어나 다양한 개인을 중시하는데, 그에 따라 대중문화도 중요한 자리를 차지하게 된다. 대중가요의 연구논문이 나오는 등, 우리 학계에서도 1990년대 이후 대중 서사를 본격적으로 연구하기 시작했다. 이는 자유민주주의 사회의 자연스러운 현상이다.

일본의 경우 내전을 끝낸 에도 시대(1603~1867), 그중에서도 18세기 전후에 크게 문화가 융성했는데 당시 연호를 따서 '겐로쿠 문화'라고 한다. 그리고 1950~1960년대를 '쇼와겐로쿠' 시대라고 부른다. 둘 다 경제 발전이 바탕이 된 문화 융성의 시기를 말한다. 다니자키가 태어나고 자란 곳은 도쿄의 니혼바시로 집안은 상인 가문이었다. 소위 시타

마치下町 출신이다. 주로 무사 계급이 사는 산 쪽, 야마노 테山の手에 비해 아래 지역인 시타마치에는 상공인이 많이 살았다. 우키요에, 소설, 가부키, 인형극, 시바이(연극), 라쿠고(만담) 등의 대중문화와 더불어 향락적인 유곽 문화도 융성했다. 대표적인 예로 이하라 사이카쿠의 소설《호색일대남》(1682)은 한 남자의 평생에 걸친 연애담이다.

다니자키는 어려서부터 이러한 시타마치 문화를 접하며 자랐다. 다니자키가 세 차례나 현대어로 번역하여 그것으로 돈도 많이 번 일본의 고전이자 세계 최고最古의 소설로 꼽히는《겐지 모노가타리》는 내용상으로는《호색일대남》의 원조로 보인다. 이러한 일본의 조닌町人(상공인) 문화는 다니자키 작품의 배경을 장식하고 있다.

전업 작가였던 만큼 다니자키는《치인의 사랑》처럼 대중성 높은 작품도 많이 썼지만, 대중적인 작품 외에 일본의 문화, 일본 미학의 병풍에 인간의 성적 본질을 그려 넣어 고전의 반열에 오른 예술적인 작품도 적지 않다. 그중에서도〈슌킨 이야기〉는 스토리의 완결성까지 갖춰 초기인〈문신〉때부터 추구해온 다니자키 문학의 완성작, 대표작으로 꼽히며 일본에서뿐 아니라 세계적으로 호평을 받고 있다.

1968년 일본인 최초로 노벨문학상을 받은 가와바타 야스나리의 작품은 다니자키 작품의 농도를 약간 희석한 것 정도로 읽힌다. 가와바타의《설국》에는 흰 눈 가득한 자연 속 게이샤에 대한 탐미가,《산소리》에는 가마쿠라의 자연을 배경으로 노인과 며느리 사이의 담담한 연정이 흐르고 있다. 표현의 농도 차이 때문인지 지금껏 우리나라에서 알려진 탐미파 일본 작가는 가와바타 야스나리 정도에 그치고 다니자키의 작품은 별로 읽히지 않았다.

일본의 미를 배경으로 개인의 성욕을 예술로 승화한 다니자키는 시대를 앞서간 작가였음이 분명하다. 특히 노인의 성에 대한 주목에서는 아마 세계적인 선구자가 아닐까 생각한다. 다니자키는 노벨문학상 후보에 수차례 올랐고 그중 1960년에는 최종 후보 5인 안에 들었으며 1964년에는 막바지에 사르트르와 경합했다고 한다. 발표 후에 수상을 거부한 사르트르가 후보 단계에서 미리 선언했다면 다니자키가 일본 최초의 수상자가 되지 않았을까. 또한 다니자키는 1964년 일본인 최초로 전미예술원과 미국 예술문학아카데미 명예회원에 선출되었으며, 사르트르와 시몬 드 보부아르의 극찬을 받은 바 있다.

다니자키 개인의 삶에 대한 호오는 차치하고, 본서의 독자 여러분은 이러한 평가에 수긍할 수 있을 것인가?

마지막으로 교정과 편집, 출간에 애쓴 문예출판사 여러분에게 깊이 감사드린다.

1886년 도쿄 니혼바시 가키가라초(현 닌교초)의 부유한 상인
가문에서 장남으로 태어남.

1890년 부친이 경영하는 일본점등회사가 경영 부진으로 매각
되어 부친은 미곡 중매인을 시작.

1892년 니혼바시 사카모토 소학교 심상과 입학.

1897년 사카모토 소학교 심상과를 졸업하고 동교 고등과에
진학.

1898년 회람잡지《학생구락부》발간에 참여.

1901년 사카모토 소학교 고등과 졸업. 이때 가세가 기울어 진
학을 포기하려 했으나 교사와 친척 등의 지원으로 도
쿄부립제일중학교 진학.

1902년 입주 가정교사로 일하며 학업을 계속함.

1903년 제일중학교 교지《학우회잡지》에 한시와 단문을 발표.

1905년 제일중학교 졸업. 제일고등학교 영법과 입학.

1907년 문예부 위원이 되어 《교우회잡지》에 글을 발표. 입주 가정교사 집의 하녀 후쿠와 연애 사건으로 쫓겨나 기숙사에 들어감.

1908년 제일고등학교 졸업. 9월 도쿄제국대학 국문과 입학.

1910년 《신사조》를 재창간, 〈문신〉〈기린〉 등을 발표하며 작품 활동을 시작.

1911년 《신사조》 폐간. 수업료 체납으로 퇴학. 〈소년〉〈호칸〉 〈비밀〉 발표. 소설가 나가이 가후의 격찬을 받으며 문단의 지위를 확보.

1912년 교제를 계속하던 첫사랑 후쿠가 1월에 폐렴으로 사망. 교토를 비롯해 각지를 방랑, 신경쇠약 재발. 징병검사를 받았으나 지방과다증으로 불합격. 〈악마〉 발표.

1915년 이시카와 지요와 결혼.

1916년 장녀 아유코 출생. 〈신동〉〈공포시대〉 발표.

1917년 모친 사망. 〈인어의 탄식〉〈이단자의 슬픔〉 발표. 아쿠타가와 류노스케, 사토 하루오와 교제 시작.

1918년 조선, 만주, 중국 여행. 〈작은 왕국〉 발표.

1919년 〈어머니를 그리는 글〉 발표. 부친 사망. 가나가와현으로 이사.

1920년 요코하마 대정활영주식회사 각본부 고문 취임. 처제 세이코를 배우로 데뷔시킴. 〈길 위에서〉 발표.

1921년 부인 지요를 친구 사토 하루오에게 양도한다는 약속을 뒤집어 사토가 절교장을 보낸 '오다와라 사건' 발생.

1923년 9월 1일 관동대지진 발생. 효고현 무코군(현 고베시 나다구)으로 이주.

1924년 《치인의 사랑》 발표. 주인공 나오미의 모델은 처제 세이코.

1926년 다시 중국 상하이 여행. 귀국 후 사토 하루오와 화해. 〈상해교유기〉〈상해견문록〉 발표.

1927년 네즈 마쓰코와 알게 됨.

1928년 〈만〉 발표.

1930년 지요와 이혼. 이혼과 동시에 지요가 사토 하루오에게 재가한다는 인사장을 지인들에게 보내 그 사실이 보도되며 소위 '아내 양도 사건'으로 세상을 놀라게 함.

1931년 후루카와 도미코와 재혼. 채무 때문에 일시 고야산에 칩거. 〈요시노구즈〉〈장님 이야기〉 발표.

1932년 네즈 마쓰코와 불륜 시작. 〈갈대 베는 남자〉 발표.

1933년 도미코와 별거. 〈슌킨 이야기〉 발표.

1934년 도미코와 이혼. 《문장독본》을 발표, 베스트셀러가 됨.

1935년 남편과 이혼한 마쓰코와 결혼. 《겐지 모노가타리》의 현대어 번역 착수.

1937년 제국예술원 회원에 선출.

1939년 《준이치로역 겐지 모노가타리》 간행. 장녀 아유코가 사토 하루오의 조카와 결혼.

1941년 손녀 모모코 출생.

1944년 마쓰코 가문의 네 자매가 모델인 《세설》 상권 발행.

1946년 교토시로 이주.

1947년 고혈압증 악화.《세설》중권 탈고. 마이니치출판문화
        상 수상.

1949년 전년에 발표한《세설》하권으로 아사히문화상 수상.
        제8회 문화훈장 수장.

1951년 고혈압증이 다시 악화되어 요양. 문화공로자 선정.

1960년 협심증 발작으로 입원.

1963년 1961년 발표한《미친 노인의 일기》로 마이니치예술상
        수상.

1964년 전미예술원, 미국예술문학아카데미 명예회원.

1965년 도쿄의대부속병원 입원, 퇴원 후 교토 여행. 7월 30일
        신부전과 심부전의 병발로 사망.

옮긴이 **김영식**

작가, 번역가. 중앙대학교 일문과를 졸업했다. 2002년 계간《리토피아》신
인상(수필)을 받았고 블로그 '일본문학취미'는 2003년 문예진흥원 우수문
학사이트로 선정되었다. 역서로는 아쿠타가와 류노스케의《라쇼몽》, 나쓰
메 소세키의《그 후》《나는 고양이로소이다》, 모리 오가이의《기러기》, 나
카지마 아쓰시의《산월기》, 구니키다 돗포의《무사시노 외》, 다카하마 교
시의《조선》등이 있고 저서로는《그와 나 사이를 걷다-망우리 사잇길에서
읽는 인문학》(문화체육관광부 우수교양도서) 등이 있다. 산림청장상, 리토피
아문학상, 서울스토리텔러 대상 등을 수상했다.

블로그: blog.naver.com/japanliter

슌킨 이야기

1판 1쇄 발행 2023년 1월 17일

지은이 다니자키 준이치로 | 옮긴이 김영식
펴낸곳 (주)문예출판사 | **펴낸이** 전준배
편집 백수미 이효미 박해민
영업·마케팅 하지승 | **경영관리** 강단아 김영순

출판등록 2004. 02. 12. 제 2013-000360호 (1966. 12. 2. 제 1-134호)
주소 04001 서울시 마포구 월드컵북로 21
전화 393-5681 | 팩스 393-5685
홈페이지 www.moonye.com | 블로그 blog.naver.com/imoonye
페이스북 www.facebook.com/moonyepublishing | 이메일 info@moonye.com

ISBN 978-89-310-2300-8 04800
ISBN 978-89-310-2269-8 (세트)

◦ 잘못 만든 책은 구입하신 서점에서 바꿔드립니다.

문예출판사® 상표등록 제 40-0833187호, 제 41-0200044호